Um Conto de Bruxaria...

A Tale of Witchcraft…
Copyright © 2020 by Christopher Colfer
Ilustrações de capa e miolo © 2020 by Brandon Dorman
Copyright de capa © 2020 Hachette Book Group, Inc.

Tradução © 2023 by Book One
Todos os direitos de tradução reservados e protegidos pela Lei 9.610 de 19/02/1998. Nenhuma parte desta publicação, sem autorização prévia por escrito da editora, poderá ser reproduzida ou transmitida sejam quais forem os meios empregados: eletrônicos, mecânicos, fotográficos, gravação ou quaisquer outros.

Tradução	*Sérgio Motta*
Preparação	*Tainá Fabrin*
Revisão	*Rafael Bisoffi*
	Guilherme Summa
Arte, adaptação de capa e diagramação	*Francine C. Silva*
Design original de capa	*Sasha Illingworth*
Lettering original	*David Coulson*
Tipografia	*Bulmer MT Std*
Impressão	*Plena Print*

Dados Internacionais de Catalogação na Publicação (CIP)
Angélica Ilacqua CRB-8/7057

C642c   Colfer, Chris
            Um conto de bruxaria… / Chris Colfer ; tradução de Sérgio Motta. –– São Paulo : Inside Books, 2023.

            304 p. (Coleção Um Conto de Magia… ; Vol. 2)

            ISBN 978-65-85086-08-0

            Título original: *A Tale of Witchcraft*

            1. Ficção norte-americana 2. Literatura fantástica I. Título II. Motta, Sérgio III. Série

22-6963   CDD 813

CHRIS COLFER
ILUSTRADO POR BRANDON DORMAN

UM CONTO DE BRUXARIA...

São Paulo
2023

A todas as pessoas que trabalham cuidando da nossa saúde mental, resistindo e defendendo a mudança, e àquelas que se tornam pioneiras por fazer diferente. Obrigado por espalharem a luz. E a todas aquelas que executam os trabalhos essenciais que recentemente redefiniram a palavra heroísmo.

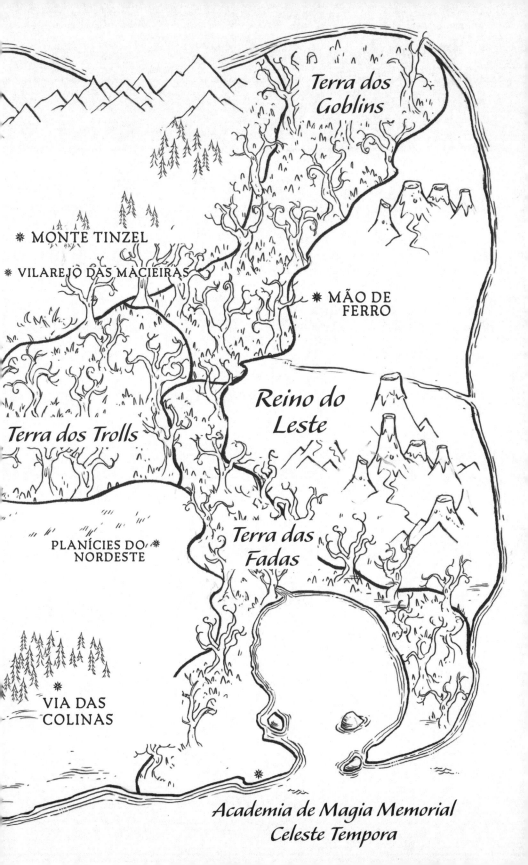

Prólogo

Um retorno honrado

Começou na calada da noite, enquanto o mundo dormia. Assim que todas as lamparinas e velas se apagaram em todo o Reino do Sul, centenas de homens em todo o país – trezentos e trinta e três, para ser exato – saíram de suas casas repentinamente no mesmo instante.

O peculiar evento não havia sido planejado ou ensaiado. Os homens nunca combinaram isso entre si, nem sequer conheciam as identidades dos outros colegas participantes. Eles eram de aldeias diferentes, famílias diferentes e origens diferentes, mas estavam secretamente unidos por uma causa malévola. E nesta noite, depois de um longo hiato, eles finalmente haviam recebido o chamado para agir.

Cada homem saiu à noite vestindo um manto prateado que refletia o brilho do luar. Colocaram máscaras com dois furos também prateadas sobre suas cabeças para proteger tudo, exceto seus olhos, e o rosto de um lobo branco feroz era exibido orgulhosamente nos peitos de cada um deles. Os uniformes sinistros faziam os homens parecerem mais fantasmagóricos do que humanos e, de muitas maneiras, *eram* fantasmas.

Afinal, fazia séculos desde a última aparição da Irmandade da Honra.

Os homens deixaram suas casas e partiram na escuridão, todos se dirigindo para o mesmo local. Eles viajaram o caminho todo a pé e andaram tão suavemente que seus passos não emitiram um único som. Quando suas cidades e vilarejos ficaram para trás, e eles tiveram certeza de que não estavam sendo seguidos, os homens acenderam tochas para iluminar a estrada à frente. Mas eles não ficaram nas estradas pavimentadas por muito tempo. O seu destino estava muito além de qualquer caminho traçado, e não constava em nenhum mapa sobrevivente.

A Irmandade trilhou por colinas de grama alta, afundou em campos lamacentos e cruzou riachos rasos enquanto seguia pelo território inexplorado. Eles nunca tinham ido ao seu destino ou o visto com seus próprios olhos, mas as direções estavam tão enraizadas neles que cada árvore e pedregulho pelos quais passavam parecia tão familiar quanto uma lembrança.

Alguns homens percorriam distâncias maiores que outros, alguns se moviam mais rápido ou mais devagar, porém, duas horas depois da meia-noite, os primeiros dos 333 viajantes chegaram. E o lugar era exatamente como eles esperavam.

No ponto mais ao sul do Reino do Sul, na base de uma montanha rochosa na fronteira com o Mar do Sul, estavam as antigas ruínas de uma fortaleza há muito esquecida. De longe, ela parecia a carcaça de uma enorme criatura que havia encalhado na costa. Tinha paredes de pedra irregulares que estavam horrivelmente rachadas e lascadas. Cinco torres em ruínas se estendiam no céu como os dedos de uma mão esquelética, e pedras afiadas pendiam sobre a ponte levadiça como dentes em uma boca gigante.

A fortaleza não tinha sido ocupada por uma única alma em mais de seiscentos anos – até as gaivotas a evitavam enquanto pairavam na brisa noturna –, mas, independentemente de sua aparência sinistra, era um lugar sagrado para a Irmandade da Honra. Foi o berço de seu clã, um templo de suas crenças, e serviu como sede nos dias em que impuseram a Filosofia da Honra ao reino.

Chegou um momento em que a Irmandade era tão eficaz em impor a Filosofia da Honra que tal base de operações não era mais necessária. Assim, a Irmandade fechou a amada fortaleza, pendurou seus uniformes e sumiram de vista. Com o tempo, a existência dela tornou-se apenas um boato, o boato tornou-se um mito e o mito foi quase esquecido. Durante séculos, geração após geração, a Irmandade da Honra permaneceu quieta, observando e saboreando as profundas maneiras como seus ancestrais moldaram o Reino do Sul – e, por extensão, o resto do mundo.

Contudo, o mundo estava mudando. E o tempo de silêncio da Irmandade acabou.

Mais cedo naquele dia, uma série de bandeiras de prata com as imagens de lobos brancos foram colocadas em todas as cidades e aldeias do Reino do Sul. As bandeiras eram sutis e passaram despercebidas pela maioria dos cidadãos, mas, para esses 333 homens, elas transmitiam uma mensagem inconfundível: *Chegou a hora de a Irmandade da Honra retornar.* E, assim, mais tarde naquela noite, uma vez que suas esposas e filhos estavam dormindo, os homens calmamente retiraram os uniformes de seus respectivos esconderijos, enrolaram os mantos prateados em volta do corpo, colocaram as máscaras de prata sobre o rosto e prontamente deixaram suas casas, rumo à fortaleza no sul.

Os primeiros a chegar tomaram posição na ponte levadiça e guardaram a entrada. À medida que os outros membros do clã chegavam aos poucos, eles se alinhavam um por um e recitavam uma antiga frase secreta antes de entrar:

– *Nada pode escapar dos trezentos e trinta e três.*

Uma vez que eles eram autorizados a entrar, a Irmandade se reunia em um vasto pátio no coração da fortaleza. Os homens ficavam em completo silêncio enquanto esperavam o resto do clã chegar. Eles se observavam com extrema curiosidade – nenhum deles jamais tinha visto um companheiro de clã antes. Os homens se perguntavam se alguém havia reconhecido algum dos olhos espiando através das máscaras que os cercavam, mas não ousaram perguntar. A primeira regra da Irmandade da Honra era nunca revelar a própria identidade, especialmente um para o outro. Para eles, a chave para uma sociedade secreta bem-sucedida era manter *todos* em segredo.

Às cinco horas depois da meia-noite, todos os 333 membros finalmente estavam presentes. Uma bandeira de prata com a imagem de um lobo branco foi içada acima da torre mais alta para marcar o retorno oficial da Irmandade. Uma vez que a bandeira foi erguida, o Alto Comandante do clã se revelou, colocando uma coroa de pontas de metal afiadas na cabeça. Os homens se curvaram ao seu superior enquanto ele subia ao topo de uma plataforma de pedra, onde todos os 332 pares de olhos podiam vê-lo.

– Bem-vindos, irmãos – disse o Alto Comandante de braços abertos. – É uma visão gloriosa ver todos vocês reunidos aqui esta noite. Tal reunião não é realizada há mais de seiscentos anos, e nossos antepassados ficariam exultantes em saber que a Irmandade sobreviveu ao teste do tempo. Por gerações, os princípios e as responsabilidades desta Irmandade foram passados de pai para o primeiro herdeiro nas trezentas e trinta e três melhores famílias do Reino do Sul. E no leito de morte de nossos pais, cada um de nós fez um juramento de dedicar toda a nossa existência, seja nesta vida ou no que quer que esteja além dela, para proteger e defender nossa Filosofia da Honra.

O Alto Comandante fez um gesto com a mão para a Irmandade, e eles recitaram apaixonadamente a Filosofia da Honra em perfeito uníssono:

– *A humanidade foi feita para governar o mundo, e os homens para governar a humanidade.*

– De fato – disse o Alto Comandante. – Nossa filosofia não é apenas uma opinião, é a *ordem natural*. A humanidade é a espécie mais forte e sábia que já agraciou este planeta. Fomos feitos para dominar, e nosso domínio é a chave para a própria sobrevivência. Sem homens como nós, a civilização entraria em colapso e o mundo voltaria ao caos dos tempos primitivos.

"Por milhares de anos, nossa Irmandade lutou contra as forças obscuras e antinaturais que ameaçam a ordem natural, e nossos ancestrais trabalharam incansavelmente para garantir a supremacia legítima da humanidade. Eles desestabilizaram as comunidades de trolls, goblins, elfos, anões e ogros para que as criaturas falantes nunca pudessem organizar um ataque contra nós. Privaram as mulheres da educação e da oportunidade para impedir que o sexo frágil subisse ao poder. E o mais importante de tudo, nossos ancestrais foram os primeiros a travar guerra contra a blasfêmia da *magia* e a enviar seus praticantes perversos ao esquecimento."

Os homens do clã ergueram as tochas o mais alto que conseguiram e vibraram pelos feitos *heroicos* de seus ancestrais.

– Seis séculos atrás, esta Irmandade realizou seu maior feito – o Alto Comandante continuou. – Nossos ancestrais executaram um plano meticuloso para colocar o Rei Campeon I no trono do Reino do Sul. E então eles cercaram o jovem rei com um conselho deliberativo dos Altos Juízes, que estavam sob o controle da Irmandade. Logo a Filosofia da Honra tornou-se o fundamento do reino mais poderoso da terra. As criaturas falantes foram condenadas ao ostracismo e destituídas de direitos, as mulheres foram legalmente proibidas de ler livros e a magia tornou-se uma ofensa criminal punível com a morte. Por seiscentos magníficos anos, a humanidade governou sem oposição. Com a Filosofia da Honra assegurada, nossa Irmandade lentamente desapareceu nas sombras e desfrutou de um período prolongado de descanso.

"Mas nada dura para sempre. A Irmandade foi reagrupada esta noite porque surgiu uma nova ameaça que era inimaginável até agora. E devemos eliminá-la *imediatamente*.

O Alto Comandante estalou os dedos e dois homens do clã saíram correndo do pátio. Eles voltaram um pouco depois carregando uma grande pintura e a colocaram na plataforma de pedra ao lado do superior. A pintura era um retrato de uma bela jovem com olhos azuis vivos e cabelos castanho-claros. Ela usava roupas brilhantes e flores brancas adornavam sua longa trança. Embora ela tivesse um sorriso gentil, que poderia aquecer os corações mais frios, algo sobre a jovem deixou a Irmandade desconfortável.

– Mas é só uma *menina* – disse um homem atrás. – O que há de tão ameaçador nela?

– Essa não é uma garota qualquer – disse um homem à frente do outro. – É *ela*... não é? Aquela que as pessoas estão chamando de *Fada Madrinha*!

– Não se enganem, meus irmãos, esta jovem é perigosa – advertiu o Alto Comandante. – Debaixo das flores e do sorriso alegre, está a maior ameaça que a Irmandade da Honra já encontrou. Enquanto falamos, esse monstro... essa *garota*... está destruindo tudo que nossos ancestrais criaram!

Um murmúrio nervoso varreu o pátio, levando outro homem a dar um passo à frente e se dirigir ao clã ansioso.

– Eu ouvi falar bastante desta Fada Madrinha – ele anunciou. – Seu nome verdadeiro é *Brystal Perene*, e ela é uma criminosa de Via das Colinas! No ano passado ela foi presa por *alfabetização feminina* e *conjuração de magia*! Ela deveria ter sido executada por seus crimes, mas Brystal Perene foi poupada por causa de seu pai, o Juiz Perene. Ele usou suas conexões para diminuir a punição dela e, em vez de morte, ela foi condenada a trabalhos forçados na Instituição Correcional Amarrabota para Jovens Problemáticas. Mas Brystal Perene ficou lá apenas por algumas semanas antes de escapar! Ela fugiu para o sudeste da Fenda e se juntou a um diabólico conciliábulo de fadas! Ela mora lá desde então, desenvolvendo suas habilidades pecaminosas com outros pagãos como ela.

"Eu diria que suas habilidades estão mais do que desenvolvidas agora – o Alto Comandante retomou a palavra. – Recentemente, Brystal Perene enfeitiçou o Rei Campeon XIV para alterar as leis do Reino do Sul! A Fenda foi dividida em territórios para que as criaturas falantes *e* as fadas tivessem suas próprias casas! As mulheres receberam permissão para ler e buscar o ensino superior! Mas o pior de tudo, Brystal Perene orquestrou a *legalização da magia em todo o mundo*! Praticamente da noite para o dia, todos os vestígios da Filosofia da Honra foram retirados da constituição do Reino do Sul!

"Mas o reinado de terror de Brystal Perene não termina aí, meus irmãos. Desde então, ela abriu uma escola de magia atroz na Terra das Fadas e convidou todos os membros da comunidade mágica a se mudar para lá e desenvolver suas próprias habilidades não naturais. Quando não está ensinando, Brystal Perene viaja pelos reinos com uma equipe de degenerados coloridos conhecidos como o Conselho das Fadas. Eles capturaram a atenção e afeição do mundo, alegando "ajudar" e "curar" os necessitados, mas nossa Irmandade não será enganada. O objetivo da comunidade mágica é hoje o mesmo de seiscentos anos atrás: *fazer lavagem cerebral no mundo com bruxaria e escravizar a raça humana*."

A Irmandade rugiu tão alto que a antiga fortaleza tremeu.

– Alto Comandante, temo que estejamos muito atrasados – disse um homem na multidão. – Desde que o Conselho das Fadas apareceu, o público se afeiçoou à magia. Eu ouvi pessoas discutindo os benefícios surpreendentes que a legalização causou. Aparentemente, doenças e enfermidades estão em declínio, graças às novas poções e elixires que são vendidos em boticários. Dizem que a agricultura está prosperando, graças aos feitiços que protegem as plantações da geada e dos insetos. E as pessoas estão até creditando nossa próspera economia à popularidade dos produtos encantados. Todo homem quer uma carruagem que se move sozinha, toda mulher quer uma vassoura que varre sozinha, e toda criança quer um balanço que se mexe sozinho.

– A opinião pública também está começando a mudar em relação às outras emendas – disse outro homem na multidão. – Na verdade, a maior parte do Reino do Sul *gosta* das mudanças que o Rei Campeon fez na constituição. Eles dizem que permitir que as mulheres leiam e busquem educação elevou as discussões em nossas escolas, fazendo com que alunos de todos os gêneros pensem fora da caixa. Eles dizem que dividir a Fenda em territórios tornou as criaturas falantes mais civilizadas, e agora viajar e negociar entre reinos é muito mais seguro do que antes. Em suma, as pessoas acreditam que a legalização da magia desencadeou uma nova era de prosperidade e se perguntam por que isso não aconteceu antes.

– *Essa prosperidade é uma fachada!* – gritou o Alto Comandante. – Uma hortênsia pode ser bonita, o odor pode ser agradável, mas ainda é *venenosa* quando ingerida! Se não restaurarmos a Filosofia da Honra, nosso mundo começará a apodrecer de dentro para fora! Muita diplomacia nos tornará *fracos*, muita igualdade matará a *iniciativa*, e muita magia nos tornará *preguiçosos* e *incompetentes*. A comunidade mágica vai nos dominar, a ordem natural vai desmoronar e o pandemônio absoluto se instaurará!

– Mas como podemos restaurar a Filosofia da Honra? – um membro do clã perguntou. – O Rei Campeon está sob a influência de Brystal Perene... e precisamos que o rei altere a lei!

– Não necessariamente – o Alto Comandante escarneou. – Precisamos de *um* rei, não *do* rei.

Pelos novos vincos na máscara dele, a Irmandade podia dizer que seu superior estava sorrindo.

– E agora as boas notícias – disse o Alto Comandante. – O Rei Campeon XIV tem oitenta e oito anos, e não demorará muito até que um *novo* rei se assente no trono do Reino do Sul. E como o destino quis, o *próximo* rei é muito simpático à nossa causa. Ele respeita a ordem natural, acredita na Filosofia da Honra e, como nós, não se deixa enganar pelas demonstrações de compaixão do Conselho das Fadas.

O próximo rei concordou em abolir as emendas do Rei Campeon com uma condição: que o nomeemos como o novo líder de nossa Irmandade e o sirvamos como um *Rei da Honra*.

Os membros do clã não conseguiam conter sua excitação. Até então, eles nunca poderiam ter imaginado um mundo em que o soberano da Irmandade da Honra e o soberano do Reino do Sul fossem um e o mesmo. Se eles procedessem com sabedoria, tal resultado poderia solidificar a Filosofia da Honra para as gerações vindouras.

– E a comunidade mágica? – um membro do clã perguntou. – Eles estão mais poderosos e populares do que nunca. Certamente vão se revoltar contra o novo rei ou enfeitiçá-lo tão facilmente quanto o velho rei.

– Então devemos exterminá-los *antes* que o próximo rei assuma o trono – disse o Alto Comandante.

– Mas como? – o membro do clã perguntou.

– Da mesma forma que nossa Irmandade quase destruiu a comunidade mágica seiscentos anos atrás. E acreditem, irmãos, nossos ancestrais estavam armados com muito mais do que uma *filosofia*.

O Alto Comandante desceu da plataforma de pedra e, em seguida, içou a plataforma como uma escotilha gigantesca. Para surpresa da Irmandade, o que ele expôs foi um enorme arsenal de canhões, espadas, bestas, lanças e correntes. Havia armas suficientes para mobilizar um exército de mil homens, mas essas armas eram diferentes de todas que os membros do clã já tinham visto. Em vez de serem feitas de ferro ou aço, todas as lâminas, pontas de flecha, correntes e balas de canhão eram feitas de pedras vermelhas que brilhavam e tremeluziam, como se o fogo estivesse preso dentro delas. A luz carmesim inundou o pátio sem cor e hipnotizou os membros do clã.

– É hora de a Irmandade da Honra sair das sombras! – declarou o Alto Comandante. – Devemos honrar o juramento que fizemos aos nossos pais e atacar antes que os inimigos tenham a chance de se preparar. Juntos, com nosso novo Rei da Honra, vamos preservar a ordem natural, restaurar a Filosofia da Honra e exterminar a comunidade mágica de uma vez por todas!

O Alto Comandante removeu uma besta carregada do arsenal e disparou três flechas no retrato de Brystal Perene – uma na cabeça e duas no coração.

– E, como qualquer colônia de pragas, primeiro devemos *matar sua rainha*.

Capítulo Um

Rompimento de barragem

Além de uma indústria madeireira de sucesso – e um punhado de escândalos reais –, o Reino do Oeste era mais conhecido pela icônica Barragem do Oeste na capital Forte Valor. O marco tinha mais de trezentos metros de altura, foi feito com mais de cinco milhões de blocos de pedra e protegia Forte Valor de ser inundada pelo Grande Lago do Oeste.

A barragem tinha dois séculos de existência e levou setenta anos para ser construída; quando a construção foi finalmente concluída no verão de 452, criaram um feriado nacional para comemorar a conquista histórica.

O Dia da Barragem era amado por todos os cidadãos do Reino do Oeste e também uma das celebrações mais aguardadas a cada ano. As pessoas tiravam o dia de folga no trabalho, as crianças eram dispensadas da escola e todos se reuniam para se divertir com jogos, comidas e bebidas, além de brindar em nome da barragem que protegia a capital.

Infelizmente, esperava-se que o próximo Dia da Barragem fosse uma decepção. Após uma série de terremotos inesperados, o solo sob a Barragem do Oeste se deslocou e causou uma grande rachadura que se espalhou pela estrutura. A água espirrava pela abertura estreita e nublava Forte Valor como uma chuva constante. O dano só piorou com o passar do tempo – a rachadura ficou mais longa e mais aberta, então a água encharcava a cidade mais e mais a cada dia.

A manutenção imediata era necessária, mas o comedido soberano do reino, o Rei Guerrear, estava relutante em dar tal ordem. Além de ser um esforço caro e repentino, a obra transformaria Forte Valor em um local de risco e toda a cidade precisaria ser evacuada no processo. O rei passou muitas noites sem dormir coçando a cabeça careca e torcendo o bigode espesso, tentando pensar em uma solução alternativa.

Felizmente para ele (e seus cidadãos muito, muito molhados), novos recursos estavam à disposição, e usá-los lhe custaria apenas um pouco de seu orgulho. A princípio, o rei rejeitou a ideia, mas enquanto observava a nebulosidade interminável transformar as ruas de Forte Valor em pequenos rios, ele percebeu que não tinha escolha. Então, o Rei Guerrear requisitou seu melhor pergaminho e sua melhor pena para escrever uma carta pedindo a coisa que ele mais odiava pedir: *ajuda*.

Querida Fada Madrinha,
  No ano passado, você ganhou a gratidão do mundo depois de seus atos corajosos no Reino do Norte. Eu, juntamente com meus súditos, nunca poderei agradecer o suficiente por enviar a terrível Rainha da Neve à reclusão e salvar o planeta da Grande Nevasca de 651. Desde então, você continuou a fascinar e inspirar o mundo com profundos atos de generosidade. Desde a construção de orfanatos e abrigos até a alimentação dos famintos e a cura dos doentes, você e o Conselho das Fadas tocaram nossos corações com sua compaixão e caridade.

Hoje, escrevo para você com a esperança de que considere compartilhar essa compaixão com o Reino do Oeste. Recentemente, a Barragem do Oeste em Forte Valor sofreu danos que devem ser resolvidos imediatamente. Um reparo tradicional levaria meia década e forçaria milhares de cidadãos a deixar suas casas. No entanto, se você estivesse disposta a nos prover uma remediação mágica, meu povo seria poupado de tamanho desagrado. Se tal gesto for possível, as fadas ganhariam a eterna gratidão do Reino do Oeste e nos dariam mais motivos para celebrar nosso amado Dia da Barragem.

Não é segredo que o Reino do Oeste, como nossas nações vizinhas, tem um histórico complicado com a comunidade mágica. Não podemos apagar a discriminação e as injustiças do passado, mas com sua gentileza, podemos marcar um novo começo nas relações do Oeste com a magia.

Eu oro para que você nos perdoe e nos ajude em nossa hora de necessidade.

Com humildade,
Sua Excelência,
Rei Guerrear do Reino do Oeste

O rei estava exausto depois de tanta humilhação. Ele dobrou a carta com cuidado, carimbou-a com o selo oficial e a entregou ao seu mensageiro mais rápido.

Na manhã seguinte, o mensageiro chegou à fronteira da Terra das Fadas, mas não conseguiu encontrar uma forma de entrar. Uma enorme cerca viva crescia ao longo do perímetro e protegia o território como um muro frondoso. A cerca era muito alta para escalar e muito grossa para rastejar, então o mensageiro vasculhou a fronteira e acabou encontrando uma entrada.

Ele ficou surpreso ao encontrar um grande grupo de *outros* mensageiros alinhados na entrada e, a julgar por suas indumentárias elegantes, *todos* estavam levando mensagens de famílias importantes. Ainda mais surpreendente, a entrada era guardada por um cavaleiro aterrorizante que estava sentado em cima de um enorme cavalo de três cabeças. O cavaleiro tinha o dobro do tamanho de um homem normal, e chifres cresciam no elmo dele. Embora observasse os mensageiros em completo silêncio, ele não precisava dizer nada para deixar uma coisa perfeitamente clara – *nada* passaria sem a autorização dele.

Duas caixas de correio estavam no chão na frente do cavaleiro, uma rotulada como PEDIDOS e a outra como ELOGIOS. Um de cada vez, os temerosos mensageiros se aproximavam do cavaleiro, colocavam as respectivas mensagens na caixa apropriada e então saíam correndo o mais rápido que podiam. O mensageiro do Rei Guerrear esperou sua vez e, com a mão trêmula, deixou cair a carta do rei na caixa marcada PEDIDOS, depois correu de volta para o Reino do Oeste.

Apenas algumas horas depois que a carta foi entregue, o Rei Guerrear recebeu uma resposta. Enquanto o rei jantava no Castelo do Oeste, um unicórnio de repente entrou na sala de jantar com um envelope dourado na boca. O corcel mágico foi seguido por duas dúzias de guardas que não conseguiram impedi-lo de entrar no castelo. Os guardas perseguiram o unicórnio em círculos ao redor da sala de jantar, e, na quinta volta ao redor da mesa, o unicórnio deixou cair o envelope dourado na tigela de sopa do rei.

O unicórnio saiu da sala de jantar com a mesma rapidez com que havia chegado. Enquanto os guardas corriam atrás da fera, o Rei Guerrear secou o envelope com o guardanapo, abriu-o com a faca de manteiga e leu a mensagem dentro:

Caro Rei Guerrear,
Transmiti seu pedido para a Fada Madrinha, e ela envia as mais profundas condolências pelos problemas com a barragem. Ela, junto comigo e o resto do Conselho das

Fadas, concordou em ajudá-lo. Chegaremos a Forte Valor ao meio-dia do Dia da Barragem para consertar os danos.
Informe-nos sobre quaisquer alterações, conflitos ou informações adicionais antes de nossa visita. Obrigada e tenha um dia mágico.

Atenciosamente,
Smeralda Polida,
Diretora de Correspondência para a Fada Madrinha

P.S.: Pedimos desculpas por nos reunirmos com você em seu feriado nacional. O Conselho das Fadas está muito ocupado com pedidos no momento.

O Rei Guerrear ficou muito feliz com as boas novas e viu isso como uma vitória pessoal. Ele decidiu fazer da visita do Conselho das Fadas uma ocasião importante e ordenou que sua equipe divulgasse seu novo comprometimento. Bandeiras e insígnias encharcadas foram hasteadas em toda a capital úmida. Um alambrado foi colocado ao pé da Barragem do Oeste, e um palco foi construído para que o rei pudesse apresentar ao conselho um sinal de sua gratidão após o reparo.

Arranjos desse tipo não haviam sido feitos desde a coroação do Rei Guerrear, mas o interesse público no Conselho das Fadas foi gravemente subestimado.

Na véspera do Dia da Barragem, centenas de milhares de cidadãos de todos os cantos do reino viajaram para Forte Valor. Ao amanhecer, a arquibancada estava superlotada e multidões se formavam em todas as partes da cidade com vista para a barragem. Famílias subiram nas lajes das próprias casas, comerciantes nos telhados das lojas e monges nas torres das igrejas para vislumbrar as festividades. A barragem esguichante encharcava todos os espectadores da cidade; eles tremiam na brisa da manhã, mas seus corações foram mantidos aquecidos pela promessa de magia.

O Reino do Oeste nunca havia sediado uma celebração tão tremenda. Estava sendo chamado de "o evento da década", "uma celebração do século" e "um Dia da Barragem para os livros de história".

Mas, mesmo com essas expectativas, ninguém poderia prever quão *memorável* o dia seria...

· · ★ · ·

Na manhã do Dia da Barragem, Forte Valor estava tão apinhada que o Rei Guerrear levou três horas para percorrer a curta distância entre o Castelo do Oeste e a barragem. A carruagem dele se espremeu pelas ruas lotadas e chegou à barragem apenas alguns minutos antes de a cerimônia começar oficialmente. Uma vez que o rei estava sentado em um setor reservado da arquibancada, um apresentador enérgico subiu ao palco e cumprimentou as centenas de milhares de pessoas que cercavam o marco.

– *Oláááááá, Reino do Oeste!* – ele conclamou. – É uma grande honra recebê-los no que certamente será lembrado como *o melhor Dia da Barragem de nossas vidas*!

A voz ruidosa do apresentador ecoou pela cidade congestionada, e todos os cidadãos aplaudiram. O rugido entusiasmado do povo foi tão forte que o apresentador cambaleou no palanque.

– Em apenas alguns minutos, o Conselho das Fadas chegará a Forte Valor para reparar os danos na Barragem do Oeste. Tal obra normalmente levaria vários anos para ser concluída, mas com a ajuda de um pouco de magia, a barragem será reparada *instantaneamente* diante de nossos olhos! É claro que nada disso estaria acontecendo sem as rápidas negociações lideradas pelo nosso ousado e brilhante Rei Guerrear... *vamos, Excelência, dê um aceno à multidão!*

O soberano levantou-se e acenou para os adoradores de seu reino. Os elogios educados foram diminuindo, mas o Rei Guerrear permaneceu de pé, desfrutando da própria glória.

– Agora preparem-se – continuou o apresentador. – A qualquer momento, vocês serão presenteados com um espetáculo que certamente estimulará todos os seus sentidos! Vocês querem saber *como* o Conselho das Fadas vai reparar a Barragem do Oeste? Talvez elas consertem com o fogo de mil tochas! Talvez a fechem com uma folha de diamantes brilhantes! Ou talvez a costurem com fios de heras indestrutíveis! Não saberemos até que aconteça! Mas a pontualidade deve fazer parte do processo delas, porque *ali vêm elas*!

Ao longe, viajando acima da superfície do Grande Lago do Oeste, estavam seis jovens coloridos que se aproximavam da cidade como um arco-íris em movimento.

O grupo era liderado por uma menina de onze anos com uma colmeia laranja brilhante feita de cabelo e um vestido de pedaços de favo de mel que escorriam constantemente. Ela era carregada pelo ar por um enxame de abelhas vivas. O enxame a deixou no topo da Barragem do Oeste e depois se refugiou dentro do cabelo dela. A jovem foi seguida por outra menina de onze anos, que surfou no Grande Lago do Oeste em uma onda solitária. A surfista usava um maiô de safira e, em vez de cabelo, uma cortina d'água escorria pelo corpo dela e evaporava aos pés. Quando a onda chegou à beira da barragem, a surfista pulou para fora do lago e pousou ao lado da garota de vestido de favo de mel.

– Uma é atrevida com um ferrão, e a outra é a única pessoa mais molhada que Forte Valor. Por favor, aplausos para *Tangerin Turka* e *Horizona de Lavendas*! – disse o apresentador.

Toda Forte Valor explodiu em aplausos para as primeiras oficiais do Conselho das Fadas.

Tangerin e Horizona não podiam acreditar nos olhos dela; nunca tinham visto uma multidão tão grande.

– Há algum tipo de promoção acontecendo? – Horizona perguntou a sua amiga.

– Não, acho que eles estão aqui para *nos* ver – disse Tangerin.

A multidão aplaudiu ainda mais alto quando os próximos dois membros do Conselho das Fadas chegaram. Primeiro, uma menina de treze anos de linda pele oliva e cabelos pretos encaracolados cruzou o Grande Lago do Oeste em um veleiro cravejado de joias. Ela usava um manto feito de esmeraldas com contas, sandálias cravejadas de diamantes e uma tiara cintilante. A garota atracou o veleiro na beira do lago e se juntou a Tangerin e Horizona no topo da Barragem do Oeste. Ela foi seguida por um menino de doze anos que disparou pelo céu como um foguete. O menino usava um terno dourado brilhante, enquanto chamas cobriam a cabeça e os ombros, e ele foi impulsionado pelo ar por duas explosões de fogo expelidas dos próprios pés. As explosões desapareceram quando ele alcançou a Barragem do Oeste e pousou ao lado da garota coberta de esmeraldas.

– Ela é linda e forte como diamantes, e ele nunca tem medo de brincar com fogo: *são Smeralda Polida e Áureo dos Fenos*! – anunciou o apresentador.

Assim como Tangerin e Horizona, Smeralda e Áureo ficaram maravilhados com o mar de gente que cercava a barragem. As chamas na cabeça e nos ombros de Áureo tremeram de ansiedade, e ele se escondeu atrás de Smeralda.

– Olhe para todos esses manifestantes! – o menino chorou. – Devemos ir embora?

– Eles parecem um pouco *felizes demais* para serem manifestantes – disse Horizona.

– Isso é porque eles não são – disse Tangerin. – Olhem direito!

O Conselho das Fadas havia se acostumado a ver grupos de manifestantes sempre que faziam uma aparição pública. Normalmente, os manifestantes cantavam coisas degradantes para eles e seguravam cartazes com mensagens como DEUS ODEIA FADAS ou A MAGIA É MALDITA ou O FIM ESTÁ PRÓXIMO. No entanto, a visita à cidade de Forte Valor não atraiu o tipo de protesto a que estavam acostumados. Pelo contrário. Enquanto as fadas olhavam ao redor da multidão, elas viam apenas mensagens positivas como DEUS, OBRIGADO PELAS FADAS ou MAGIA É LINDA ou FADAS NÃO SÃO TRÁGICAS, FADAS SÃO MÁGICAS.

– Ah – Áureo disse, e seus nervos se acalmaram. – Desculpe, eu ainda não assimilei a ideia de que as pessoas realmente *gostam* de nós agora. Velhos hábitos custam a morrer.

Smeralda grunhiu e cruzou os braços.

– O Rei Guerrear deveria ter mencionado que haveria uma *audiência* – ela resmungou. – Eu deveria saber... os monarcas não perdem uma oportunidade de se autopromoverem.

O som de grasnar encheu o ar enquanto um bando de gansos barulhentos carregava a quinta membra do Conselho das Fadas para a Barragem do Oeste. Era uma menina gordinha de quatorze anos que usava um chapéu-coco, um macacão preto, um par de botas grandes e um colar com tampa de garrafa. Os gansos a derrubaram ao lado das outras fadas e ela aterrissou de bunda e, pelo barulho, não passou intacta.

– Ai! – ela gritou para as aves. – Vocês chamam isso de pouso? Meteoros têm impactos mais suaves!

– Vocês não vão querer bagunçar as penas dela: *esta é a Lucy Nada*! – anunciou o apresentador.

– Sou conhecida apenas como Lucy! – ela gritou enquanto se levantava. – Da próxima vez, faça uma pesquisa antes de você... – A boca de Lucy se abriu, e ela perdeu a linha de pensamento quando viu todos os observadores. – *Santa casa cheia!* Olha o tamanho dessa multidão! É ainda maior do que aquela que nos viu construir a ponte no Reino do Leste!

– Eu diria que todo o Reino do Oeste está aqui – disse Smeralda. – Talvez mais.

Lucy sorriu de orelha a orelha enquanto observava a reunião. Um grupo de crianças chamou a sua atenção, deixando-a muito empolgada. Cada criança estava abraçada com uma boneca que parecia um membro do Conselho das Fadas.

– Fomos *comercializados*! – Lucy declarou. – Puxa, é uma pena que façamos essas coisas pela bondade de nossos corações. Faríamos uma fortuna se cobrássemos a entrada.

Um silêncio caiu sobre Forte Valor em expectativa à sexta e última membro do Conselho das Fadas. Justamente quando os cidadãos começaram a se preocupar que ela não viria, uma linda garota de quinze anos com olhos azuis vivos e cabelos castanho-claros desceu das nuvens em uma grande bolha. Ela usava um terninho azul brilhante com luvas combinando e uma cauda na cintura, e flores brancas se penduravam na longa trança dela. A bolha pousou suavemente na Barragem do Oeste ao lado das outras fadas, e a garota a estourou com sua varinha de cristal.

– Rainhas da Neve, cuidado; vocês não são páreo para a nossa próxima convidada! – disse o apresentador. – Ela é a compaixão personificada e considerada uma deusa entre os mortais: *Reino do Oeste, deem as mais calorosas boas-vindas à primeira e única Faaaaada Madrinhaaaaa!*

Os cidadãos aplaudiram tão alto que a Barragem do Oeste vibrou sob os pés do Conselho das Fadas. As pessoas perto da frente da barragem começaram a cantar e logo toda a cidade se juntou.

– *Fada Madrinha! Fada Madrinha! Fada Madrinha! Fada Madrinha!*

Brystal Perene ficou impressionada com a saudação apaixonada. Ela nunca tinha visto tantas pessoas em um só lugar antes, e todas estavam batendo palmas, pulando ou chorando lágrimas de alegria por *ela*. Eles seguravam pinturas e placas com o rosto dela pintado e seu nome escrito. Garotinhas (e alguns homens adultos) estavam vestidas como ela e sacolejavam varinhas falsas.

A admiração do Reino do Oeste era uma honra incrível, mas por razões que Brystal não conseguia explicar, toda a excitação a deixava desconfortável. Não importava o quanto as pessoas aplaudissem com entusiasmo, Brystal se sentia indigna de tamanho reconhecimento. E, apesar das vibrantes boas-vindas que havia recebido, o ímpeto de fugir dali a estava dominando. No entanto, Brystal tinha um trabalho a fazer. Então ela se forçou a sorrir e deu à multidão um aceno modesto.

As outras fadas pareciam gostar muito mais da atenção do que Brystal, especialmente Lucy.

– Rapaz, a multidão realmente adora esse nome de Fada Madrinha – disse Lucy. – Você não está feliz por eu ter te dado um título?

– Eu disse que não queria um – respondeu Brystal. – Isso faz com que eu me sinta um objeto.

– Bem, como minha mãe sempre disse, se você vai ser objetificada de qualquer forma, que comece pela família – disse Lucy, e deu um tapinha nas costas de Brystal. – Apenas fique feliz que a Fada Madrinha foi o nome que pegou... todos nós já fomos chamados de coisas muito piores.

– Com licença, Brystal – Smeralda interrompeu. – Acho que é melhor nos apressarmos. Temos um moinho de vento para consertar às três horas e uma fazenda para descongelar às cinco. Além disso, as pessoas estão começando a espumar pela boca lá embaixo.

– Eu não poderia concordar mais – disse Brystal. – Vamos apenas fazer o que viemos fazer aqui e acabar com isso. Não há necessidade de causar um alvoroço maior do que o necessário.

Sem perder mais nenhum segundo, Brystal foi até a borda da Barragem do Oeste e acenou com a varinha para o dano abaixo dela. A rachadura gigante foi magicamente preenchida com um selo dourado e, depois de mais de uma semana de névoa constante, a água jorrando finalmente parou. Para ajudar ainda mais, Brystal acenou sua varinha novamente e desta vez enviou uma brisa poderosa pela cidade que secou todas as ruas, comércios e casas. A brisa derrubou algumas pessoas no chão e arrancou chapéus das suas cabeças, mas elas voltaram a ficar de pé com as roupas completamente secas.

Tudo aconteceu tão rápido que os cidadãos levaram um minuto para perceber que seus problemas foram resolvidos. O rugido de gratidão foi tão poderoso que era um milagre a Barragem do Oeste não rachar novamente.

– Bom, todos estão satisfeitos – disse Brystal. – Agora vamos para...

– *Incrível!* – gritou o apresentador. – Com apenas um movimento do pulso, a Fada Madrinha restaurou a Barragem do Oeste e salvou Forte Valor de uma década de chuva! E agora o Conselho das Fadas se juntará ao Rei Guerrear no palco para que ele possa presenteá-los com um sinal de gratidão do nosso reino!

– *Como é que é?* – disse Smeralda.

As fadas olharam para baixo e viram que o Rei Guerrear estava de pé no palco com um grande troféu de ouro. Tangerin e Horizona gritaram de alegria.

– Eles querem nos dar um prêmio! – disse Horizona. – *Adoro* prêmios!

– Podemos ficar e aceitar? – Tangerin perguntou aos outros. – Por favorzinho?

– Claro que não – disse Smeralda. – Se o Rei Guerrear quisesse nos dar um prêmio, ele deveria ter me dito isso antes. Não podemos deixar que as pessoas se aproveitem do nosso tempo.

– Ah, relaxe, Sme – disse Tangerin. – Nós trabalhamos duro tentando ganhar a aprovação do mundo... e agora *finalmente* conseguimos! Se não dermos às pessoas a *chance* de nos celebrar de vez em quando, podemos *perder* sua admiração!

– Acho que Tangerin tem razão – disse Áureo. – O Rei Guerrear pode ter quebrado as regras, mas seu povo não sabe disso. Se eles não conseguirem a cerimônia que esperam, provavelmente vão *nos* culpar. E não devemos dar a eles uma razão para começar a nos odiar novamente.

Smeralda resmungou e revirou os olhos. Ela puxou a manga do robe e verificou o relógio de sol feito de esmeraldas em torno do pulso dela.

– Tudo bem – disse Smeralda. – Vamos ficar aqui mais vinte minutos, não mais que isso.

A fada estalou os dedos e uma longa lâmina de esmeralda apareceu magicamente. Estendia-se do topo da barragem até o palco abaixo. Smeralda, Áureo, Tangerin e Horizona deslizaram pelo escorregador e se juntaram ao Rei Guerrear no palco, mas Brystal parou antes de segui-los. Ela notou que Lucy não havia dito uma palavra desde que a barragem havia sido consertada e, ao invés disso, estava parada muito quieta, observando a multidão em profunda contemplação.

– Lucy, você vem? – ela perguntou.

– Sim, eu estarei lá – disse Lucy. – Só estou pensando.

– Ô-ou – disse Brystal. – Deve ser sério se você está perdendo a chance de estar em um palco.

– *Estamos fazendo o suficiente?*

Brystal ficou confusa com a pergunta abrupta.

– Hein?

– Nós consertamos barragens, construímos pontes, ajudamos as pessoas... mas é o *suficiente*? – Lucy elaborou. – Todas essas pessoas viajaram aqui para ver algo espetacular, e o que demos a elas? Um selo e um pouco de vento.

– Certo – disse Brystal. – Nós demos a eles exatamente aquilo de que eles *precisavam*.

– Sim, mas não o que eles *queriam* – disse Lucy. – Se atuar na Trupe Nada me ensinou alguma coisa, é a psicologia de uma plateia. Se essas pessoas voltarem para casa desapontadas, mesmo que levemente, ficarão com raiva de nós. E, como Áureo disse, não devemos dar a eles *nenhuma* razão para nos odiar. Se as pessoas começarem a se ressentir do Conselho das Fadas, logo elas começarão a se ressentir de *todas* as fadas e *bum*! A comunidade mágica está de volta à estaca zero. Acho que seria inteligente ficar por aqui e dar um show a essas pessoas.

Brystal olhou para a cidade enquanto pensava no que Lucy havia dito. Era óbvio que as pessoas estavam famintas por mais magia – elas estavam fixadas no Conselho das Fadas desde que chegaram –, mas Brystal não queria satisfazê-las. Ela e os outros tinham trabalhado tanto para chegar a este ponto. A ideia de trabalhar mais só para *manter* sua posição era um pensamento exaustivo. E Brystal não queria pensar em nada, ela só queria sair e ficar longe da multidão.

– Somos filantropos, Lucy, não artistas – disse ela. – Se as pessoas esperam um show de nós, sempre teremos que dar um show a elas, e onde isso vai parar? Será mais fácil agradar as pessoas e gerenciar suas expectativas se mantivermos as coisas simples. Agora vamos aceitar o prêmio do rei, apertar algumas mãos e seguir em frente.

Brystal deslizou para o palco antes que Lucy tivesse a chance de discutir, mas ambas sabiam que essa conversa estava longe de terminar.

– Em nome do Reino do Oeste, gostaria de agradecer à Fada Madrinha por seus grandes atos de generosidade – disse o Rei Guerrear aos cidadãos. – Como um símbolo de nossa eterna gratidão e apreço sem fim, apresento a ela o prêmio de maior prestígio em nosso reino, o Cálice da Barragem.

Antes que o Rei Guerrear pudesse entregar o troféu a Brystal, Horizona arrancou o prêmio dele e o embalou como um bebê. Tangerin empurrou Brystal para frente, forçando-a a um discurso de aceitação improvisado.

– Hum... bem, primeiro eu gostaria de dizer *obrigada* – disse Brystal, e lembrou-se de sorrir. – É sempre um privilégio visitar o Reino do Oeste. O Conselho das Fadas e eu ficamos muito honrados que o senhor nos confiou uma parte tão importante do seu país. Espero que, de agora em diante, sempre que as pessoas olharem para a Barragem do Oeste, possam se lembrar de todo o potencial que a magia tem a oferecer...

Enquanto Brystal continuava o discurso, Lucy analisou os cidadãos na multidão. Eles se agarravam em cada palavra que Brystal dizia, mas Lucy se preocupava que fosse apenas uma questão de tempo antes que perdessem o interesse – eles não queriam *ouvir* sobre magia, eles queriam *ver* magia! Se Brystal não ia dar a eles o espetáculo que desejavam, então Lucy daria. E ela estava confiante de que sua *especialidade para problemas* era a *solução* para o problema.

Quando ela teve certeza de que todos os olhos estavam em Brystal, Lucy escapuliu do palco e foi na ponta dos pés até a base da Barragem do Oeste. Ela esfregou as mãos, colocou ambas as palmas contra o marco de pedra e convocou um pouco de magia.

– Isso deve apimentar as coisas – disse ela para si mesma.

De repente, a Barragem do Oeste começou a rachar como uma casca de ovo. Pedaço por pedaço, a barragem começou a desmoronar, e a água do Grande Lago do Oeste espirrou através da estrutura. Lucy tinha imaginado que algo estranho aconteceria – sempre acontecia quando ela usava a magia dela –, mas não esperava que a barragem inteira desmoronasse! Ela gritou e correu de volta para os amigos o mais rápido que pôde.

– ... espero que tenhamos deixado alguma marca em vocês, que seja uma nova apreciação, não apenas para o Conselho das Fadas, mas para a magia como um todo – disse Brystal enquanto concluía seu discurso. – E, no futuro, espero que a humanidade e a comunidade mágica sejam tão próximas que seja difícil imaginar um momento em que haja algum conflito entre nós. Porque, no final das contas, todos nós queremos o mesmo...

– *Brystal!* – gritou Lucy.

– Agora não, Lucy, estou terminando meu discurso – disse Brystal sem olhar.

– *Olha aqui!*

– Lucy, não seja mal-educada na frente...

– *NÃO! OLHA A BARRAGEM! ATRÁS DE VOCÊ!*

O Conselho das Fadas deu meia-volta assim que toda a Barragem do Oeste desmoronou. O Grande Lago do Oeste surgiu em direção a Forte Valor como um maremoto de trezentos metros de altura.

– *Lucy!* – Brystal ofegou. – *O que você...*

– *SALVE-SE QUEM PUDER!* – gritou o Rei Guerrear.

A cidade de Forte Valor foi consumida pelo pânico. Os cidadãos empurraram e atropelaram uns aos outros enquanto tentavam fugir, mas a cidade estava tão lotada que não havia para onde ir. Quando a onda gigantesca estava a poucos metros de colidir com suas primeiras vítimas, Brystal entrou em ação. Um vento com o poder de cem furacões irrompeu da ponta da varinha dela e bloqueou a onda como um escudo invisível. Brystal precisou de toda a força para manter sua varinha firme, e ela foi capaz de parar a maior parte da água, mas havia muito para parar sozinha.

– Áureo! Smeralda! – Brystal chamou por cima do ombro. – Parem a água que está passando pelas laterais do meu escudo! Horizona, certifique-se de que a água não derrame por cima! Tangerin, ajude as pessoas a ficarem em segurança!

– E quanto a mim? – Lucy perguntou. – O que eu posso fazer?

Brystal lançou um olhar mordaz a ela.

– Nada – disse ela. – Você já fez *o suficiente*!

Enquanto Lucy assistia impotente, o resto do Conselho das Fadas seguiu as ordens de Brystal. Áureo correu para o lado esquerdo de Brystal e explodiu a água que se aproximava com fogo, fazendo-a vaporizar e desaparecer. Smeralda criou uma parede esmeralda para bloquear a água do lado direito de Brystal, mas a onda foi tão poderosa que derrubou a parede, forçando Smeralda a reconstruí-la várias vezes. Horizona acenou com a mão em um grande círculo, e a água que se derramava sobre o escudo de Brystal serpenteava pelo ar e voltava para o Grande Lago do Oeste. Enquanto os amigos bloqueavam a água, Tangerin enviou os zangões para a multidão frenética, e o enxame pegou crianças e idosos antes que fossem pisoteados.

Embora o Conselho das Fadas tenha colocado uma barreira rápida e eficaz, Lucy sabia que seus amigos não poderiam bloquear a onda para sempre. Ela desconsiderou as instruções de Brystal e elaborou um plano para ajudá-los. Lucy assobiou para seus gansos, e o bando desceu e a arrancou do chão.

– Me levem para a colina ao lado do lago! – ela disse. – E sejam rápidos!

Os gansos levaram Lucy para a colina o mais rápido que puderam. Eles a deixaram na encosta da colina e, mais uma vez, Lucy aterrissou sobre ela com um *tum*, mas ela não teve tempo de repreender as aves. Da colina, Lucy tinha uma visão perfeita do Conselho das Fadas enquanto lutavam contra a onda monstruosa. Ela podia dizer que seus amigos estavam ficando cansados, porque a água os empurrava cada vez mais perto da cidade.

– Eu realmente espero que isso funcione – Lucy orou.

Ela convocou toda a magia presente no próprio corpo e atingiu o chão com o punho cerrado. De repente, centenas e centenas de pianos de cauda surgiram do nada e caíram encosta abaixo. Causaram uma estrondosa – para não mencionar *musical* – comoção. Todos os cidadãos em pânico congelaram e assistiram ao deslizamento bizarro com admiração. Os pianos caíram no chão e se empilharam entre o Conselho das Fadas e a enorme onda. Os instrumentos continuaram vindo e vindo, e logo a pilha cresceu sobre as cabeças das fadas. Dentro de instantes, uma barragem completamente nova foi criada, e Forte Valor foi salva por uma barreira de pianos quebrados.

Foram os cinco minutos mais estressantes e caóticos da história do Reino do Oeste, mas os cidadãos também tinham acabado de testemunhar a visão mais espetacular de suas vidas. Aplaudiram e ovacionaram tão alto que o estrondo foi sentido nos reinos vizinhos.

Lucy desceu correndo a colina para checar seus amigos. As fadas estavam tão furiosas que nenhuma delas conseguia olhá-la nos olhos.

– Bem, isso foi único – disse Lucy com uma risada nervosa. – Vocês estão bem?

– *Seu pesadelo ambulante!* – Horizona gritou.

– *No que diabos você estava pensando?* – perguntou Tangerin.

– *Você poderia ter matado todos nós!* – gritou Smeralda.

– *E destruído uma cidade inteira!* – Áureo gritou.

Lucy deu de ombros inocentemente.

– Ei, pelo menos a água foi *re-presa*. – Ela riu. – Entenderam? Entenderam?

Brystal soltou um suspiro longo e irritado para deixar a raiva dela perfeitamente clara. Lucy estava acostumada a enfurecer os outros, mas não conseguia se lembrar da última vez que desapontara Brystal. Ela abaixou a cabeça timidamente e manteve as mãos nos bolsos pelo resto da visita.

– Vamos discutir isso mais tarde – Brystal disse às fadas. – Agora, precisamos nos desculpar pelo comportamento de Lucy e ir embora antes que percamos a confiança da humanidade para sempre!

O Conselho das Fadas seguiu Brystal de volta ao palco, mas rapidamente perceberam que um pedido de desculpas não era necessário. Os cidadãos ficaram tão perplexos com toda a magia que nunca pararam de aplaudir. O Rei Guerrear voltou ao palco e apertou profusamente as mãos das fadas; até *ele* ficou fascinado com os acontecimentos do dia.

Enquanto as fadas se distraíam com os elogios intermináveis, quatro rodas e seis cavalos estavam secretamente presos ao palco. O palco inesperadamente avançou e foi puxado por Forte Valor como uma enorme carroça.

– O que está acontecendo? – Áureo perguntou.

– Ora, é hora do desfile, é claro – disse o Rei Guerrear.

– Você não disse nada sobre um desfile! – Smeralda reclamou.

– Não disse? – o Rei Guerrear se fez de desentendido. – É uma tradição do Reino do Oeste dar aos nossos convidados de honra um desfile pela capital.

Smeralda rosnou e abriu as narinas.

– Tudo bem, chega! – ela exclamou. – Aguentamos um público inesperado, fomos gentis o suficiente para aceitar seu prêmio, mas definitivamente não vamos participar de um desfile estúp...

– Sme, deixe o homem nos dar um desfile – disse Tangerin. – Nós merecemos um.

— É o mínimo que podemos fazer depois que Lucy quase destruiu a cidade deles – disse Horizona.

Smeralda não estava feliz com isso, mas os amigos estavam certos; já havia tido conflitos o suficiente para um dia. Ela olhou para o Rei Guerrear e enfiou o dedo agressivamente no rosto dele.

— Espere uma carta do meu escritório amanhã de manhã – ela disse a ele. – E aviso logo: terá uma *linguagem forte*.

O Conselho das Fadas desfilou em todas as ruas de Forte Valor e, embora a provação tenha durado muito mais do que o previsto, as fadas acabaram se divertindo. Os cidadãos estavam praticamente zumbindo de excitação, e a felicidade deles era contagiante. As fadas sorriam, riam e ocasionalmente coravam com as excêntricas demonstrações de afeto.

— *Eu te amo, Fada Madrinha!*
— *Quero ser você quando crescer!*
— *Você está fabulosa hoje, Fada Madrinha!*
— *Você é minha heroína!*
— *Case comigo, Fada Madrinha!*

Brystal sorriu e acenou tanto quanto as outras fadas, mas, por dentro, ela não estava tão alegre quanto seus amigos. Na verdade, estar mais perto dos cidadãos deixou Brystal ainda mais desconfortável do que antes. Ela queria desesperadamente que o desfile terminasse para que ela pudesse ficar longe de todos os rostos sorridentes, mas, ainda assim, ela não conseguia explicar por quê.

O desfile pode ter sido inesperado, mas também foi um grande marco para as fadas. A multidão aplaudindo foi a prova de que o Conselho das Fadas mudou o mundo – *a comunidade mágica foi finalmente aceita e posta a salvo da perseguição!* Não fazia sentido para Brystal sentir outra coisa além de orgulho, mas, por alguma razão, o coração dela não a deixava.

Porque nada disso é real...

A voz veio do nada e assustou Brystal. Ela olhou ao redor do palco itinerante, mas não conseguiu encontrar de quem estava vindo.

No fundo, você sabe que isso não vai durar...

Era tão suave quanto um sussurro, mas, apesar da comoção do desfile, a voz era cristalina. Não importava para que lado Brystal se virasse ou onde ela estivesse, era como se alguém estivesse falando diretamente em seus dois ouvidos ao mesmo tempo. E quem quer que fosse, parecia terrivelmente familiar.

A afeição deles...

A empolgação deles...

A alegria deles...

São apenas temporárias.

Brystal parou de tentar encontrar a voz e se concentrou no que ela estava dizendo. A afeição da humanidade era realmente tão inconstante quanto a voz sugeria? A opinião das pessoas sobre magia mudou tão rapidamente; seria possível que eles mudassem de ideia novamente? Ou pior: seria *inevitável*?

Não muito tempo atrás, as pessoas que estão vibrando em seu desfile teriam vibrado tão alto quanto em sua execução...

Eu me pergunto quantas fadas foram arrastadas por essas mesmas ruas antes de serem queimadas na fogueira...

Eu me pergunto quantas foram afogadas no mesmo lago que você acabou de evitar que acabasse com a cidade.

A voz fez Brystal se sentir insegura. Enquanto ela olhava para a multidão, ela viu os cidadãos sob uma luz diferente. Havia algo sinistro por trás dos sorrisos deles e algo vulgar nos elogios eternos. Ela não se sentia mais uma homenageada entre os admiradores – *ela era um pedaço de carne entre os predadores*. Mas esta não era uma nova epifania. *Esta foi a razão pela qual Brystal estava desconfortável desde o momento em que chegou*, só não tinha sido capaz de articular isso até então.

A humanidade pode ter esquecido os horrores da História, mas Brystal nunca esqueceria o que eles fizeram com bruxas e fadas como ela no passado. E ela nunca os perdoaria também.

Eles podem estar celebrando você hoje...

Mas, eventualmente, vão se cansar...

A humanidade vai odiar você e seus amigos, assim como odiavam antes.

De repente, ocorreu a Brystal por que a voz soava tão familiar. Não estava vindo de alguém próximo, estava vindo de *dentro da cabeça dela*. Ela não estava ouvindo vozes – esses eram seus *próprios pensamentos*.

A história sempre se repete...

O pêndulo sempre oscila...

Sempre...

Seria sábio de sua parte se preparar.

Os pensamentos sombrios desapareceram como se um interruptor tivesse sido acionado, mas Brystal não sabia onde ou qual era o interruptor. A sensação era diferente de tudo que ela já havia experimentado. Ela conhecia bem ideias estranhas e emoções inquietantes, mas *isso* parecia completamente aleatório e fora do controle dela.

Esses pensamentos tinham uma mente própria.

Capítulo Dois

Felicidade

Depois de um longo dia de multidões enérgicas, caridade mágica e desastres não tão naturais, Brystal ansiava por uma noite tranquila sozinha. Infelizmente, assim que o Conselho das Fadas retornou à Academia de Magia, ela percebeu que a solidão dela não estava nos planos do universo.

– Brystal, podemos falar sobre o que aconteceu? – Lucy perguntou. – Você está me dando um gelo desde que deixamos o Reino do Oeste.

Com toda a honestidade, Brystal *estava* furiosa com ela, mas o comportamento de Lucy na Barragem do Oeste não era o motivo da quietude dela. A mente de Brystal estava tomada pelos pensamentos estranhos que a consumiram durante o desfile. Quanto mais ela pensava na experiência, mais confusos e perturbadores os pensamentos se tornavam. Ela esperava que um pouco de tempo de inatividade pudesse ajudá-la a encontrar uma explicação, mas Lucy não lhe daria nenhuma privacidade.

– Vaaaaamooooos, Brystal! – Lucy gemeu. – Quantas vezes eu tenho que dizer que sinto muito?

– Até eu acreditar em você – disse ela.

Brystal passou correndo pelos degraus da entrada da academia e subiu a escada flutuante no salão, mas Lucy insistiu.

– Mais uma vez, peço *sinceras* desculpas pelo meu comportamento hoje – disse Lucy com uma reverência dramática. – O que eu fiz foi infantil, imprudente e absolutamente perigoso... *maaaaas*, você tem que admitir, tudo deu certo para nós no final.

– *Deu certo?* – Brystal ficou chocada com a escolha de palavras de Lucy. – Você não pode estar falando sério!

– Claro que estou! A multidão adorou! – disse Lucy. – Nós demos a eles um espetáculo que nunca esquecerão e uma razão para amar a magia para sempre!

– Você quase nos matou e destruiu uma cidade inteira!

– Sim, mas *depois* eu salvei vocês!

– De uma situação *que você* causou! Isso não faz de você uma heroína!

– Eu te disse, eu nunca quis destruir a barragem. Honestamente, eu não sabia o que minha magia ia fazer... Eu só queria dar um show no Reino do Oeste. Se você tivesse me ouvido, nada disso teria acontecido!

A afirmação enfureceu Brystal. Ela parou no meio dos degraus flutuantes e se virou para Lucy com uma carranca desagradável.

– Não se atreva a me culpar por isso! – disse Brystal. – *Você* colocou milhares de pessoas em perigo! *Você* quase destruiu uma das maiores cidades do mundo! *Você* quase arruinou o relacionamento da comunidade mágica com a humanidade! E até que você entenda isso, sinto muito, Lucy, mas você está *fora do Conselho das Fadas*!

Lucy estava tão atordoada que seu queixo quase caiu no chão.

– O quê?! Você não pode me expulsar do Conselho das Fadas!

Brystal também não tinha certeza se poderia. Até então, o Conselho nunca precisou de um protocolo para mau comportamento.

– Bem... eu acabei de expulsar – disse Brystal com um aceno confiante. – Você está despojada de todos os privilégios do Conselho até que esteja madura o suficiente para assumir a responsabilidade por suas ações. Agora, se me der licença, tenho negócios a tratar.

Brystal deixou Lucy em estado de choque, congelada nos degraus flutuantes e foi para seu escritório no segundo andar. Ela empurrou as pesadas portas duplas e suspirou de alívio ao ver um cômodo vazio.

O escritório era uma câmara circular e espaçosa com estantes, armários de poções e móveis de vidro. Tinha janelas do chão ao teto, as quais ofereciam uma vista de tirar o fôlego para os terrenos da academia e para o oceano cintilante além dela. Nuvens brancas e fofas pairavam pelo teto alto, e bolhas saíam da lareira e flutuavam no ar.

A câmara estava cheia de objetos únicos que Brystal e sua antecessora, Madame Tempora, colecionaram ao longo dos anos. Na parede acima da lareira, havia um Mapa da Magia ampliado. Ele estava coberto por milhares de luzes cintilantes, uma para cada bruxa e fada viva na Terra. As luzes mostravam onde elas estavam localizadas nos quatro reinos e seis territórios.

Nos fundos do escritório, ao lado da mesa de vidro de Brystal, havia um globo muito especial que mostrava a ela como o mundo era visto do espaço. Ele permitia que Brystal monitorasse furacões enquanto eles sopravam pelos mares e tempestades enquanto varriam a terra, mas, o mais importante de tudo, Brystal usava o globo para ficar de olho na aurora boreal brilhando acima das Montanhas do Norte.

– Graças a Deus – ela sussurrou para si mesma. – Você ainda está aí.

Brystal ficou aliviada ao ver que as luzes do norte não haviam se movido enquanto ela estava fora. Ela nunca contou a ninguém *por que* as luzes eram tão importantes, mas, novamente, ninguém notou a frequência com que ela as verificava ao longo do dia. Era a primeira coisa que ela fazia de manhã e a última que fazia à noite, e, nos dias em que o Conselho das Fadas viajava, Brystal sempre inspecionava o globo antes e depois das viagens.

As luzes significavam que Brystal poderia deixar sua mente tranquila pelo menos a respeito de *uma* coisa. O dia havia lhe proporcionado muitas outras preocupações – e ainda não havia acabado.

– Você está cometendo um grande erro! – Lucy declarou quando entrou no escritório.

Por uma fração de segundo, Brystal ficou tentada a remover Lucy com magia, mas ela percebeu que não ajudaria em nada.

– Me diga por quê.

– Porque perder um membro da banda sempre termina em desastre! – Lucy explicou. – A mesma coisa aconteceu com os Goblins Tenores! Alguns anos atrás, um dos goblins foi expulso do grupo por devorar fãs. Mas a decisão saiu pela culatra! Sem um quarto membro, as pessoas sentiram que faltava algo na performance deles, e todos pararam de ir às apresentações!

– Ou talvez eles pararam de aparecer porque *as pessoas estavam sendo comidas*!

Lucy parou por um momento – ela nunca tinha pensado nessa possibilidade antes. Mas rapidamente dispensou a hipótese e voltou ao seu ponto inicial.

– Olha, eu entendo que errei e mereço uma punição, mas você não deveria colocar o Conselho das Fadas em risco só para me ensinar uma lição – ela disse. – Todo mundo sabe que somos seis... e *é isso* que as pessoas esperam ver! Se apenas cinco de nós comparecermos aos nossos eventos, as pessoas ficarão desapontadas. E assim como eu disse na Barragem do Oeste, se decepcionarmos as pessoas, elas começarão a se ressentir de nós e, em breve, começarão a odiar a *todos* da comunidade mágica!

– Lucy, eu sinceramente duvido que o destino da comunidade mágica dependa de *sua* presença.

– No começo, não, mas vai! – Lucy insistiu. – Neste momento, o Conselho das Fadas é a atração principal do mundo, mas quanto maior a expectativa, maior a chance de decepcionar. Já vi isso acontecer tantas vezes que perdi as contas. Quando os artistas ficam muito grandes muito rápido, eles começam a cometer erros. Eles ficam confortáveis e param de trabalhar para agradar as pessoas. Pessoas são cortadas e promessas são quebradas porque dão o público como certo. E justamente quando os artistas pensam que são imparáveis... *bum!* O público os troca por um ato que *atende* às suas expectativas!

– Lucy, o que fazemos não é um espetáculo!

– *Tudo é um espetáculo! Por que você não vê isso?*

Brystal respirou fundo e deslizou na cadeira atrás de sua mesa de vidro.

– Eu não estou tentando chatear você, estou apenas cuidando de nós – disse Lucy. – A comunidade mágica está segura porque as pessoas amam o Conselho das Fadas, e se queremos manter o público do nosso lado, não podemos arriscar incomodá-los. Dar às pessoas o que elas querem, quando elas querem, é a melhor maneira de garantir nossa sobrevivência.

Ela está certa, você sabe...

Mais uma vez, o pensamento veio do nada, surpreendendo Brystal.

Você nunca *possuirá* a aprovação da humanidade...

Você terá que ganhá-la dia após dia, até o fim dos tempos...

Brystal ouviu os pensamentos tão claramente que teve de lembrar a si mesma que eles estavam apenas na sua mente.

Eles podem tratá-la como uma salvadora, mas, na verdade, você não passa de uma *escrava*...

Um *objeto* da humanidade...

Uma *palhaça* no circo deles.

Brystal ficou perturbada com o que os pensamentos implicavam. Ela tentou se concentrar de onde eles vinham, mas cada um entrava e saía de sua mente tão rapidamente que ela não conseguia rastreá-los até uma linha lógica de raciocínio. Era como se outra pessoa estivesse colocando as ideias na cabeça dela e depois fugindo.

– Eu diria que estou fazendo você pensar – disse Lucy. – Não me considero uma especialista em muitas áreas, mas, pela primeira vez, definitivamente sei do que estou falando. Não importa quanta compaixão e caridade damos às pessoas, elas não ficarão satisfeitas a menos que demos algum *entretenimento* no processo. E, felizmente, sou a pessoa perfeita para nos ajudar a fazer isso.

Ela não quer te ajudar...

Ela só quer se ajudar...

Ela te trairia por um *pingo* de atenção...

Ela te abandonaria por um *minuto* de fama.

Brystal tentou ignorar os pensamentos, porém, quanto mais tentava, mais alto eles pareciam soar. Ela cobriu os ouvidos para bloqueá-los, mas os ouviu tão claramente quanto antes. Lucy ergueu uma sobrancelha para Brystal e levou o gesto para o lado pessoal.

– Você está realmente tampando seus ouvidos? – ela perguntou.
– Lucy, por favor, eu não quero mais falar disso – disse Brystal.
– Por que é tão difícil para você me ouvir?
– Há muita coisa em minha mente e eu...

– Isso é sobre a Barragem do Oeste, não é? O que será necessário para que você confie em mim novamente?

– Não, não tem nada a ver com...

– Então qual é o seu problema? Por que você está agindo assim?

Brystal suspirou e afundou na cadeira atrás de sua mesa. Parte dela queria contar a *alguém* sobre os pensamentos angustiantes, mas ela ainda estava tão confusa que não sabia o que dizer. Além disso, não era um bom momento para ter uma conversa franca com Lucy.

Ela não entenderia...

Ninguém entenderia...

Todo mundo vai pensar que você é louca...

Eles vão encontrar uma forma de usar isso contra você...

Eles estão *esperando* um motivo para se livrar de você.

Brystal não queria pensar coisas tão horríveis, mas não tinha controle sobre o que os pensamentos diziam. Lucy cruzou os braços e estudou Brystal como se fosse um enigma humano.

– Algo está incomodando você – disse ela. – Eu posso sentir... *problemas* são minha especialidade.

– Eu te disse, eu não quero falar disso agora – disse Brystal.

– Por que não? Eu te conto tudo sobre mim!

– Por favor, pare...

– Não, eu não vou parar! Eu não vou sair deste escritório até que você me diga o que está acontecendo!

– *Tudo bem!* Então *eu* vou embora!

Brystal ficou de pé e marchou para a porta, desesperada por algum tempo sozinha. Mas assim que estava prestes a sair do escritório, as portas duplas se abriram. Tangerin e Horizona entraram carregando as caixas de Elogios e Pedidos. Ambas as caixas estavam transbordando de envelopes.

– Temos mais cartas de fãs! – Tangerin anunciou.

– Você não vai acreditar o quanto recebemos esta semana! – disse Horizona.

As meninas foram seguidas pelo enorme cavaleiro com chifres que guardava a fronteira. Ele estava arrastando duas enormes sacolas que estavam ainda mais cheias de envelopes.

– O que Horêncio está fazendo com o correio? – Brystal perguntou.

– A fronteira está bem segura desde que o mundo se apaixonou pela magia – disse Tangerin. – Precisávamos de alguém para gerenciar o correio, então demos a ele um novo emprego.

– Brystal, onde você quer que coloquemos suas cartas? – Horizona perguntou.

– Algumas dessas são para mim? – Brystal perguntou.

Tangerin e Horizona olharam para ela como se ela estivesse brincando.

– Eles são *todas* para você – disse Tangerin.

Brystal não conseguia acreditar em quantas pessoas haviam se dado ao trabalho de escrever para ela. Havia centenas – talvez *milhares* – de cartas e cada uma delas endereçada à *Fada Madrinha*.

Nenhuma dessas pessoas realmente se *importa* com você...

Elas só *querem* algo de você...

Elas sempre vão querer mais e mais...

Elas *nunca* estarão contentes.

Brystal ficou o mais imóvel e estoica possível para que as outras não percebessem o quanto os pensamentos estavam afetando o humor dela.

– Podem colocá-las na mesa de chá – disse ela. – Vou ler mais tarde.

– Ficaríamos felizes em organizar suas correspondências, se você quiser! – disse Tangerin.

– Às vezes as pessoas mandam presentes! – disse Horizona.

Lucy cruzou os braços e fez uma careta para as meninas.

– Vocês se importam? – ela perguntou. – Brystal e eu estávamos no meio de algo antes de vocês interromperem.

– Na verdade, eu estava saindo – disse Brystal. – Sintam-se à vontade para vasculhar a correspondência e guardar os presentes que encontrarem.

Tangerin e Horizona sentaram-se no sofá de vidro e examinaram animadamente a correspondência. Porém, mais uma vez, antes que Brystal chegasse às portas, elas foram abertas por outra convidada inesperada. Smeralda entrou no escritório em um ritmo determinado, fazendo anotações em uma prancheta feita de esmeralda.

– Brystal, você tem um minuto? – perguntou Smeralda. – Estive revisando nossa agenda para a próxima semana e tenho algumas dúvidas para tirar com você. Estou tentando acertar todos os detalhes para que não haja surpresas. Eu não vou deixar outro nobre se aproveitar de nós de novo. Eles deveriam se envergonhar de nos enganar. Mas se nos enganarem de novo, a culpa é toda minha.

– Honestamente, Sme, agora não é um bom momento – disse Brystal.

– Não se preocupe, isso não vai demorar muito – disse Smeralda, e verificou sua prancheta. – A Rainha Endústria gostaria de nomear um navio com o seu nome enquanto estivermos no Reino do Leste na próxima semana. Eu disse a ela que depende do *tipo* de navio, não quero que ninguém use a *Fada Madrinha* para arpoar baleias.

– Boa previsão – disse Brystal, avançando cada vez mais para a porta. – Eu concordo; depende do tipo de navio.

– Em seguida, o Rei Branco quer criar um feriado com o seu nome – disse Smeralda. – Eles querem comemorar o dia em que você enviou a Rainha da Neve à reclusão. Não vejo problema nisso, desde que possamos escolher o nome do feriado. Devemos também descobrir que tipo de *festividades* terão lugar neste dia. Não queremos que as pessoas brinquem de pregar a varinha na fada para homenageá-la.

– Parece bom – disse Brystal. – Isso é tudo?

– Não exatamente – Smeralda disse. – O Rei Campeon XIV gostaria de colocar uma estátua sua na praça da cidade de Via das Colinas. Se estiver de acordo com isso, sugiro que peçamos a aprovação do escultor. A última coisa que queremos é algo *abstrato* que traumatize crianças pequenas.

– Diga ao rei que eu vou conversar com ele a respeito disso – disse Brystal, e alcançou a porta. – Agora, se você me der licença, vou tomar um ar fresco.

– *Brystal!* – disse Lucy. – Você realmente vai sair antes de terminarmos nossa conversa?

– *Brystal!* – disse Tangerin. – Alguém do Reino do Norte enviou a você a pulseira mais linda que já vi! Ficou maravilhosa em mim!

– *Brystal!* – disse Horizona. – Alguém do Reino do Sul lhe enviou uma lagarta morta! Ah, espere, a carta diz que era para ser uma borboleta quando você a abrisse. Bem, isso é uma pena.

Quando Brystal abriu a porta, uma velha borbulhante entrou no escritório. Ela tinha cabelo violeta e um avental roxo e ficou muito feliz em ver Brystal, mas Brystal suspirou ao ver *mais uma* visitante.

– Ah, que ótimo que você está aqui! – disse a velha. – Você é uma pessoa difícil de rastrear. Ou você está incrivelmente ocupada ou é incrivelmente boa em me evitar! HA-HA!

– Oi, Sra. Vee – Brystal disse. – O que posso fazer por você?

– Eu queria saber se você tomou uma decisão sobre o pedido que eu lhe enviei? – a Sra. Vee perguntou.

– Hum... eu tenho certeza que sim – disse Brystal. – Me lembre qual era o seu pedido de novo?

– Eu quero derrubar uma parede e expandir minha cozinha – a Sra. Vee disse. – Temos muito mais bocas para alimentar do que costumávamos. Uma imagem pode valer mais que mil palavras, mas um forno não cozinha para milhares de pessoas! HA-HA!

– Claro que você pode expandir sua cozinha, Sra. Vee – disse Brystal. – Minhas desculpas por não lhe dar uma resposta mais cedo. O Conselho tem estado muito ocupado.

Quando Brystal passou pela Sra. Vee na porta, Áureo veio correndo e interrompeu sua fuga.

– Brystal! Acabei de chegar da ala sudoeste da academia! – ele ofegou.

– Por quê? O que aconteceu? – ela perguntou.

– Um feitiço deu terrivelmente errado durante as aulas esta tarde! – disse Áureo. – Todas as fadas do quinto andar foram reduzidas ao tamanho de duendes!

– E elas precisam de mim para voltá-las ao normal?

– Na verdade, elas querem sua permissão para continuarem pequenas. Elas mencionaram os *benefícios do encolhimento*, mas não entendi o pedido. De qualquer forma, elas queriam obter uma resposta antes de aumentarem suas esperanças... ou *diminuírem*, não sei.

Brystal gemeu e revirou os olhos.

– Claro! O que quiserem! Eu não me importo!

Brystal passou por Áureo e pisou fundo pelo corredor. Ela estava acostumada a tomar decisões e encontrar soluções, mas hoje sentia que estava se afogando em todos os pedidos e perguntas.

É demais...

Há muitas decisões a tomar...

Não deveria estar em seus ombros.

Pela primeira vez, Brystal concordou com os pensamentos estranhos. Tudo o que ela queria era alguns momentos sozinha; tudo o que ela precisava era de alguns momentos de silêncio, mas parecia uma impossibilidade.

Seus amigos nunca saberão como é...

Eles cairiam aos pedaços com toda a pressão...

Eles seriam esmagados pela responsabilidade.

Os pensamentos fizeram a frequência cardíaca de Brystal aumentar cada vez mais. Se ela não se afastasse dos outros, tinha medo de explodir. Infelizmente, enquanto Brystal avançava pelo corredor, os amigos a seguiram.

– *Brystal!* Você gostaria de enviar uma nota de agradecimento pela minha pulseira?

– *Brystal!* O Rei Campeon precisa de uma resposta até amanhã.

– *Brystal!* As pequenas fadas deveriam se preocupar com os grifos?

– *Brystal!* Conhece uma fada com especialidade em reformas? HA-HA!

– *Brystal!* Devemos fazer um funeral para a lagarta?

– *Brystal!* Quando vamos terminar nossa conversa?

– *TODOS CALEM A BOCA!*

A explosão de Brystal surpreendeu as fadas, mas ninguém ficou mais surpreso do que a própria Brystal. Ela estava com vergonha de ter levantado a voz, mas, pela primeira vez no dia todo, ela finalmente teve *silêncio* – dentro *e* fora de sua cabeça.

– Eu... eu... sinto muito – disse ela. – Eu não queria gritar... É que... foi um longo dia e eu quero ficar sozinha. *Por favor*, apenas me deixem em paz...

Brystal correu pelo corredor antes que os amigos pudessem responder. As fadas respeitaram o pedido dela e não a seguiram.

– O que deu nela? – Tangerin sussurrou para os outros.

Lucy observou Brystal sair com um olhar determinado.

– Eu não tenho ideia – ela sussurrou de volta. – Mas eu vou descobrir.

· • ★ • ·

Brystal deu uma longa caminhada para clarear a cabeça e, felizmente, os pensamentos desagradáveis não a seguiram. Ela estava desesperada para descobrir como e por que eles estavam acontecendo, mas, infelizmente, a paz e o silêncio não forneceram nenhuma resposta. Os pensamentos a deixavam de mau humor cada vez que ocorriam, e, quanto mais ela tentava entendê-los, mais frustrada ficava.

Ela passeou pela Terra das Fadas, esperando que os jardins pitorescos a deixassem com um humor melhor. Enquanto caminhava, Brystal se concentrou em toda a positividade ao redor dela e se lembrou de todas as razões pelas quais ela tinha que ser *feliz*.

Ao longo do ano anterior, a Academia de Magia Memorial Celeste Tempora mudou tanto que estava quase irreconhecível. O castelo havia se expandido para quase dez vezes do tamanho original para acomodar todas as fadas que se mudaram para lá. As torres cintilantes tinham mais de trinta andares de altura e as paredes douradas se estendiam por dez acres. E cada vez que uma nova fada chegava, o castelo crescia um pouco mais.

Os unicórnios, os grifos e os duendes não eram mais espécies ameaçadas de extinção, e vagavam pela propriedade em bandos e manadas de tamanho saudável. Os animais ajudaram a fertilizar a terra, permitindo que flores ainda mais coloridas e árvores vibrantes florescessem mais do que antes.

Em todos os lugares que Brystal olhava, ela via fadas praticando magia e ensinando às recém-chegadas como desenvolver suas habilidades. As fadas acenavam e se curvavam para Brystal enquanto ela passava, e ela podia sentir a gratidão irradiando dos corações delas. Graças a ela, a pequena academia de Madame Tempora havia se transformado na Terra das Fadas e, pela primeira vez na História, a comunidade mágica tinha um ambiente seguro onde podiam viver pacificamente e prosperar.

Todas as fadas sabiam que Brystal era responsável pela felicidade delas, mas apesar da alegria que ela criava para os outros, Brystal não conseguia reunir nenhuma para si mesma.

Ao anoitecer, Brystal desceu o penhasco até a praia abaixo da academia. Então se sentou em um banco de pedra e observou o pôr do sol. O céu noturno estava cheio de nuvens cor-de-rosa, e o oceano brilhava enquanto o sol afundava no horizonte. Era uma visão de tirar o fôlego: um dos poentes mais espetaculares que Brystal tinha visto na Terra das Fadas. Mas nem mesmo *isso* levantou seu ânimo.

– Apenas seja feliz... – Brystal disse a si mesma. – Seja feliz... Seja feliz... Seja feliz...

Infelizmente, não importava quantas vezes ela repetisse o comando, o coração dela não ouvia.

– Com quem você está falando?

Brystal olhou por cima do ombro e viu uma menina de oito anos parada na praia atrás dela. A garota tinha grandes olhos castanhos e cabelos curtos e bagunçados; ela usava roupas elásticas feitas de seiva de árvore. Embora tivesse crescido uns trinta centímetros do ano anterior para este, para Brystal, ela sempre seria a garotinha que conheceu na Instituição Correcional Amarrabota para Jovens Problemáticas.

– Oi, Pi – disse Brystal. – Desculpe, você me pegou falando sozinha.

– Sem julgamentos aqui – disse Pi. – Algumas das minhas melhores conversas são comigo mesma. Quer companhia?

Mais *companhia* era a última coisa que Brystal queria, no entanto, já que o tempo sozinha não estava sendo tão útil quanto esperava,

Brystal gostou da ideia de ter uma distração. Deu um tapinha no banco de pedra e Pi se sentou ao seu lado.

– Como estão indo suas aulas? – Brystal perguntou.

– Bem – disse Pi. – Concluí minhas aulas de aperfeiçoamento, reabilitação e manifestação e amanhã começo a trabalhar a imaginação.

– Isso é maravilhoso. Você também tem trabalhado em sua especialidade?

– Eu tenho... olha só!

Pi tirou um anel do bolso e mostrou a Brystal como ela podia passar o braço inteiro por ele, como se seu membro fosse feito de barro.

– Muito impressionante – disse Brystal.

– Ontem eu espremi meu corpo inteiro em um pote de picles – disse Pi. – Infelizmente, fiquei presa nele por três horas. Entrar nas coisas é muito mais fácil do que sair delas, mas acho que a vida é assim.

– Eu gostaria de estar lá para ajudá-la. O Conselho das Fadas tem estado tão ocupado que mal tenho mais um momento para mim.

– Todo mundo está falando da sua visita ao Reino do Oeste. Ouvi dizer que foi um sucesso.

– Foi um pouco agitada demais para o meu gosto, mas ainda ajudamos muitas pessoas e as deixamos muito felizes no processo. Acho que isso é tudo o que importa.

– Mas você não *parece* muito feliz – Pi notou. – Alguma coisa está te incomodando?

Brystal encarou o pôr do sol e suspirou – não tinha mais forças para esconder isso.

– A felicidade é difícil para mim no momento – ela confessou. – Não me entenda mal, eu *quero* ser feliz. Há muito pelo que agradecer, mas, por alguma razão, não consigo parar de ter pensamentos negativos sobre tudo. Parece que estou presa em um pote de picles só meu.

– Tem certeza de que está sendo negativa? – Pi perguntou. – Eu sei, por experiência, que há uma linha tênue entre negatividade e apenas ser realista. Quando eu morava na Instituição, havia dias em que eu acordava pensando: *Uau, vou ficar aqui para sempre.* E em outros dias o pensamento era: *Droga, vou ficar aqui para sempre...* Mas eles eram pontos de vista muito diferentes.

– Não, definitivamente estou sendo negativa – disse Brystal. – Meus pensamentos me deixam com um humor horrível e fazem com que eu me sinta inquieta e paranoica. Puxa, gostaria que Madame Tempora ainda estivesse aqui, ela saberia exatamente como me ajudar.

– Se estivesse, o que diria a você? – Pi perguntou.

Brystal fechou os olhos e imaginou Madame Tempora sentada ao lado dela. Um sorriso agridoce surgiu no rosto dela quando se lembrou dos olhos violeta brilhantes da mentora e do toque suave de suas mãos enluvadas.

– Ela provavelmente me encorajaria a chegar à raiz do problema – disse Brystal. – Honestamente, acho que ser a Fada Madrinha está acabando comigo. Eu sabia que seria muita responsabilidade, mas há um componente emocional que eu não esperava.

– Sério? – Pi perguntou. – Como assim?

Brystal ficou quieta enquanto pensava nisso. A sensação era difícil de explicar para si mesma, quanto mais para outra pessoa.

– O mundo me conhece e me ama por uma qualidade pela qual eu costumava esconder e me odiar por ter – disse ela. – E mesmo sabendo que não tenho nada a temer ou ter vergonha, no fundo, ainda estou carregando esse medo e vergonha comigo. Em algum momento, fiquei tão ocupada mudando o mundo que esqueci de mudar a mim mesma com ele. E agora acho que esses velhos sentimentos estão começando a me pregar peças.

A nova perspectiva não resolveu os problemas dela, mas fez Brystal se sentir um pouco melhor. Pi olhou para o outro lado do oceano com um olhar sombrio, como se soubesse *exatamente* do que Brystal estava falando.

– Acho que entendo – disse ela. – Quando eu estava na Instituição Correcional, nunca senti que pertencia àquele lugar... *aliás, teria sido estranho se eu sentisse que pertencesse.* Mas embora eu viva na Terra das Fadas agora, o vazio ficou comigo. É como se, já que ninguém me ensinou a *pertencer* a algum lugar, eu me sentisse vazia em todos os lugares que vá. Acho que também estou carregando velhos sentimentos.

Brystal sentiu pena de Pi e desejou estar em um melhor estado de espírito para ajudá-la.

– Talvez *pertencer* não possa ser ensinado – disse ela. – Talvez seja apenas algo que temos que praticar.

Pi assentiu.

– Talvez *felicidade* também seja – disse ela.

As meninas trocaram sorrisos sem entusiasmo e assistiram o resto do pôr do sol em silêncio. A tranquilidade foi interrompida pouco depois pelo som de sussurros.

– *Veja! Lá está ela!*

– *Psiu! Não faça movimentos bruscos!*

Brystal se virou e viu Tangerin e Horizona na praia atrás dela.

– Está tudo bem – disse ela. – Eu não vou gritar com vocês de novo.

– Desculpe, sabemos que você queria ficar sozinha – disse Tangerin.

– É que... hum... algo veio pelo correio que você deveria ver – disse Horizona.

– De quem é? – Brystal perguntou.

Tangerin e Horizona se entreolharam com preocupação.

– Sua *família* – disseram elas.

O coração de Brystal de repente afundou na boca do estômago. Ela não falava com ninguém da família há mais de um ano – deve ter sido importante se eles estavam entrando em contato com ela. Brystal pulou do banco e Tangerin lhe entregou um envelope quadrado. Ao contrário das outras cartas, este envelope foi endereçado a *Brystal Perene* em vez de *A Fada Madrinha*, e a casa de sua família estava listada como o endereço do remetente. Brystal abriu o envelope e encontrou um cartão grosso com letras alegres dentro:

Você está cordialmente convidada para o

Casamento de

Agente de Justiça Barrie Perene
&
Lady Penny Charmosina

16 de campembro

Às cinco horas da tarde

Residência Perene

Estrada dos Campos do Leste, 481

Via das Colinas

Reino do Sul

Aguardamos você para comemorar conosco!

Em vez de presentes, por favor, doe para o
Lar para Desamparados de Via das Colinas

– Ai, meu Deus – disse Brystal.

– O que é isso? – Tangerin perguntou com a respiração suspensa.

– Meu irmão vai se casar!

– Ah! Graças a Deus! – disse Horizona. – Eu estava com medo de que alguém tivesse morrido!

Brystal não sabia o que era mais chocante: a ideia de *Barrie* ser o marido de alguém ou o fato de *ela* ter sido convidada para o casamento.

– Parabéns – disse Pi. – Isso deve fazer você feliz.

Brystal concordou, mas, apesar da notícia maravilhosa, ela se sentiu tão melancólica quanto antes.

– Você está certa – disse Brystal. – Isso deveria me fazer feliz... *Deveria...*

Capítulo Três

Uma apresentação honrosa

Depois que Brystal recebeu o convite para o casamento de Barrie, o dia dezesseis de campembro parecia uma eternidade distante, mas, por causa da agenda exigente do Conselho das Fadas, os dias passaram muito mais rápido do que Brystal queria. Nas semanas que antecederam o casamento, Brystal começou a temer a data como se fosse uma tempestade se aproximando. Ela tinha reuniões diárias com os diplomatas e dignitários mais famosos do mundo, mas ver sua *família* novamente era uma perspectiva aterrorizante.

A última vez que Brystal viu os seu irmãos, Brooks e Barrie, por pouco não foi executada em um tribunal. A última vez que viu o pai, o Juiz Perene, o humilhou na frente de todos os Juízes do Reino do Sul. E a última vez que viu sua mãe, a Sra. Perene, Brystal foi instruída a sair de casa e encontrar uma vida melhor.

Dado quão dramáticas foram as despedidas, Brystal não tinha ideia do que esperar ou como se preparar. Sem dúvida, o Juiz Perene ficaria ressentido com Brystal até o fim de sua vida, mas a opinião *dele* não era o que a preocupava. Brystal se preocupava com o modo como sua mãe e seus irmãos reagiriam ao vê-la novamente, e se perguntava se o último ano havia mudado o que eles sentiam por ela.

O convite provavelmente foi um erro...

Sua família não quer ver você...

Eles provavelmente *odeiam* como você mudou o mundo...

Eles provavelmente estão *envergonhados* com a pessoa que você se tornou.

A situação era um terreno fértil para os pensamentos perturbadores, e a cada dia Brystal estava mais e mais tentada a recusar o convite ao casamento. No entanto, sabia que nada seria pior do que perder um dia tão importante na vida do irmão. Assim, apesar de todo o medo e ansiedade que a percorriam, Brystal acordou na manhã do dia dezesseis determinada a partir.

Às três horas da tarde, Brystal partiu da Terra das Fadas e flutuou em direção ao Reino do Sul em uma grande bolha. Enquanto flutuava pelo céu, causou grandes alvoroços nas aldeias e fazendas abaixo dela. Cidadãos saíam correndo de suas casas para acenar a ela, cachorros latiam e perseguiam a bolha gigante, e até vacas e ovelhas pararam de pastar para vê-la voar.

Aproveite o carinho enquanto pode...

Você não receberá as mesmas boas-vindas em casa...

Estranhos a amam mais do que sua família jamais a amará.

Às quatro e meia, Via das Colinas apareceu à distância, e Brystal desceu para os campos do leste. Sua primeira visão da casa Perene a fez estremecer, como se os nervos dela tivessem criado pernas e a chutado no estômago. A modesta casa de infância de Brystal parecia exatamente como sempre foi. A única diferença eram todos os preparativos do casamento montados no gramado da frente.

Uma dúzia de fileiras de cadeiras brancas e um gazebo branco estavam dispostos sob uma longa tenda branca. Carruagens esperavam em uma longa fila pela Estrada dos Campos do Leste, deixando os passageiros um de cada vez. Os convidados do casamento formavam um grupo eclético de aristocratas e plebeus, idosos e jovens, e se misturavam em uma área com mesas altas e uma barraca de refrescos. A configuração era muito elegante e tradicional, mas era muito mais elaborada do que Brystal havia previsto. Se seu pai tivesse feito do jeito dele, Barrie se casaria em um celeiro decadente para demonstrar modéstia.

Brystal pousou no centro do gramado da frente e estourou a bolha com a varinha de cristal. Os convidados ficaram emocionados ao ver Brystal e a cercaram como uma matilha de lobos famintos.

– *É a Fada Madrinha!*
– *Eu não posso acreditar que a estou vendo na vida real!*
– *Você acha que ela vai falar comigo?*
– *Eu sabia que deveria ter me vestido melhor!*

Todos os sussurros fizeram Brystal se sentir muito estranha, não por causa da atenção, mas porque reconheceu tantos rostos na multidão. Viu amigos da família e primos distantes, ex-colegas de escola, professores e vizinhos com quem cresceu. A maioria dos convidados conhecia Brystal desde que era uma criança pequena, mas a estavam olhando como se fosse de outro planeta.

– *Fada Madrinha! Posso ter seu autógrafo?*
– *Fada Madrinha! Você beijaria meu bebê?*

– *Fada Madrinha! Posso ganhar um abraço?*
– *Fada Madrinha! Você vai fazer alguma mágica para nós?*

As únicas pessoas que não ficaram emocionadas ao ver Brystal foram um grupo de Juízes do Reino do Sul amontoados no canto do gramado. Os homens estavam vestidos com as típicas túnicas pretas e chapéus pretos altos, e observavam Brystal como um bando de abutres. Ironicamente, Brystal quase preferiu as odiosas carrancas dos Juízes às reações dos outros convidados.

– *Fada Madrinha! Você está aqui para dar presentes?*
– *Fada Madrinha! Você pode transformar meu vestido em um traje de gala?*
– *Fada Madrinha! Você pode fazer meu cabelo crescer de volta?*
– *Fada Madrinha! Você pode me dar uma boa voz para cantar?*

Assim que seu tio-avô se ajoelhou para beijar seus pés, Brystal começou a procurar um lugar para se esconder, mas havia apenas *um* lugar para ir. Sem outras opções, Brystal passou pela multidão animada e correu para a casa Perene.

Uma vez que a porta da frente se fechou atrás dela, Brystal suspirou de alívio, mas o interior da casa era ainda mais caótico do que o exterior. Dezenas de madrinhas e padrinhos corriam freneticamente pela casa como se estivesse pegando fogo.

– *Alguém viu minha gravata-borboleta?*
– *Ei! Esse é o meu sapato!*
– *AI, MEU DEUS! Perdi as alianças!*
– *Como acabei com dois ramalhetes?*
– *Alarme falso! As alianças estão aqui!*

Felizmente, eles estavam tão ocupados aplicando os toques finais em seus ternos e vestidos que não notaram Brystal parada no hall de entrada. E, no início, Brystal estava tão distraída com todas as pessoas correndo loucamente que não notou mais nada. Uma vez que as madrinhas e os padrinhos deixaram a frente da casa, Brystal de repente engasgou.

Ao contrário do lado de fora, o *interior* da casa Perene tinha mudado tanto que Brystal pensou que ela estava no lugar errado.

No passado, o Juiz Perene era tão conservador que negava à família qualquer coisa que considerasse *extravagante*. Todos os pertences dos Perene, desde suas roupas até o papel de parede, eram de segunda mão ou baixa qualidade. Servos estavam completamente fora de questão, obrigando Brystal e a Sra. Perene a cuidar da cozinha, limpeza e jardinagem sozinhas. No entanto, quando Brystal olhou ao redor da casa com novos olhos, ela percebeu que *esse* já não era mais o caso.

Todos os quartos foram mobiliados com móveis novos que combinavam. Os pratos e tigelas do armário de porcelana eram da mesma cor, e os talheres eram do mesmo conjunto. As cortinas eram feitas do mesmo tecido, e todas as paredes haviam sido pintadas recentemente no mesmo tom de cinza perolado. Porém, o mais surpreendente de tudo foi que Brystal encontrou *criadas* arrumando tudo depois que as madrinhas e os padrinhos saíram, e um *cozinheiro* preparando a comida.

Foi tão chocante que Brystal sentiu como se tivesse entrado em outra dimensão, e ela se perguntou se *todos os cômodos* tinham sido redecorados. Antes que pudesse se conter, a curiosidade tomou conta dela, e ela subiu as escadas para seu antigo quarto no topo da casa.

Brystal abriu lentamente a porta do quarto e entrou. A cama estava feita com os mesmos lençóis, a mesinha de cabeceira apoiava a mesma vela, o espelho e a cômoda estavam no mesmo canto, até mesmo a tábua solta do assoalho não havia sido tocada desde que ela saiu. O quarto parecia exatamente como ela se lembrava, mas, estranhamente, *parecia* completamente diferente. Brystal não podia acreditar quão *pequeno* e *frio* era seu antigo quarto, e ainda assim o tamanho e a temperatura nunca se destacaram em sua memória.

Talvez o quarto parecesse menor porque ela havia crescido tanto como pessoa, e talvez o quarto parecesse mais frio porque agora ela sabia como era o calor de um *verdadeiro lar*.

Lágrimas brotaram nos olhos de Brystal enquanto ela se lembrava de como a vida dela costumava ser na casa dos Perene. Ela se lembrou de todas as noites em que chorou até dormir, de todos os dias em que viveu com medo e de todos os pesadelos entre eles. Lembrou-se da angústia de querer uma vida melhor, da dor das orações não respondidas e da asfixia de se sentir presa. Mas Brystal não apenas se lembrava das emoções, ela *sentia* também. Todo o medo e tristeza emergiram de dentro dela, mais fortes do que nunca.

Você nunca vai se livrar dela...

Não importa aonde você vá, ou o que você faça...

Parte de você sempre será aquela garotinha assustada e reprimida...

Ela sempre estará dentro de você...

Sempre.

Brystal não conseguia entender por que ela estava sentindo e pensando tais coisas. A vida dela mudara tão significativamente que era praticamente uma pessoa diferente – então por que ela estava carregando a mesma dor de cabeça de seu passado? Ela se olhou no espelho em busca de segurança, mas, infelizmente, o reflexo dela só a fez se sentir pior. Não havia diferença entre a expressão triste no rosto de Brystal naquele dia e a expressão triste que estampava durante a maior parte de sua infância.

Talvez a vida não tivesse mudado tanto quanto ela pensava.

– Você veio! – disse uma voz atrás dela.

Brystal rapidamente enxugou as lágrimas e olhou por cima do ombro. Uma linda mulher de meia-idade em um vestido verde-azulado brilhante estava parada na porta. A mulher ficou em êxtase ao ver Brystal e correu para o quarto para abraçá-la.

– Mãe? – Brystal ofegou. – É você?

A Sra. Perene parecia tão diferente que Brystal não a reconheceu a princípio. O cabelo dela não estava mais preso em um coque no topo da cabeça, mas fluía livremente até a cintura. As olheiras sob os olhos dela tinham desaparecido, e, pela primeira vez na memória de Brystal, a Sra. Perene parecia *descansada*. O vestido verde-azulado também destacou o verde dos olhos de sua mãe de uma forma que Brystal nunca havia notado até então.

– Ah, minha querida menina – disse a Sra. Perene, e abraçou Brystal um pouco mais apertado. – Eu senti tanto sua falta! Eu não posso dizer o quanto estou feliz em vê-la!

– Mãe, você está *incrível*! – disse Brystal. – O que aconteceu?

– Espero que você não esteja *muito* surpresa – a Sra. Perene brincou com ela.

– Claro que não... não foi o que eu quis dizer – Brystal se explicou. – Me desculpe... Tudo está tão diferente. Não esperava que a casa estivesse assim. Eu não esperava que *você* estivesse assim. Há móveis novos, porcelanas novas, cortinas novas... você tem até *criados*! Como o pai está permitindo tudo isso?

– Eu finalmente dei a ele um ultimato – disse a Sra. Perene. – Eu disse que se não contratasse criadas e uma cozinheira para me ajudar em casa, eu o deixaria. E eu o lembrei de que se eu fosse embora, ele não teria escolha a não ser contratar criadas e uma cozinheira de qualquer maneira. Você deveria ter visto a cara dele! A ideia de me perder deve tê-lo realmente assustado, porque ele não me negou nada desde então.

Brystal estava incrivelmente orgulhosa de sua mãe, mas os pensamentos dela rapidamente anularam o sentimento e o substituíram por vergonha.

Você deveria ter ajudado sua mãe...

Se não fosse por ela, você ainda estaria na Instituição Correcional Amarrabota para Jovens Problemáticas...

Mas você a *abandonou* para ajudar estranhos...

Você *falhou* com ela e ela teve que fazer tudo sozinha.

– O que há de errado, Brystal? – a Sra. Perene perguntou. – Por que você parece tão triste?
– Ah, não é nada – disse ela.
A Sra. Perene deu a Brystal um olhar severo; não importava quanto tempo tivesse passado, a Sra. Perene sempre sabia quando Brystal estava mentindo para ela.
– Eu apenas me sinto culpada – confessou Brystal. – Depois que você assinou minha permissão para frequentar a escola de Madame Tempora, eu sempre disse a mim mesma que voltaria e te salvaria deste lugar, mas nunca voltei. Tenho ajudado estranhos em todo o mundo, mas nunca ajudei *você*.
A Sra. Perene parecia ao mesmo tempo com o coração partido e feliz com a confissão de Brystal. Ela carinhosamente colocou a mão no rosto de sua filha e olhou profundamente nos olhos dela.
– Brystal, você não é responsável pela felicidade de ninguém além da sua própria. Nem mesmo da minha – disse a Sra. Perene. – A última vez que conversamos, eu lhe disse para deixar este lugar horrível e nunca mais voltar porque era exatamente o que aqui era: *um lugar horrível*. Não achei que fosse possível mudar. Mas então algo incrível aconteceu... alguém apareceu e me mostrou que nada era impossível.
– Quem? – Brystal perguntou.
– *Você*, querida – a Sra. Perene disse. – Pensei: *se minha filha pode mudar o mundo inteiro, também posso fazer mudanças*. Sem o seu

exemplo, eu nunca teria coragem de enfrentar seu pai. Então, de muitas maneiras, você *me* salvou. E não apenas a mim... você inspirou milhares de outras pessoas a melhorarem suas vidas também. Espero que você saiba o quanto isso é especial.

Brystal sabia o quanto as palavras de sua mãe eram significativas, mas seu estado de espírito atual não deixava o sentimento entrar. Apenas deu de ombros como se a Sra. Perene estivesse lhe dando um pequeno elogio.

– Às vezes, é um pouco demais para suportar – disse ela.

– Eu imagino – a Sra. Perene disse. – Eu vi como essas multidões reagem a você e seus amigos.

– Você viu? Você esteve em um de nossos eventos? – Brystal perguntou incrédula.

– Ah, eu não perdi um único evento no Reino do Sul – disse a Sra. Perene com um sorriso orgulhoso. – Eu estava lá quando você reconstruiu o orfanato que foi incendiado, eu estava lá quando você deu um novo teto ao hospital para soldados feridos, e eu estava lá na semana passada quando o Rei Campeon a presenteou com uma estátua na praça da cidade de Via das Colinas. Na verdade, até levei uma grande faixa com seu nome para este. Havia tanta gente lá, imagino que foi difícil me ver.

– Eu gostaria de ter sabido que você estava lá! – disse Brystal. – Eu adoraria ver você!

– Tudo o que importa é que você está aqui agora – disse a Sra. Perene. – É um milagre que você tenha recebido o convite de casamento. Eu estava com medo de que aquele grande cavaleiro o perdesse.

Brystal tinha certeza de que ela tinha ouvido mal.

– Espere um segundo... *você* mesma entregou o convite?

– É claro. Era importante – disse a Sra. Perene. – Eu marchei até o cavaleiro e disse a ele: "não me importo com quão assustador você pareça, se esta carta não chegar à minha filha, eu serei a coisa mais assustadora que você já conheceu". Ele não parecia muito assustado, mas deve ter funcionado.

Brystal ficou sem palavras – até seus pensamentos ficaram em silêncio. Claramente, a Sra. Perene não tinha nada além de amor incondicional e apoio pela filha dela, e a mente de Brystal não conseguia transformar isso em nada negativo.

– *Mãe! Onde você está? Preciso da sua ajuda!*

A Sra. Perene revirou os olhos.

– Estou no quarto da sua irmã! – ela chamou.

– É Barrie? – Brystal perguntou. – Ele parece mais estressado do que o normal.

– Seu irmão tem estado uma pilha de nervos desde que ele fez o pedido de casamento – disse a Sra. Perene. – Parece até que ele vai ser a primeira pessoa na História a se casar.

Elas ouviram passos frenéticos subindo as escadas e correndo pelo corredor, e então Barrie irrompeu no quarto na velocidade do relâmpago. Ele estava vestido com um terno preto elegante e carregava um punhado de botões que deveriam estar no paletó dele. Barrie estava em tal pânico que levou um momento para notar a irmã, parada ao lado de sua mãe.

– *Mãe, aconteceu de novo! Eu nem percebi que estava brincando com meus botões até arrancá-los todos!* Ah, oi, Brystal. *Sinto muito, mãe! Por favor, não fique com raiva de mim! Estou tão nervoso que sinto como se houvesse morcegos no meu estômago! Você acha que pode consertá-los antes...* BRYSTAL?!

O discurso de pânico de Barrie rapidamente se transformou em um ataque de riso alegre. Ele deu um abraço enorme em Brystal e a girou ao redor da sala.

– Brystal! Brystal! Brystal! – Barrie aplaudiu. – É tão maravilhoso ver você!

– É maravilhoso ver você também, Barrie!

– Eu não posso acreditar que você está aqui! Puxa, você esteve ocupada! O que você tem feito é *notável*! Significa muito para mim que você conseguiu vir!

– Eu não teria perdido seu casamento por nada neste mundo – disse Brystal.

– É engraçado, de todas as pessoas que me disseram isso hoje, você é a primeira pessoa que *realmente* fala sério – disse Barrie. – Tenho acompanhado todas as suas realizações nos jornais. Penny me ajudou a começar um álbum de recortes com todas as notícias que recortei... ah, esse é o nome dela, *Penny*. Mas suponho que você já sabia disso pelo convite.

– Mal posso esperar para conhecê-la – disse Brystal. – Como ela é? Onde vocês se conheceram?

Um enorme sorriso surgiu no rosto de Barrie enquanto pensava na futura esposa. Brystal nunca o tinha visto tão feliz; na verdade, ela nunca tinha visto *alguém* tão feliz.

– Ela é... ela... ela é a pessoa mais incrível que eu já conheci – Barrie disse. – Nós nos conhecemos há onze meses na Biblioteca Via das Colinas... Ah, obrigado por mudar a lei, a propósito! Não teríamos nos conhecido se as mulheres ainda fossem proibidas! De qualquer forma, estávamos no mesmo corredor e pegamos o livro *A virada de chave no mercado de fechaduras* exatamente ao mesmo tempo. Acontece que ela tem um fascínio por fechaduras e chaves como eu! Naturalmente, eu disse a ela para levar o livro, mas ela insistiu que eu o pegasse primeiro. Continuamos debatendo sobre quem deveria levá-lo e, finalmente, concordamos em *compartilhar* o livro. E o resto é história!

– Barrie, se você quer um casamento bem-sucedido, sugiro que aprenda a costurar – a Sra. Perene repreendeu. – Vou levar uma hora para colocar todos esses botões de volta no seu terno! E a cerimônia está prestes a começar!

– Na verdade, eu posso ajudar com isso – disse Brystal.

Com um movimento da varinha de Brystal, todos os botões voaram da mão de Barrie e se recolocaram no paletó dele. Brystal também enfiou a mão no bolso de seu terninho e tirou um pequeno presente coberto com um laço dourado.

– Aqui – disse Brystal, e entregou a ele. – Eu fiz para você um estojo de costura encantado como presente de casamento. Basta passar a linha pelo buraco da agulha e ela fará o resto. Eu ia guardá-lo para mais tarde, mas é melhor você carregar consigo, caso precise consertar seu terno novamente.

Barrie ficou tocado pelo presente.

– Você me conhece tão bem – disse ele. – Obrigado.

O momento de ternura foi interrompido por outro par de passos subindo as escadas, e, desta vez, Brystal os reconheceu instantaneamente: era o som que ela mais temia quando era criança. O Juiz Perene entrou no quarto com respiração pesada e uma sobrancelha tensa.

– A cerimônia deve começar em cinco minutos e nem uma única madrinha ou padrinho está completamente vestido!

O pai de Brystal já estava com raiva, mas foi quando seus olhos encontraram a filha, que ele se enfureceu de verdade. Todo o corpo dele ficou tenso e o rosto ficou vermelho-vivo. O Juiz se recusou a olhar para Brystal; em vez disso, apontou para ela e dirigiu a carranca furiosa para a esposa.

– O que *essa coisa* está fazendo aqui? – ele perguntou.

– Eu a convidei – a Sra. Perene disse como se fosse óbvio.

O Juiz Perene fechou os olhos e tentou reprimir sua raiva. Brystal poderia dizer que era uma prática nova para o pai dela, porque o Juiz não era muito bom nisso.

– Lynn, nós concordamos que não...

– Nós não concordamos com nada! – a Sra. Perene disse, levantando a voz para se igualar à dele. – Você me disse que não a queria aqui, e eu escutei, mas nunca lhe dei a impressão de que ela não foi convidada.

Você pode fingir que ela não existe o quanto quiser, mas Brystal ainda é *minha* filha e ela tem todo o direito de estar no casamento de seu irmão.

Brystal ficou agradavelmente surpresa com a facilidade com que sua mãe enfrentou o marido. A Sra. Perene debateu com ele como se fosse um novo hobby divertido. O Juiz ficou tão vermelho que estava quase roxo.

– Vou permitir que fique para o casamento, mas não vou *permitir* que permaneça na minha casa! – ele zombou.

A Sra. Perene levantou um dedo e deu um passo em direção ao Juiz, mas Brystal parou a mãe dela antes que a discussão continuasse. Ela não queria que nada estragasse o dia especial de Barrie, especialmente um desentendimento a respeito *dela*.

– Mãe, está tudo bem – ela disse calmamente. – Estou mais do que feliz em esperar do lado de fora até o casamento começar.

Brystal saiu do quarto, mas parou na porta.

– Aliás – ela sussurrou para seu pai –, pelo que parece, esta não é mais a *sua* casa.

Brystal deixou a casa Perene e se juntou aos convidados do casamento do lado de fora. Ela esperava encontrar um lugar para se esconder antes que alguém a visse retornar, mas os convidados estavam reunidos em volta da porta da frente esperando por ela. O número de participantes dobrou desde que ela chegara, e claramente todos os recém-chegados foram notificados da presença de Brystal.

– *Fada Madrinha! Você pode me dar uma casa maior?*

– *Fada Madrinha! Você pode curar minha indigestão?*

– *Fada Madrinha! Você pode diminuir meu nariz?*

– *Fada Madrinha! Você pode ensinar boas maneiras aos meus filhos?*

Os convidados se aproximaram cada vez mais, e Brystal se esquivou de todas as mãos que tentavam tocá-la. Ela começou a pensar que ficaria presa na varanda da frente dos Perene o resto do dia, mas foi resgatada por uma voz beligerante vinda de longe.

– EEEEEI, SE AFASTEM DELA! TODOS VOCÊS!

Todos no gramado da frente se voltaram para um homem todo desleixado na barraca de refrescos. O cabelo desgrenhado dele precisava desesperadamente de um barbeiro, e seu terno marrom justo precisava desesperadamente de um alfaiate. O homem fumava febrilmente um cachimbo de madeira e, pela maneira como estava encostado no balcão de refrescos, era óbvio que havia bebido demais.

– PELO AMOR DE CAMPEON... É APENAS A *BRYSTAL* DE SEMPRE! ALGUNS TRUQUES DE MÁGICA NÃO FAZEM DELA UMA SANTA!

– *Brooks?* – Brystal ofegou.

Ao contrário da mãe dela, o último ano não tinha sido gentil com seu irmão mais velho. Sua constituição musculosa se derreteu em flacidez, o rosto bonito estava inchado e coberto de barba por fazer, e a postura pomposa fora substituída por uma corcunda protuberante. Todos os convidados do casamento se afastaram lentamente de Brystal, e ela ziguezagueou pela multidão para chegar ao lado do irmão.

– Obrigada – ela disse a ele. – Oi, Brooks... Você parece tão... É tão bom... *Oi, Brooks.*

– *Não* – disse ele.

– Não o quê? – ela perguntou.

– Não se preocupe em desperdiçar essa porcaria de fada em mim. Eu não sou como *aqueles* idiotas. Um pouco de gentileza e alguns brilhos não vão me transformar em um de seus bajuladores dementes. Não importa quem você é ou o que você se tornou, você sempre será minha irmãzinha chata e sabe-tudo. Então não venha aqui esperando que eu coma na palma da sua mão...

Brystal de repente jogou os braços ao redor do irmão e deu-lhe um grande abraço.

– Você não tem ideia de como é bom ouvir alguém dizer isso! – ela disse.

Brooks ficou surpreso com a reação dela.

– Bem... eu estou falando sério – disse ele. – Agora saia de cima de mim antes que essa sua magia passe para mim. Eu não quero aqueles puxa-sacos *me* pedindo favores.

Brystal o soltou de seu abraço. Brooks pediu outra bebida ao atendente atrás do balcão. O atendente não estava servindo tão rápido quanto Brooks gostaria, então Brooks arrancou a garrafa dele e serviu a bebida a si mesmo. Brystal estudou o irmão com um olhar longo e complacente. Ela tentou arrumar uma mecha do cabelo bagunçado de Brooks, mas ele deu um tapa na mão dela.

– Então... *como você está*? – Brystal perguntou a ele, embora a resposta fosse bastante óbvia.

– Ah, *tuuuuudo* perfeito! – disse Brooks. – As coisas não poderiam estar melhores. Vamos ver, meu irmão mais novo vai se casar com uma das solteiras mais cobiçadas do Reino do Sul, minha irmã mais nova é a pessoa mais influente que já existiu e *eu* estou trabalhando em uma loja de sapateiro! Então, *nenhuma* reclamação aqui! A vida está indo muito bem!

– Você está trabalhando em uma loja de sapatos? – Brystal perguntou, e rapidamente ajustou o tom. – Quero dizer, *você está trabalhando em uma loja de sapatos*! Que legal! Mas por que você não é mais Agente de Justiça?

– O Juiz Flanella me expulsou – disse Brooks.

– O quê?! Quando?!

– Depois de seu julgamento no ano passado, ele denunciou meu *comportamento negligente* aos Alto Juízes. Eles tiraram meu título e minha toga e me baniram do sistema legal por toda a vida.

— Brooks, lamento muito ouvir isso — disse Brystal. — Se houver algo que eu possa fazer para compensar você, por favor, não hesite em me pedir.

— Não se preocupe, não foi sua culpa — disse Brooks. — Todo mundo sabe que Flanella me demitiu como retaliação ao nosso pai. Às vezes acho que tudo valeu a pena, porque pude ver a cara nojenta de Flanella quando o pai irrompeu no tribunal dele e salvou sua vida.

— Aposto que o pai se arrepende agora — disse Brystal. — Ainda assim, sinto muito que você teve que pagar o preço por isso.

Brooks deu uma longa tragada no cachimbo dele e lentamente soltou a fumaça.

— Provavelmente foi melhor assim — disse ele. — Sejamos honestos, eu era um péssimo Agente de Justiça de qualquer maneira. Nunca me importei em defender ou processar criminosos... Eu só fui para a Faculdade de Direito para agradar o pai. Agora estou finalmente livre para seguir minha paixão.

— E qual seria? — Brystal perguntou.

Ela não estava tentando ser rude, ela realmente não sabia a resposta. Enquanto cresciam, o único assunto em que Brooks se interessava era ele mesmo. Ele abriu a boca para responder, mas também não sabia a resposta.

— Agora estou finalmente livre para *encontrar* uma paixão — ele reafirmou.

Brystal deu a seu irmão um tapinha solidário no ombro.

— Eu sei que você vai se reerguer — disse ela. — Você se tem em alta conta demais para ficar em uma fase ruim para sempre.

— Sim, eu também acho.

Brystal de repente sentiu uma sensação estranha — era como a sensação de estar sendo observada, mas exatamente o oposto. Pela primeira vez desde que ela chegara, os convidados do casamento não a olhavam boquiabertos. A atenção deles foi atraída para algo se movendo à distância. Uma cavalgada de guardas armados escoltava uma carruagem elegante pela estrada rural. Os guardas sopravam chifres para anunciar a chegada e carregavam bandeiras com o brasão real do Rei Campeon XIV.

– O rei vem ao casamento de Barrie? – Brystal perguntou.

– Suponho que sim – disse Brooks com um soluço. – Barrie vai se casar com sua sobrinha.

Brystal ficou atordoada.

– Sério? Eu não fazia ideia.

– Como se meu irmão mais novo se casar antes de mim não fosse humilhante o suficiente, ele também conseguiu se tornar um membro da realeza. Deste dia em diante, Barrie será conhecido como *Lorde Perene*, e espera que eu me curve e o chame de *senhor* sempre que estiver em sua presença.

O pensamento era demais para Brooks suportar. Ele estendeu o braço para atrás do balcão de bebidas e começou a entornar a garrafa mais próxima.

A carruagem real estacionou no gramado da frente e todos os convidados do casamento a cercaram. Os guardas estenderam um tapete vermelho para os passageiros reais e ficaram em posição de sentido enquanto eles saíam. Um homem de meia-idade foi o primeiro passageiro a sair da carruagem. Ele usava uma capa de veludo vermelho com acabamento de pele e um grande chapéu de penas. Tinha uma barba preta que era um pouco *demais* para passar como uma cor natural e um sorriso arrogante que nunca desaparecia do rosto. Ele soltou um risinho debochado à primeira visão da casa Perene, como se ele fosse importante demais para estar lá.

– Quem é aquele? – Brystal perguntou a seu irmão.

– Esse é o Príncipe Máximo Campeon, o futuro Rei Campeon XV – Brooks disse.

– Eu me pergunto por que eu nunca o conheci antes – disse Brystal.

– Provavelmente porque ele odeia sua coragem – disse Brooks. – O Príncipe Máximo é extremamente antiquado e detesta como você mudou a constituição. Ouvi rumores de que ele implorou ao pai para restabelecer as leis antigas, mas o rei não quis ouvir uma palavra sobre isso. Aparentemente, desde que você derrotou a Rainha da Neve, a única pessoa de quem o Rei Campeon recebe conselhos é *você*.

O Príncipe Máximo foi seguido por cinco jovens, todos com idades entre doze e vinte anos. Os jovens pareciam versões mais jovens do príncipe e usavam capas e chapéus de penas que combinavam. Eles examinaram a propriedade Perene com um vazio perceptível atrás dos olhos, como se nenhum deles nunca tivesse tido um pensamento profundo.

Os convidados do casamento se curvaram quando cada um dos membros da realeza desceu da carruagem. Brystal esperava que o Rei Campeon XIV surgisse em seguida, mas o soberano não apareceu.

– Presumo que esses são os filhos de Máximo – disse Brystal.

– Seus nomes são Triunffo, Conquisto, Victorio, Meta, Fascínio – listou Brooks. – Mas não me pergunte quem é quem. Duvido que o pai deles consiga diferenciá-los.

– Por que o rei não está com eles? – Brystal perguntou.

– Ouvi rumores de que a saúde dele está piorando – disse Brooks.

– Que estranho – disse Brystal. – Acabei de ver o Rei Campeon. Ele me presenteou com uma estátua na praça da cidade de Via das Colinas. Ele parecia perfeitamente saudável na ocasião.

– Bem, você sabe como os idosos são... eles atingem uma certa idade e param de cuidar de si mesmos – disse Brooks, e então bebeu uma segunda garrafa atrás do balcão. – Máximo provavelmente estará sentado no trono mais cedo do que esperamos.

A ideia de perder o Rei Campeon XIV atormentava Brystal com um lote inteiramente novo de preocupações. No ano anterior, ela o persuadiu, assim como aos outros soberanos, a legalizar a magia em troca de proteção da Rainha da Neve. Mas e se o Príncipe Máximo não fosse tão receptivo quanto seu pai? Como Brystal poderia proteger a magia, as mulheres e as criaturas falantes dos valores antiquados de

Máximo? E se ela não pudesse, o Rei Guerrear, a Rainha Endústria e o Rei White seguiriam o exemplo do novo monarca?

É melhor esperar que o Rei Campeon XIV fique por aqui...

Assim que o Príncipe Máximo for coroado, ele restaurará as velhas leis...

Ele colocará o povo dele contra vocês...

Ele convencerá os outros soberanos a fazerem o mesmo...

Tudo o que você se dedicou a fazer será perdido.

Durante semanas, Brystal se preocupou em perder a aprovação da humanidade, e agora as preocupações dela pareciam mais legítimas do que nunca.

As leis mudarão...

As mulheres perderão seus direitos...

As criaturas falantes perderão suas casas...

A magia será criminalizada...

Você e seus amigos serão odiados mais uma vez.

Os príncipes abriram caminho entre a multidão de convidados adoráveis. O Príncipe Máximo finalmente chegou ao grupo de Juízes e os cumprimentou com abraços amigáveis. Brystal não podia ouvir o que eles estavam discutindo, mas era óbvio que os Juízes estavam alertando o Príncipe Máximo sobre sua presença. Todos os homens fizeram uma careta para Brystal, mas a carranca do Príncipe Máximo foi a mais desagradável de todas.

Ele despreza você...

Possivelmente mais do que os próprios Juízes...

Ele *nunca* vai manter suas emendas à constituição...

Ele quer eliminá-la completamente...

Você se tornou uma inimiga poderosa.

Brystal já tinha tantas coisas com que se preocupar, acrescentar o Príncipe Máximo à lista lhe deu dor de cabeça. Ela procurou no gramado da frente por algo – *qualquer coisa* – para tirar sua mente disso. Por sorte, Brystal encontrou a distração perfeita.

Enquanto os príncipes cumprimentavam os convidados do casamento, um sétimo passageiro desceu da carruagem. Ele tinha cerca de dezesseis anos e era muito mais alto e mais bonito do que a realeza com quem viajava. O jovem tinha cabelos castanhos ondulados, um maxilar esculpido e uma cicatriz na bochecha esquerda que Brystal achou muito misteriosa. Ao contrário dos príncipes, ele não usava chapéu de penas, capa ou mesmo gravata, mas um simples terno marrom com camisa aberta.

– Quem é ele? – Brystal perguntou a seu irmão.

– Como *você* não sabe nada sobre a realeza? – disse Brooks. – Esse é o sobrinho de Máximo – Príncipe *Gallante*, eu acredito – ou talvez seja *Gallinacea*? Mas ele está tão longe na linha de sucessão, quem se importa?

Brystal se importava. Na verdade, ela não conseguia tirar os olhos do príncipe. Brystal achou que ele era tão impressionante que só de vê-lo ela corou. A atração foi a primeira emoção agradável que ela teve em semanas, então a acolheu e saboreou completamente.

– Seja qual for o nome dele, é muito bonito – disse Brystal.

– Eu costumava parecer com ele – disse Brooks, e ergueu a garrafa. – Aproveite enquanto dura, garoto!

Brystal percebeu que o Príncipe Gallante estava impressionado com todos os convidados do casamento competindo pela atenção da realeza. Ele se esgueirou entre a multidão e foi direto para debaixo da tenda. O príncipe sentou-se em uma cadeira na fileira de trás e descansou os pés em um assento à sua frente. Então tirou um livro de dentro da jaqueta e leu enquanto esperava o casamento começar. Brystal não achava que ele poderia ser mais atraente, mas saber que era um *leitor* fez o coração dela palpitar.

Um sino tocou para anunciar o início da cerimônia e todos os convidados se amontoaram na tenda para encontrar assentos. O Príncipe Máximo e seus filhos sentaram-se com os Juízes, e os guardas reais alinharam o perímetro da tenda para vigiá-los. Brooks estava sentado em uma seção reservada para a família Perene bem na frente. Brystal não queria se sentar perto do pai ou do Príncipe Máximo, mas suas opções eram limitadas.

– *Psiu! Aqui!*

Brystal virou-se para a voz e viu o Príncipe Gallante acenando para ela.

– Precisa de um assento? – ele perguntou, e acenou para a cadeira vazia ao lado dele.

– Ah, não, obrigada – disse Brystal. – Pode parecer rude se eu me sentar nos fundos no casamento do meu irmão.

– Como desejar – disse o Príncipe Gallante. – Embora eu tenha aprendido por experiência própria que se sentar na fileira de trás torna mais difícil para as pessoas olharem para você. A menos que você *goste* desse tipo de coisa.

Depois que ele colocou dessa forma, Brystal não pôde recusar a oferta, e ela se sentou ao lado dele. Estar tão perto do príncipe fez Brystal corar ainda mais do que antes. Ela esperava que seu rosto não parecesse tão quente quanto parecia.

– Você é aquela Fada Varinha, não é? – ele perguntou.

– É Fada Madrinha – disse Brystal. – Mas sim, é assim que as pessoas me chamam hoje em dia.

– Eu mesmo tenho alguns títulos – disse o príncipe. – Meu nome oficial é Príncipe Gallante Victorio Eroico Vallente Campeon de Via das Colinas, mas também sou chamado de Duque da Vila Sudoeste... embora nunca tenha estado lá; Lorde do Povoado Sudeste... que é apenas um campo gramado; e Conde do Vale Sudonorte, mas acho que eles inventaram isso.

– De repente me sinto muito melhor com o meu título. Qual desses nomes devo chamá-lo?

– Todo mundo me chama de Sete.

– Sete?

– Porque eu sou o sétimo na linha de sucessão ao trono – explicou o príncipe. – Como as pessoas te chamam quando você não é... hum... *Fada Madrinha*?

Fazia tanto tempo desde que alguém perguntou seu nome verdadeiro que Brystal teve que pensar sobre isso.

– Ah, eu sou Brystal. Brystal Perene.

– É um prazer conhecê-la, Brystal.

Sete apertou a mão de Brystal e sorriu para ela. Ela rapidamente a puxou para longe antes que ele percebesse quão suada ele deixou a palma de sua mão com aquele sorriso.

– O prazer é meu, Sete – disse ela. – Muito prazer mesmo.

Às cinco e meia, a cerimônia finalmente começou. Barrie foi o primeiro a aparecer na procissão do casamento e acompanhou a mãe da noiva até o assento dela. Então ele se posicionou sob o gazebo, tão nervoso que o corpo inteiro estava tremendo. Brystal notou que alguns de seus botões já estavam soltos novamente. Ela acenou discretamente com a varinha e apertou os botões antes que eles caíssem.

Barrie foi seguido até o altar pelos pais. A Sra. Perene estava lutando contra as lágrimas e deu um beijo na bochecha do filho antes de se sentar. Os convidados foram tocados pelo doce momento, mas Brooks achou insuportável e gemeu alto.

– Qual é o problema *dele*? – Sete sussurrou.

– Ele está apenas sendo dramático – Brystal sussurrou de volta. – Brooks tem que ser o melhor em tudo... incluindo no fracasso.

O comentário fez Sete bufar, e o barulho chamou a atenção do Príncipe Máximo. Ele ficou furioso ao ver que Sete estava sentado ao lado de Brystal e enviou a ambos um olhar mordaz.

– Tenho certeza de que seu tio me odeia – disse Brystal.

– Não leve para o lado pessoal... meu tio Max odeia todo mundo – disse Sete.

– Quando Máximo assumir o trono, terei que chamá-lo de Seis? – Brystal perguntou.

– Isso supondo que meu avô não sobreviva a todos nós – disse Sete.

– Como o rei está se sentindo? Ouvi dizer que ele estava doente.

– Que nada, ele está perfeitamente saudável – disse Sete. – Tio Max gosta de espalhar esses rumores. Toda vez que meu avô limpa a garganta, Max começa a planejar sua coroação. Mas acho que vovô vai durar mais uma década.

– Graças a Deus – disse Brystal.

Os padrinhos e madrinhas foram até o altar, então todos os convidados se levantaram para dar as boas-vindas à noiva. Lady Penny Charmosina era uma mulher baixa e magra com cabelos ruivos brilhantes, mas isso era tudo que Brystal podia ver. O vestido de noiva e o véu de Penny eram tão monstruosos que seu rosto mal era visível.

– Iiih – disse Sete. – É Penny ou a Rainha da Neve voltou?

– *HAAA!*

A risada saiu da boca de Brystal antes que ela soubesse que estava vindo. A interrupção fez todo o casamento parar bruscamente. Penny parou no meio do corredor e todos os convidados do casamento se viraram na direção de Brystal.

– Sinto muito – disse ela, e fingiu que estava chorando. – Casamentos me emocionam. Por favor, continuem.

Brystal não podia acreditar que ela tinha acabado de *rir*. A sensação durou apenas um momento, mas foi um grande alívio saber que ela ainda era *capaz* de alegria.

Após um silêncio constrangedor, a cerimônia recomeçou. Penny finalmente chegou ao fim do corredor, e os convidados estavam sentados. Um monge apareceu sob o gazebo e tomou seu lugar entre a noiva e o noivo. Quando o monge começou o ofício, Sete abriu seu livro e continuou lendo.

– Fique à vontade – ele sussurrou.

– Você sempre traz um livro para casamentos? – Brystal quis saber.

– Apenas para os *reais* – disse ele. – Eles não acabam nunca. O casamento do duque e da duquesa do Portal do Norte foi tão longo que, quando terminou, eles já estavam divorciados.

Sete fez Brystal rir novamente, mas desta vez, ela conteve o barulho.

– O que você está lendo, afinal? – Brystal perguntou.

Sete inclinou o livro para mostrar o título.

– *As aventuras de Quitut Pequeno, Volume 4* – disse ele.

Brystal ficou chocada.

– Você está brincando! Essa é a minha série de livros favorita!

– Sério? Achei que ninguém mais *sabia* sobre esses livros.

– Eu li o primeiro uma dúzia de vezes – disse ela. – Sei que são feitos para crianças, mas nada me deixa mais feliz do que uma história sobre um rato derrotando um monstro.

Sete sorriu para Brystal e olhou tão profundamente nos olhos dela que Brystal teve que se lembrar de que tinham acabado de se conhecer. Ela sentiu como se conhecesse o príncipe toda a sua vida, talvez mais.

– Talvez pudéssemos ler juntos algum dia – disse ele.

– Eu gostaria muito de fazer isso – disse ela.

O coração de Brystal estava batendo tão rapidamente que ela pensou que poderia saltar de seu peito. Aparentemente, o príncipe podia fazê-la sentir todo tipo de coisa que ninguém mais podia.

A cerimônia continuou e, como Sete havia avisado, durou muito mais do que qualquer outro casamento que Brystal havia presenciado. O monge deu longos agradecimentos a cada um dos membros da realeza, Juízes e aristocratas presentes, e uma vez que todos os nobres e mulheres nobres foram destacados, o monge realizou um monólogo prolixo sobre a história do Reino do Sul, e honrou todos os soberanos do Rei Campeon I ao Rei Campeon XIV com homenagens detalhadas. Barrie e Penny beberam em copos cerimoniais, cortaram fitas e amarraram barbantes, acenderam velas e esmagaram pratos e, quando chegaram aos votos, já era noite.

– Agente de Justiça Barrie Perene, você aceita esta mulher como sua legítima esposa, para ajudá-lo a servir Nosso Senhor e obedecer à vontade de Sua Majestade, o Rei Campeon XIV?

– Aceito – disse Barrie.

– E você, Lady Penny Charmosina, aceita este homem como seu legítimo esposo, para ajudá-la a servir Nosso Senhor e obedecer à vontade de Sua Majestade, o Rei Campeon XIV?

– Eu aceito – disse Penny; ou pelo menos, alguma voz sob o véu disse.

– Então, com o poder que me foi conferido pelo Reino do Sul, eu agora os declaro Senhor e Senhora Pere...

BUM! De repente, o telhado foi arrancado da barraca! *BUM!* O gazebo explodiu! *BUM!* O chapéu do Juiz Perene foi arrancado de sua cabeça! *BUM! BUM!* A terra voou no ar enquanto o gramado da frente era coberto de explosões! *BUM! BUM!* A Sra. Perene gritou quando grandes pedaços da casa Perene foram explodidos! *BUM! BUM!*

– *O que está acontecendo?* – gritou Sete.

– *Estamos sob ataque!* – disse Brystal.

Em questão de segundos, o casamento se tornou uma zona de guerra e todos os convidados correram para salvar suas vidas. Os guardas reais afastaram Sete de Brystal e formaram um círculo protetor ao redor dos príncipes.

Brystal reconheceu o som de canhões imediatamente, mas havia tantas pessoas enlouquecidas que ela não conseguia ver de onde vinha o ataque.

O tiroteio parou por um breve momento e a poeira dos escombros abaixou. Brystal avistou uma fileira de canhões fumegantes no topo de uma colina próxima. A princípio, Brystal pensou que seus olhos a estavam enganando, porque parecia que os canhões estavam sendo recarregados por *fantasmas*! Os atiradores usavam mantos prateados com imagens de lobos brancos no peito, e seus rostos estavam escondidos sob máscaras. Havia centenas deles, e os homens fantasmagóricos recarregavam os canhões com balas de canhão vermelhas brilhantes que reluziam no escuro.

– Não se preocupem! – ela disse aos convidados em pânico. – Eu posso nos proteger!

Brystal acenou com a varinha e cobriu a propriedade Perene com um escudo como uma cúpula de vidro. Os homens acenderam os canhões novamente e, para horror absoluto de Brystal, suas balas de canhão voaram pelo ar e *perfuraram o escudo dela*!

BUM! Uma bala de canhão passou raspando pela cabeça de Brystal! *BUM! BUM!* Os agressores estavam mirando *nela*! *BUM! BUM!* As explosões atingiram o chão, chegando cada vez mais perto de onde Brystal estava! *BUM! BUM!* Brystal estava em estado de choque e não conseguia se mexer! *BUM! BUM!* Ela nunca tinha visto *nada* penetrar um escudo mágico antes! *BUM! BUM!*

Bem quando Brystal estava prestes a ser atingida, os atiradores ficaram sem balas de canhão – *mas eles ainda não haviam terminado*! Um homem usando uma coroa de pregos de metal apareceu através da névoa densa. Ele desceu a colina com um saco de flechas em uma mão e uma besta na outra. Brystal sabia que não podia ficar parada ali, mas não sabia o que fazer. Se suas armas podiam penetrar a magia dela, como ela deveria se salvar?

– BRYSTAL! – Sete gritou.

O príncipe se libertou dos guardas reais e correu pelo gramado. O homem na colina carregou sua besta e disparou o primeiro tiro. Sete pulou na frente de Brystal, e a flecha atingiu a perna dele. Ele caiu no chão gritando de agonia.

– *Não fiquem aí parados!* – Sete gritou com os guardas. – *Um príncipe foi atingido! Vão atrás deles!*

Metade dos guardas ficou com os príncipes, enquanto a outra metade avançou contra o grupo na colina. O arqueiro tinha flechas mais do que suficientes para atirar nos guardas que se aproximavam, mas, em vez disso, deu um sinal aos homens fantasmagóricos e os agressores recuaram para o campo.

– Sete, fique parado! – disse Brystal. – Senão vai ficar pior!

Ela se ajoelhou ao seu lado e puxou a flecha da perna dele. Sete gritou novamente, mas Brystal acenou com a varinha e curou a ferida.

– Obrigado – disse Sete.

– Não, obrigada *você* – disse Brystal. – Não sei o que deu em mim.

– Quem são aqueles homens? Por que eles estão atacando o casamento do seu irmão?

– Eu não sei – disse ela. – Eu nunca vi ninguém como... AHHH!

Brystal de repente gritou porque a flecha estava queimando a mão dela. Ela a deixou cair no chão e deu uma olhada mais de perto. A ponta da flecha era feita do mesmo material que as balas de canhão que haviam penetrado o escudo. Era tão sólido quanto rocha e tremeluzia como se houvesse fogo preso dentro dele.

– O que há de errado? – Sete perguntou.

– A flecha... ela me queimou! – disse Brystal.

Sete bateu na ponta da flecha com o dedo, mas não o queimou.

– Você é alérgica a isso? – ele perguntou.

– Mas o que é isso? – ela disse.

Quando os guardas reais chegaram ao topo da colina, todos os agressores haviam desaparecido com suas armas, mas os homens fantasmagóricos deixaram uma mensagem para trás. Uma série de altos postes de madeira foi montada e incendiada para formar três palavras:

MORRA ESCÓRIA MÁGICA

Brystal leu a mensagem em chamas, e todo o seu corpo ficou tenso.
– Acho que eles não estavam aqui para o casamento – disse Sete.
– Não – ela disse. – Eles estavam aqui por *mim*.

Capítulo Quatro

Uma oferta encantadora

Na manhã seguinte, o Conselho das Fadas estava reunido em torno da mesa de vidro de Brystal, olhando para a flecha brilhante como se fosse um animal venenoso.

– Eles surgiram do nada e desapareceram sem deixar rastro – lembrou Brystal. – Havia centenas deles. Todos usavam as mesmas túnicas e máscaras prateadas que cobriam tudo, menos os olhos. A imagem de um lobo branco estava costurada nos peitos deles, como um tipo de ornamento. Eles usaram postes de madeira para escrever "Morra escória mágica" e atearam fogo. Foi a única coisa que eles deixaram.

– Assustador – disse Horizona, e estremeceu com a história de Brystal.

– Tem certeza que eles não deixaram mais nada? – Smeralda insistiu. – Não havia pegadas ou rastros? Alguma pista sobre quem são ou de onde vieram?

– Tenho certeza – disse Brystal. – Eu procurei na área por horas e não encontrei nada.

Tangerin folheava vigorosamente as páginas de um livro grosso. Continha ilustrações de diferentes exércitos, marinhas e guardas reais ao longo da História, e os uniformes oficiais que cada divisão usava.

– Existem outros detalhes que você pode me dar? – perguntou Tangerin.

– O arqueiro tinha uma coroa de pontas de metal afiadas – disse Brystal. – Isso é tudo que eu pude ver.

Tangerin jogou o livro de lado.

– Nenhum desses uniformes corresponde à sua descrição – disse ela. – Quem quer que sejam, eles não são de uma frota oficial em nenhum dos reinos.

Os olhos de Brystal se encheram de medo.

– Então talvez *fossem* fantasmas – disse ela.

O comentário provocou calafrios na espinha das fadas. Smeralda usou um lenço para pegar a flecha vermelha e inspecionou a ponta brilhante com uma lupa feita de esmeralda.

– E você disse que as balas de canhão deles eram feitas do mesmo material? – ela perguntou.

Brystal assentiu.

– As flechas e balas de canhão deles atravessaram direto meu escudo – disse ela. – Essa pedra não é apenas imune à magia, mas também queima minha pele sempre que a toco. Outras pessoas também tiveram contato com ela, mas não parecia machucá-las. Suspeito que seja prejudicial apenas para quem tem magia no sangue.

Smeralda tocou cautelosamente a ponta da flecha com o dedo indicador e rapidamente o afastou – queimou a sua pele também. As fadas passaram a flecha vermelha e a pedra brilhante teve o mesmo efeito em todas elas, confirmando a suspeita de Brystal.

– Que estranho – disse Horizona. – Queima, mas não deixa marca.

– Deve ser uma nova invenção – disse Smeralda. – Passei toda a minha vida em torno de pedras e gemas raras, mas nunca vi nada assim nas minas.

– Na verdade, acho que é bem antigo – disse Áureo.

Como Tangerin, Áureo também estava pesquisando em um grande livro. As páginas continham esboços de diferentes armas usadas ao longo da História. Ele abriu o livro em uma seção sobre arco e flecha e o colocou sobre a mesa ao lado da seta vermelha.

– Deem uma olhada na seta vermelha – disse Áureo. – Obsevaram a *forma* da ponta da flecha? Veem como foi cortada como um triângulo? Agora olhem para o eixo e as penas. Veem como eles foram pintados de preto?

As fadas analisaram a seta vermelha e assentiram.

– Agora comparem a seta vermelha com o esboço de uma *seta moderna* no livro – continuou Áureo. – Veem como as pontas de flecha modernas têm a forma de diamantes? Observam como os eixos e penas são incolores? Há uma razão para isso. Com o tempo, os arqueiros aprenderam que as flechas voam melhor quando as pontas são estreitas e viajam mais longe sem o peso da tinta.

– Então, quão antigo é? – Horizona perguntou.

Áureo engoliu em seco.

– Bem, se minha teoria estiver certa, então não é apenas antiga... é de outras eras.

Ele virou a página e mostrou os esboços da seção anterior. Ninguém podia negar: a flecha vermelha parecia exatamente com as flechas usadas nos tempos antigos. Brystal andava atrás de sua mesa enquanto pensava sobre a revelação.

– Se as armas são antigas, eles devem ter um suprimento limitado – disse Brystal. – Isso explica por que eles as usavam com tanta parcimônia. Eles só usaram balas de canhão suficientes para chamar minha atenção e, embora tivessem bastante, atiraram apenas *uma flecha* em mim. Eles não estavam lá para uma batalha completa... eles estavam lá para *me machucar*.

– Estou confusa – disse Smeralda. – Por que não ouvimos falar dessas armas antes? E onde aqueles homens as encontraram?

– Talvez eles não as tenham *encontrado*; talvez eles as estivessem *guardando* – disse Brystal. – É possível que este grupo exista desde os tempos antigos também. Existem muitas sociedades secretas que operam há séculos.

– Como quais? – Horizona perguntou.

– Horizona, elas não seriam *secretas* se soubéssemos quais são – disse Tangerin.

– Ah – Horizona disse. – Mas então por que esperar até *agora* para atacar? Por que selecionar apenas *uma* pessoa? E em um *casamento*, de todos os lugares possíveis?

– Não é óbvio? – Brystal perguntou. – Pela primeira vez em seiscentos anos, a magia é legal e aceita em todos os quatro reinos... Sejam eles quem forem, eles nunca tiveram um motivo maior para atacar. E nada inicia uma guerra mais rápido do que eliminar o líder do seu adversário. Então, eles esperaram o momento perfeito para atacar.

Era uma ideia muito perturbadora de processar. A comunidade mágica tinha muitos inimigos, mas nenhum com recursos tão poderosos.

– É especialmente cruel arruinar uma ocasião tão especial – disse Horizona. – No que me diz respeito, o ódio não é desculpa para falta de educação.

– Pobre Barrie – disse Tangerin. – Eles vão ter outro casamento?

– Ele e Penny decidiram completar a cerimônia em particular – disse Brystal. – Não posso culpá-los. Todos ficaram bastante traumatizados após o ataque. Meu pai ficou tão abalado que na verdade me *pediu* para reparar o dano com magia.

– Devemos adiar nossos eventos até que esses homens sejam pegos – disse Smeralda. – É um milagre ninguém ter morrido no casamento, mas imagine o que poderia acontecer se milhares de pessoas inocentes estivessem assistindo.

– Eu concordo – disse Brystal. – E eu não quero que as outras fadas fiquem sabendo disso. A comunidade mágica passou bastante tempo vivendo com medo.

– *Vocês duas enlouqueceram?*

O Conselho das Fadas se virou e viu que Lucy havia entrado sorrateiramente no escritório sem que eles percebessem. Ela estava esticada no sofá de vidro, escutando a conversa deles.

– Você deveria estar suspensa! – Tangerin a repreendeu.

– *Você deveria estar suspensa* – Lucy imitou. – Isso é quão boba você soa.

Brystal suspirou.

– Lucy, eu não tenho energia para isso – disse ela. – Você sabe que não está autorizada a participar das reuniões do Conselho das Fadas.

Lucy saltou para se levantar.

– Não é hora de dividir! – ela declarou. – Há um esquadrão de terroristas fantasmagóricos usando armas antigas para decretar crimes de ódio! Precisamos de todas as mãos que temos!

– Temos muitas mãos, muito obrigada – disse Horizona.

– Mas vocês já estão cometendo erros! – Lucy confessou. – A última coisa que devemos fazer é cancelar eventos e ficar calados sobre isso. Precisamos do maior apoio público possível! Quanto mais consciência espalharmos, maior a probabilidade de descobrirmos quem são esses malucos. Deveríamos colocar cartazes pedindo às pessoas que nos contem caso tenham informações. Podemos oferecer uma recompensa em troca de provas, como um prêmio em dinheiro, um unicórnio ou Tangerin!

– Ei! – gritou Tangerin.

– Assim que souberem que a amada Fada Madrinha está em perigo, as pessoas vão implorar para nos ajudar! – Lucy continuou. – Enquanto isso, devemos contratar um investigador profissional para nos ajudar a rastrear os homens. Conheço um detetive brilhante no Reino do Leste – para ser completamente transparente com vocês, ele também é um palhaço de festa infantil, mas ninguém pode resolver um mistério mais rápido do que Malabares!

Brystal revirou os olhos.

– Obrigada, Lucy – ela disse sem entusiasmo. – O Conselho levará em consideração suas sugestões. Agora, por favor, saia do escritório.

– Vamos, Brystal, você tem que me ouvir! – Lucy implorou. – Já avisei o que pode acontecer se não mantivermos as pessoas interessadas na magia! Envolver o público em uma caçada é a oportunidade perfeita para mantê-los empolgados conosco!

– Lucy, por favor...

– Esses fantasmas sabem *exatamente* o que estão fazendo – ela continuou. – Eles têm fantasias, armas antigas, ataques furtivos, placas em chamas... eles estão dando um grande espetáculo! O que acontece se *destruir a magia* se tornar mais divertido do que a própria magia? O que acontece se eles tornarem *moda* nos odiar novamente?

Mais uma vez, Lucy estava sobrecarregando Brystal com seus conselhos não solicitados. Brystal acenou com a varinha e as portas do escritório se abriram.

– Já pedi para você ir embora – disse ela. – Se eu tiver que pedir de novo, considere-se *banida* do Conselho.

Levou toda a contenção física e mental de Lucy para morder a língua. Ela amuou até a porta, batendo os pés ruidosamente enquanto ia. Quando Lucy saiu do escritório, a Sra. Vee entrou com os braços cheios de grandes pergaminhos. Lucy nem sequer notou a governanta quando ela passou por ela na porta.

– Bem, Lucy parece quieta – a Sra. Vee disse. – Acho que há uma primeira vez para tudo. HA-HA!

– Em que posso ajudar, Sra. Vee? – Brystal perguntou.

– Espero não estar interrompendo nada importante – disse a governanta. – Finalmente terminei os projetos para a expansão da cozinha e estava muito animada para mantê-los para mim. Com sua permissão, estou planejando derrubar a parede sul e acrescentar uns modestos dez mil pés quadrados. Sim, é um pouco extravagante, e sim, inclui uma fonte termal. Mas como diz a famosa frase: "Cozinha boa, comida boa!". HA-HA!

A Sra. Vee foi para a mesa de Brystal com um salto feliz em seu caminhar. Horizona arfou quando uma ideia excitante surgiu na cabeça dela.

– Devemos mostrar a flecha à Sra. Vee! – ela disse aos outros. – Ela também é de outras eras... talvez saiba as respostas que estamos procurando.

– Outras eras? – A governanta ficou ofendida com o comentário. – Posso ter mais ontens do que amanhãs, mas ainda sou uma criança em anos de tartaruga! HA-HA!

Horizona levantou cuidadosamente a seta vermelha da mesa.

– Sra. Vee, você já viu algo assim antes? – ela perguntou. – Brystal foi atacada ontem à noite por homens em mantos prateados! Eles tinham armas feitas dessa pedra estranha que desafia a magia!

– Bem, eu conheço muitos homens, mas isso não significa que eu conheça todos os homens estranhos do mun...

Assim que a Sra. Vee colocou os olhos na seta vermelha, ela ficou em silêncio e toda a cor de seu rosto foi drenada. A governanta deixou cair as plantas da cozinha, e o corpo inteiro dela começou a tremer. Ela se apoiou com medo em uma parede e deslizou para o chão.

– *Não!* – a Sra. Vee gritou. – *Não pode ser!*

A reação dela surpreendeu o Conselho das Fadas. Eles nunca tinham visto a Sra. Vee *séria* antes, mas a flecha fez a governanta ter um colapso nervoso.

– Sra. Vee, você já viu uma dessas flechas antes? – Brystal perguntou.

– *N-n-nunca pessoalmente* – ela gaguejou. – *M-mas eu sei o que é.*

– E os homens que atacaram Brystal? – perguntou Smeralda. – Você sabe quem eles são?

A Sra. Vee assentiu, e lágrimas rolaram pelo rosto dela, como se a pergunta fosse dolorosa de responder.

– *Os Trezentos e Trinta e Três!* – ela ofegou.

– Os Trezentos e Trinta e Três? – as fadas perguntaram em uníssono.

– OS TREZENTOS E TRINTA E TRÊS!

A Sra. Vee ficou histérica e gemeu como se ela mesma estivesse sendo atacada. Ela se levantou de um salto e saiu correndo do escritório sem dizer mais nada. As fadas podiam ouvi-la gritando enquanto descia os degraus flutuantes e se dirigia para seus aposentos no primeiro andar.

– O que diabos acabou de acontecer? – perguntou Tangerin.

– A Sra. Vee acabou de confirmar que temos o direito de estar preocupados – disse Smeralda.

– Mas o que significa *Trezentos e Trinta e Três*? – Áureo perguntou. – Esse é apenas o nome deles ou existem especificamente 333 deles?

– De qualquer forma, precisamos descobrir – disse Brystal. – Vou checar a Sra. Vee e ver se consigo mais alguma informação com ela. Smeralda cancelará todos os nossos próximos compromissos até novo aviso, e nenhum de nós mencionará uma palavra a ninguém.

O Conselho das Fadas concordou com a cabeça diante das instruções. Brystal foi até a porta, mas antes que pudesse sair do escritório, Lucy voltou de repente e bloqueou a porta. O rosto redondo dela estava vermelho brilhante e ela estava sem fôlego.

– Lucy, eu disse para você...

– Desculpe, eu sei que não deveria estar aqui! – Lucy ofegou. – Mas algo está acontecendo que você deveria saber!

– Não se preocupe, nós já sabemos – disse Brystal. – Estou indo ver como ela está.

– Hein? – Lucy perguntou. – Ah, não estou falando da Sra. Vee... embora seja sempre perturbador ver uma velha correndo por um lance íngreme de escadas... estou falando da *fronteira*! Algo está tentando invadir a Terra das Fadas!

O Conselho das Fadas rapidamente atravessou o escritório e olhou pela janela. O terreno estava cheio de estudantes praticando sua magia, mas todos pararam para observar algo se movendo à distância. Na borda da propriedade, uma parte da barreira de cerca viva estava tremendo e balançando como uma criatura monstruosa tentando passar por ela.

– Você acha que é o Três Vezes Três? Ou seja lá como eles são chamados? – Horizona perguntou.

– Isso é impossível! – disse Smeralda. – Ninguém pode passar pela barreira a menos que tenha magia no sangue!

– Mas as armas deles romperam o escudo de Brystal! – disse Áureo. – Eles podem ter uma maneira de romper a barreira também!

Era uma possibilidade horrível e Brystal não correria nenhum risco. Ela correu para fora o mais rápido que pôde e seus amigos a seguiram. O Conselho das Fadas correu para a fronteira e formou uma linha de defesa entre a barreira de sebe e os alunos.

– Todo mundo dentro da academia! – Brystal ordenou. – *Agora!*

Os alunos puderam sentir o pânico na voz dela e rapidamente se dirigiram para o castelo. Pouco depois da chegada do Conselho das Fadas, Horêncio galopou pela propriedade em seu cavalo de três cabeças e se juntou às fadas. O cavaleiro saltou para o chão com a espada levantada, pronto para proteger a academia a todo custo, mas Brystal temia que *não* seria o suficiente para parar os 333.

A cerca viva estremeceu e começou a ceder cada vez mais, e os galhos começaram a estalar e se quebrar. De repente, todas as folhas da área ficaram amarelas e murcharam no chão. A sebe apodreceu, formando uma ampla abertura, e o invasor apareceu. Era uma grande carruagem que tinha a forma de um crânio humano. Todo o veículo foi pintado de preto e suas janelas foram desenhadas como teias de aranha. Não havia motoristas, cavalos ou rodas; em vez disso, a carruagem se arrastava em oito pernas de madeira como uma aranha enorme. Ela saiu da cerca e parou alguns metros na frente do Conselho das Fadas. As pernas se dobraram lentamente enquanto a carruagem apoiava a barriga no chão. A porta se abriu com gosto e uma passageira saiu.

Era uma mulher atraente em um vestido preto justo que se enrolava em torno do corpo dela como uma cobra. A pele era pálida como osso, seus lábios estavam vermelhos como sangue fresco, e ela usava uma maquiagem cinza ao redor dos grandes e escuros olhos. As pontas do longo cabelo preto queimavam como milhares de fósforos morrendo, envolvendo a mulher em uma névoa esfumaçada.

– Ora, ora, ora – disse ela. – Vejam todas essas *cores*.

A mulher falou com uma voz etérea, e ela olhou ao redor da academia com um sorriso malicioso. Embora Brystal estivesse aliviada porque o invasor não era dos 333, ainda havia algo ameaçador na mulher que deixava Brystal desconfiada.

– Quem é você? – ela perguntou.

O sorriso da mulher cresceu quando os olhos dela pousaram em Brystal. Enquanto caminhava em direção à Fada Madrinha, a grama ficou marrom e murchou sob os pés da mulher. Brystal ergueu a varinha para a misteriosa visitante, mas a mulher não se intimidou nem um pouco.

– Não há necessidade de apontar essa coisa para mim, querida – disse ela. – Estamos do mesmo lado.

– Eu decidirei isso – disse Brystal. – Agora, *quem é você*?

– Eu sou a Mestra Mara – a mulher disse com uma reverência superficial. – E *você* deve ser a famosa Fada Madrinha. Eu reconheceria seu guarda-roupa brilhante e sua disposição confiante a quilômetros de distância. Nós estamos absolutamente *empolgadas* em conhecê-la.

– Nós? – Brystal perguntou.

– *Meninas, saiam e conheçam a Fada Madrinha!* – a mulher gritou para a carruagem. – *E lembrem-se de serem educadas!*

Ao pedido dela, quatro adolescentes saíram da carruagem. Elas tinham cerca de treze anos e usavam capas pretas idênticas com capuzes pontudos e meias listradas que combinavam com as cores de seus cabelos.

– Permita-me apresentar Brotinho, Lebreta, Belha e Malhadia – disse a Mestra Mara. – Meninas, esta é a lendária Fada Madrinha, mas ela não precisa de apresentação.

Brotinho era a mais alta do grupo e tinha um cabelo verde espesso que mal cabia sob o capuz. Lebreta era dentuça, tinha um nariz trêmulo e duas tranças roxas, e uma de suas sobrancelhas estava permanentemente levantada em suspeita. Belha era a menor e mais redonda das meninas. Ela tinha cachos azuis curtos e óculos muito grossos, e parecia estar fervilhando de animação. Malhadia tinha cabelos alaranjados e crespos, uma boca incomumente larga e um olho azul um pouco maior que outro, vermelho.

As meninas se curvaram para Brystal, e ela notou que todas as mulheres, incluindo a Mestra Mara, usavam um colar dourado com uma pedra da lua branca. Uma vez que foram apresentadas, as meninas olharam para a propriedade com sorrisos assustadores que deixaram o Conselho das Fadas inquieto.

– São suas filhas? – Brystal perguntou.

– Ai, Deus, não – a Mestra Mara disse com uma risada. – Eu sou apenas uma mentora para essas quatro. Pessoalmente, nunca entendi a atração pela maternidade. Por que criar vida quando você pode aproveitar a sua?

A mulher jogou a cabeça para trás e riu do próprio comentário. Brystal baixou a varinha e os alunos do castelo acharam que era seguro voltar. Lenta, mas seguramente, todas as fadas em todo o território se reuniram atrás do Conselho das Fadas e estudaram as curiosas visitantes.

– Por favor, perdoe a bagunça que fizemos no caminho – disse a Mestra Mara. – Cansamos de procurar a entrada, então criamos a nossa.

– O que você está fazendo aqui? – Brystal perguntou.

– Ora, viemos prestar nossos respeitos à grande Fada Madrinha, é claro – a senhora disse. – O que você fez pela comunidade mágica é nada menos que um milagre. Nunca pensei que veria um dia em que pudéssemos viver tão abertamente, tão livremente e com tanta segurança quanto agora. Minhas meninas e eu ficamos tão gratas que nos sentimos na obrigação de vir agradecer pessoalmente.

Seus elogios foram gentis, mas Brystal percebeu que não eram sinceros.

– Estou lisonjeada – disse ela.

– Como deveria estar – disse a Mestra Mara. – Na verdade, você tem sido uma fonte de inspiração tão grande que decidi seguir seus passos e recentemente abri minha própria escola.

Brystal ficou surpresa ao ouvir isso.

– Você abriu uma escola de magia?

– Não exatamente – a Mestra Mara disse com um brilho nos olhos. – Há muito mais na comunidade mágica do que apenas *magia*. E embora ninguém possa negar o progresso que você fez, sejamos honestas, você não representa *toda* comunidade, não é?

– Como é?

– Eu não quero ofender, querida. Estou simplesmente afirmando o óbvio. *Metade* da nossa comunidade foi terrivelmente negligenciada durante essa sua empreitada. Fomos evitadas, humilhadas e privadas das mesmas oportunidades. Então eu abri uma escola para consertar isso.

Horizona ofegou.

– Elas são *bruxas*! – ela exclamou.

– Elas não podem ser! – disse Tangerin. – A bruxaria distorce a aparência das pessoas... e elas são bonitas demais para serem bruxas!

A Mestra Mara deu uma risada condescendente, como se fosse uma criança em roupas de adulto.

– As bruxas *evoluíram* de maneiras que vocês não poderiam imaginar – disse ela.

Tangerin e Horizona se assustaram com o comentário. Elas puxaram Lucy na frente delas e a usaram como escudo.

– Você está errada sobre mim – disse Brystal. – Eu criei a Terra das Fadas para que *todo mundo* de nossa comunidade tivesse um lar. Não importa qual seja sua especialidade ou quais sejam seus interesses, *todo mundo* é bem-vindo. Não discriminamos aqui.

– Você pode *tolerar* as bruxas, mas não as *encoraja* – disse a Mestra Mara. – Se dependesse de você, todas nós estaríamos convertidas em fadas agora. Mas bruxas não são algo que você pode simplesmente fazer desaparecer pela força de um desejo. Estamos no mundo há tanto tempo quanto as fadas, e estamos aqui para ficar.

A bruxa atravessou o Conselho das Fadas, deixando um rastro de grama morta atrás dela, e se dirigiu a todas as fadas que a observavam em toda a propriedade.

– Sem dúvida, a Fada Madrinha tornou a magia mais aceitável, respeitável e admirável do que nunca. Até mesmo diria que ela tornou as fadas *comuns*. Mas algumas de nós não querem ser comuns, não é? Algumas de nós nascemos com um forte desejo de ser diferente. Algumas de nós preferem o estranho e incomum ao seguro e previsível. No fundo, vocês sabem que conceder desejos e recompensar boas ações não serão o suficiente. No fundo, vocês sabem que nunca prosperarão entre flores e unicórnios. Vocês e eu somos criaturas da noite, filhos da lua, e a única maneira de levar uma vida plena é abraçando a escuridão dentro de nós. E, felizmente, eu posso mostrar o caminho a vocês.

– Então *é* por isso que está aqui – disse Lucy. – Você está tentando roubar nossos alunos!

A Mestra Mara virou-se para Lucy mostrando o primeiro sorriso genuíno da visita.

– Ora, ora, ora – disse ela. – É a notória Lucy Nada que vejo?

– Na verdade, sou conhecida apenas como... espere, você disse notória?

– Sou uma grande admiradora do seu trabalho – disse a Mestra Mara. – É verdade que você destruiu a Barragem do Oeste com apenas um toque de suas mãos?

Lucy deu de ombros conscientemente.

– Não foi meu melhor momento – disse ela.

– Eu discordo – disse a bruxa. – É muito raro encontrar alguém com dons como o seu. Ficaríamos honradas em tê-la em nossa escola.

– É sério? – Lucy perguntou incrédula. – Uau, faz muito tempo desde que alguém realmente queria me receber...

O Conselho das Fadas lançou-lhe um olhar incisivo.

– Hum... quero dizer, *não, obrigada* – disse Lucy. – Admito que a alegria geral deste lugar pode ser desagradável às vezes, mas é o meu lar.

– Que pena – disse a Mestra Mara. – Poderíamos fazer grandes coisas juntas.

A bruxa se virou e continuou seu discurso para as outras fadas.

– Quanto ao resto de vocês, a Escola de Bruxaria Corvista está oficialmente aberta e recebendo novas matrículas. Se vocês se identificaram com minhas palavras hoje, se estão ansiosas para se conectar com a verdadeira natureza de vocês, para desbloquear um potencial ilimitado e expandir suas habilidades além da definição de magia da Fada Madrinha, então talvez o lugar de vocês seja junto a nós.

A Mestra Mara estendeu a mão aberta para sua audiência. Brystal observava nervosamente as fadas enquanto consideravam a oferta da bruxa. Ela poderia dizer que algumas delas ficaram intrigadas com o convite, mas ninguém disse uma palavra ou deu um passo à frente.

– Como você pode ver, estamos todos perfeitamente felizes aqui – disse Brystal. – Lamento que você tenha feito a viagem para nada.

– Muito bem – disse a Mestra Mara. – Considere isso um convite aberto. Se alguma de vocês mudar de ideia, a Escola de Bruxaria Corvista fica na Floresta do Noroeste, entre as Terras dos Anões e dos Elfos. Esperamos vê-las em breve.

A bruxa voltou para a carruagem preta e segurou a porta aberta enquanto Brotinho, Lebreta, Belha e Malhadia entravam. Assim que a Mestra Mara estava prestes a fechar a porta atrás de si, ela foi parada por uma voz do outro lado do terreno.

– *Esperem! Não vão embora!*

Brystal reconheceu a voz imediatamente. Ela olhou por cima do ombro, rezando para estar enganada, mas seus ouvidos estavam certos. Uma jovem fada abriu caminho até a frente da multidão e se apresentou à bruxa.

– Eu gostaria de me juntar à sua escola de bruxaria, Mestra Mara! – Pi anunciou.

A bruxa a olhou como um gato observando um rato.

– Excelente – disse ela. – Por favor, entre e sente-se.

Pi estava animada para se juntar às bruxas e correu em direção à carruagem. Antes que ela pudesse subir a bordo, Brystal agarrou o pulso de Pi e a puxou de lado.

– Pi, o que você está fazendo?

– Estou me juntando à Escola de Bruxaria Corvista.

– Não! Eu não vou deixar que te levem! – exclamou Brystal.

– Elas não estão me levando; eu quero ir – disse Pi. – Tudo que a Mestra Mara disse sobre ser diferente é exatamente como eu tenho me sentido... eu nunca consegui explicar o porquê. Talvez a razão de eu me sentir tão vazia o tempo todo seja porque estou no lugar errado? Talvez meu lugar seja junto às bruxas?

– Todas *nós nos* sentimos diferentes de vez em quando, mas isso não faz de alguém uma bruxa!

– Só há uma maneira de saber com certeza. Se eu não for com elas, posso me arrepender para sempre.

Brystal não podia acreditar em quão determinada ela estava para partir. Pi tentou se desvencilhar de Brystal, mas Brystal não soltou o pulso dela.

– Pi, você é como uma irmã para mim! Eu não posso deixar você fazer isso!

– Não depende de você! Esta é a minha escolha!

– Mas isso não é uma escolha... é um erro!

– Então é *meu* erro, um que devo cometer!

Quando Pi se afastou de Brystal, seu braço começou a se esticar como borracha. Ela se expandiu vários metros enquanto se dirigia para a carruagem, mas Brystal a refreou como uma longa corda.

– Pi, confie em mim, você não quer fazer isso! – disse Brystal.

– Não me diga o que eu quero! – disse Pi.

– Elas estão usando suas emoções para enganá-la! As bruxas ganham a confiança das pessoas para que possam manipulá-las mais tarde! Elas não se importam de verdade com você!

– Nem você! Você só quer me manter aqui para poder me controlar! Esta academia não é diferente da Instituição Correcional Amarrabota para Jovens Problemáticas! Mas não serei mais uma prisioneira! Eu vou embora, goste você ou não!

Pi continuou esticando e esticando e, eventualmente, o pulso dela escorregou das mãos de Brystal. Seu braço voltou ao normal, e Brystal caiu para trás no chão. Quando ela se levantou, Pi já estava sentada dentro da carruagem. A Mestra Mara sorriu e acenou adeus.

– Mais uma vez, obrigada por toda a inspiração – disse a bruxa.

– *Pi, espere!* – Brystal implorou. – *Por favor, volte!*

A Mestra Mara fechou a porta da carruagem. O veículo se levantou e rastejou de volta para a barreira de sebe. Brystal correu atrás da carruagem, mas não havia mais nada que pudesse fazer.

Pi se foi.

Capítulo Cinco

O afago de um coração gelado

Depois que Pi partiu da academia, Brystal passou o resto do dia dentro de seu escritório. Ela trancou as portas duplas e aplicou um feitiço para manter todos do lado de fora, mas, mesmo com isolamento completo, Brystal nunca se sentiu *sozinha*. Seus pensamentos perturbadores se tornaram tão persistentes que desenvolveram uma presença própria – como uma sombra da qual ela não podia escapar.

Você deveria ter feito mais por Pi…

Mas você estava muito ocupada para ajudá-la…

Você era egoísta demais para se importar…

Você a decepcionou, e ela cometeu o maior erro da vida dela...

As bruxas a levaram embora, e ela nunca mais vai voltar.

Os pensamentos se multiplicavam no silêncio, como se uma sala vazia fosse o habitat natural deles. Embora não fizessem um som físico, Brystal poderia jurar que ecoavam ao redor dela.

Você não pode lidar com tudo isso...

A aprovação da humanidade...

Príncipe Máximo...

Os Trezentos e Trinta e Três...

Bruxas...

Você vai se afundar sozinha.

Brystal nunca se sentiu mais desamparada na vida dela. Ela precisava desesperadamente de conselhos sobre como colocar tudo isso na balança, mas quem no mundo poderia ajudá-la? Quem poderia responder a todas as perguntas que a atormentavam? Quem poderia fornecer conforto e segurança em um momento como este?

Seus olhos cansados se voltaram para o globo ao lado da mesa dela. Felizmente, a aurora boreal estava dançando sobre as Montanhas do Norte como sempre. Brystal ficou aliviada ao ver que as luzes não haviam mudado, mas, desta vez, elas também lhe deram uma ideia.

Talvez houvesse *alguém* com quem ela pudesse conversar – ou pelo menos *metade* de alguém.

A ideia rapidamente se tornou uma possibilidade, e a possibilidade rapidamente se transformou em um plano. Mais tarde naquela noite, quando o resto da Terra das Fadas estava dormindo, Brystal cuidadosamente embrulhou a flecha vermelha brilhante em um lenço; vestiu um casaco quente e brilhante. Silenciosamente abriu as janelas de seu escritório e flutuou para fora em uma grande bolha.

Brystal voou o mais alto que pôde para que ninguém no chão a notasse. Conduziu sua bolha sobre os terrenos da academia, através das Terras dos Trolls e dos Goblins, e nas nuvens acima do Reino do Norte. O ar da noite ficou cada vez mais frio à medida que ela voou mais para o norte, e logo as montanhas nevadas apareceram abaixo dela. Ainda assim, Brystal continuou sua excursão ao norte e se afundou nas montanhas, muito além dos limites da civilização.

Ao longe, pairando sobre os picos pontiagudos da cordilheira, estavam as luzes cintilantes do norte. Brystal pousou em uma montanha nevada diretamente abaixo das luzes e estourou a bolha com sua varinha. O vento uivante estava congelando, e Brystal levantou a gola do casaco para proteger o rosto. Ela não tinha ideia *do que* deveria estar procurando, mas Brystal examinou a montanha gelada em busca de qualquer coisa que pudesse levá-la na direção certa.

Tudo que Brystal podia ver era a neve girando em torno dela, mas, quando seus olhos se ajustaram, ela finalmente notou a estreita abertura de uma pequena caverna. Espremeu-se pela fresta e ficou grata por sair do vento cortante. Então acenou com a varinha e iluminou a caverna escura com centenas de luzes cintilantes. Elas encheram a escuridão como um enxame de vaga-lumes, e Brystal descobriu que não era uma caverna, mas um longo túnel.

Ela o seguiu cautelosamente, serpenteando cada vez mais fundo na encosta da montanha. Enquanto caminhava, Brystal notou que as paredes do túnel estavam cobertas de arranhões, como se uma criatura assustadora tivesse sido arrastada por ele. Estranhamente, a visão enervante deu esperança a Brystal: uma criatura assustadora era exatamente o que ela queria ver.

Brystal desceu o túnel por quilômetros. Justo quando ela começou a se preocupar com o fato de que a passagem poderia ser interminável, o túnel se abriu em uma caverna gelada. As luzes cintilantes envolveram o maior pingente de gelo no teto e iluminaram a área como um candelabro. Brystal procurou em cada canto e fenda da caverna gelada, mas não encontrou nada fora do comum.

– Que perda de tempo – ela murmurou para si mesma. – Eu fui estúpida por vir aqui... encontrá-la é como achar uma agulha no palheiro.

Brystal sabia que a pessoa que ela procurava estava em algum lugar nas Montanhas do Norte, caso contrário as luzes da aurora não estariam no céu, mas provavelmente havia milhares de cavernas que ela teria que procurar antes de encontrá-la. Com frio e derrotada, Brystal se sentou em uma pedra e descansou as pernas exaustas antes de ir para casa.

Enquanto tentava se aquecer, esfregando os braços, Brystal viu algo estranho com o canto do olho. Uma silhueta alta a observava do fundo da caverna. Alarmada, Brystal ficou de pé e apontou a varinha para a figura estranha.

– Estou te vendo! – ela anunciou. – Não se aproxime mais!

A figura obedeceu à ordem de Brystal e não se moveu um centímetro.

– Quem é você? – ela perguntou.

A pessoa não respondeu. Na verdade, era estranho quão silenciosa e imóvel a criatura estava. Brystal aproximou-se lentamente do fundo da caverna e percebeu por que não a tinha visto antes: *a figura estava congelada em uma parede de gelo!* Ela limpou uma camada de condensação e imediatamente pulou para trás quando reconheceu a pessoa presa lá dentro. Era uma mulher monstruosa com uma enorme coroa de flocos de neve e um casaco de pele branco. A pele dela estava escurecida e rachada de congelamento, seus dentes eram tão irregulares como vidro quebrado, e um pano estava enrolado em torno dos olhos dela. Sem dúvida, Brystal finalmente encontrara a infame Rainha da Neve.

– Eu sabia que um dia você viria.

A voz veio do nada e assustou Brystal, mas, desta vez, não estava apenas em sua cabeça. Ela se virou e apontou a varinha na direção da voz. Uma bela mulher com cabelos escuros e olhos brilhantes apareceu na caverna atrás dela. A mulher usava um vestido cor de ameixa e um elaborado chapéu, e exibia um sorriso caloroso.

– *Madame Tempora?* – Brystal ofegou.

A fada parecia mais jovem e vibrante do que nunca. Brystal não sabia como era possível que Madame Tempora e a Rainha da Neve existissem em dois lugares diferentes, mas ela não se importava. Sem perder mais um segundo, Brystal correu pela caverna para abraçar a antiga mentora, mas passou por Madame Tempora como se fosse feita de ar.

– Você é um fantasma? – Brystal perguntou.

– Algo assim – Madame Tempora disse. – Depois que nos despedimos no Palácio Tinzel, dei o meu melhor para cumprir as promessas que fiz a você. Viajei para tão longe da civilização quanto meus pés me levaram, mas viver em reclusão tornou a Rainha da Neve mais forte. Era apenas uma questão de tempo até que ela me dominasse completamente, então procurei nas montanhas um lugar para aprisioná-la e descobri esta caverna. Eu me congelei em uma parede de gelo para prendê-la, e, para o caso de derreter, eu me ceguei para que ela nunca encontrasse uma saída. Com minhas últimas forças, realizei um feitiço de desapego para nos separar. Enquanto a Rainha da Neve viver, existirei como um fantasma fora dela.

– Você pode voltar para a academia assim? – Brystal perguntou.

O sorriso de Madame Tempora desapareceu, e ela balançou a cabeça.

– Nós não compartilhamos mais um corpo, mas eu ainda estou ligada a ela e não posso ir além das paredes desta caverna – ela explicou. – Não que eu mereça de qualquer maneira. Sou responsável por criá-la e, portanto, responsável por toda a destruição que causou. Eu pertenço a esta caverna tanto quanto a Rainha da Neve.

– Então por que realizar um feitiço de desapego? – Brystal perguntou.

– Bem, por algumas razões – Madame Tempora disse. – *Primeiro*, se alguém viesse aqui com a intenção de libertar a Rainha da Neve, eu poderia convencê-lo a desistir. *Segundo*, pensei que poderia ser útil para *você* um dia. Deixei você com um fardo incrivelmente pesado, Brystal. Embora eu ainda não tenha nada além de fé absoluta em você, imaginei que poderia precisar de um pouco de orientação em algum momento. Agora que você está aqui, devo presumir que meu palpite estava correto?

Brystal assentiu e os olhos dela se encheram de lágrimas.

– Sim – ela chorou. – E você não tem ideia do quanto eu preciso de você.

Estar na presença de Madame Tempora fez Brystal se sentir segura. Ela baixou a guarda pela primeira vez em meses, e todas as suas emoções reprimidas surgiram. Brystal caiu de joelhos e soluçou no meio da caverna.

– Pobrezinha – disse Madame Tempora. – Isso é tudo minha culpa. Eu não deveria ter colocado tanta responsabilidade em seus ombros.

– Não é isso não. – Brystal fungou. – Conseguimos, Madame Tempora, fizemos *tudo* o que sempre sonhamos! A magia foi legalizada em todos os quatro reinos! A humanidade não apenas *aprova* a magia, mas é *fascinada* por ela. A academia é agora o lar de milhares de fadas que estão aprendendo a desenvolver suas habilidades. E não apenas tornamos o mundo um lugar mais seguro para a comunidade mágica, como também fizemos coisas incríveis para as mulheres e as criaturas falantes!

Se Madame Tempora tivesse uma forma física, ela precisaria se sentar. A fada colocou a mão sobre o coração, e os olhos dela se arregalaram de alegria. Ela soltou um suspiro tão profundo, era como se estivesse suspirando de alívio por toda a comunidade mágica.

– Ah, Brystal – disse ela. – Esperei muito tempo para ouvir essas palavras. Você trouxe tanto calor para um lugar tão frio.

Brystal assentiu e se forçou a sorrir.

– Eu sei... é incrível – disse ela. – Não pensei que o mundo pudesse mudar tanto.

– Então por que você parece tão triste? – Madame Tempora perguntou.

– Eu não sei – disse Brystal com um encolher de ombros. – Há tanto para estar feliz, mas ultimamente minha mente só se concentra nas coisas ruins. Há uma voz na minha cabeça que constantemente me lembra dos meus fracassos e me dá motivos para temer o futuro. Todo esforço parece inútil, toda conquista parece temporária, e todo solavanco na estrada parece o fim do mundo. Não importa o que eu faça, não consigo parar. Comecei a pensar que vou ser infeliz para sempre!

Madame Tempora ajoelhou-se ao lado de Brystal e acariciou seus cabelos. Mesmo que Brystal não pudesse sentir o toque das mãos fantasmagóricas, a empatia da fada estava presente.

– A única coisa na vida que dura para sempre é o fato de que nada dura para sempre – disse Madame Tempora. – Assim como o clima, as pessoas também têm estações... todos nós passamos por períodos de chuva e sol. Mas não podemos deixar um inverno particularmente rigoroso destruir nossa fé na primavera, caso contrário, estaremos sempre presos na neve.

– Isso não parece um inverno, parece uma era do gelo – disse Brystal. – E se isso não for uma estação? E se for mais do que apenas uma fase?

– De qualquer forma, cabe a *você* mudar isso – disse Madame Tempora.

– Mas como?

– O sofrimento é como um animal, precisa de comida para sobreviver. *Então deixe-o passar fome.* Cerque-se de arte e beleza que ilumine seus dias mais sombrios. Ouça música e poesia que sempre preencham as rachaduras do seu coração partido. Leia citações e passagens que podem acalmá-la e motivá-la quando você se sentir mais desanimada. Passe tempo com pessoas que a fazem rir e a distraiam de seus problemas. Alimente sua alma e espere que em breve a mente siga. No entanto, se você achar que não pode ajudar a si mesma, não há vergonha em pedir ajuda aos outros. Às vezes, pedir ajuda é tão heroico quanto ajudar. Existem tratamentos, terapias e conselheiros dos quais você pode se beneficiar, mas ninguém encontra respostas se tiver muito medo de fazer as perguntas. Não deixe seu orgulho lhe dizer o contrário.

Brystal suspirou.

– Parece mais fácil falar do que fazer.

– Mudar corações e mentes nunca é fácil, especialmente os nossos próprios – disse Madame Tempora. – Às vezes, mudar a forma como *pensamos* e *sentimos* são as transformações mais difíceis que uma pessoa pode fazer. Leva tempo e esforço como nada mais. Você tem que disciplinar seus pensamentos antes que eles ditem seu humor. Você tem que controlar suas reações antes que suas reações a controlem. E o mais importante, você tem que pedir ajuda quando precisar, por mais vulnerável que isso faça você se sentir. Acredite em mim, se eu tivesse aprendido a lidar com minhas emoções e se não estivesse com vergonha de pedir ajuda, a Rainha da Neve não existiria.

Brystal estremeceu com a ideia de outra Rainha da Neve crescendo dentro dela.

– É por isso que estou aqui – disse ela. – Preciso de ajuda e você é a única pessoa com quem posso falar.

– Bem, não é de admirar que você esteja tão perturbada – disse Madame Tempora. – Todo furacão parece interminável do centro da tempestade. É por isso que é tão importante conversar com as pessoas... obter uma perspectiva diferente pode ser tão valioso quanto encontrar uma solução. Agora me fale sobre as coisas que estão incomodando você. Posso não resolver seus problemas, mas posso mudar como você se sente em relação a eles.

A caverna estava tão fria que as lágrimas de Brystal estavam congelando nas bochechas dela. Ela limpou o gelo do rosto e voltou a ficar de pé.

– Tudo bem – disse ela. – O progresso que fizemos é incrível, mas temo que vamos perder a aprovação da humanidade. Eles mudaram de opinião sobre magia tão rapidamente que eu me preocupo que eles mudem de ideia novamente. E a magia pode ser legal agora, mas e se um rei ou rainha alterar as leis no futuro? O que vai acontecer conosco, então?

– Tudo é possível – disse Madame Tempora. – Mas você já realizou o *impossível*, Brystal, então tenha fé que você vai conseguir lidar com o *possível* quando acontecer. Se a humanidade mudar de ideia, então você *pode* e *vai* encontrar uma maneira de reconquistá-la. E se as pessoas amam a magia tanto quanto você diz que amam, então um soberano seria tolo se negasse a seu povo algo que eles amam... é assim que as revoluções começam. Se chegar a hora, não faria mal lembrá-los disso.

Brystal ficou quieta enquanto pensava no conselho de Madame Tempora. Como a fada disse, falar sobre o problema não resolveu, mas ouvir a avaliação de outra pessoa a fez se sentir *um pouco* melhor.

– Isso é útil, obrigada.

– É maravilhoso *ser* útil – disse Madame Tempora. – O que mais está em sua mente?

– Bem, há também uma bruxa que abriu uma escola de bruxaria – disse Brystal. – O nome dela é Mestra Mara, e ela veio à Terra das Fadas para recrutar alunos. Ela convenceu minha amiga, Pi, a se juntar a ela, e agora estou preocupada que outras fadas possam deixar a academia e se tornar bruxas também.

– Eu sei que é difícil ouvir, mas isso é uma coisa boa – disse Madame Tempora. – Pela primeira vez em centenas de anos, os membros da comunidade mágica têm *escolhas* sobre o próprio destino. Graças a você, bruxas e fadas podem ser quem quiserem, quando quiserem, mesmo que seja contra a *sua* vontade.

– Eu acho que as bruxas estão tramando alguma coisa – disse Brystal. – A Mestra Mara fez um grande discurso sobre querer ajudar as fadas a abraçar sua escuridão interior, mas eu não confio nela. Desde quando as bruxas se importam com alguém além de si mesmas? E se ela enganou Pi para envolvê-la em algo perigoso?

– Se assim for, sua amiga aprenderá uma lição valiosa, e as outras fadas terão mais motivos para confiar em você no futuro – Madame Tempora disse com um encolher de ombros. – Essa é a parte mais difícil de estar no seu lugar... você tem tanta autoridade, mas é completamente *impotente* diante das escolhas de outras pessoas. Portanto, não se culpe pelos erros da sua amiga. *Esse*, sim, seria o maior erro que você pode cometer.

Brystal suspirou.

– Suponho que você esteja certa – disse ela. – Obrigada.

– Isso é muito divertido para mim – disse Madame Tempora. – Qual é o próximo?

– Receio ter guardado o pior para o final – disse Brystal.

Ela tirou o lenço de dentro do casaco e desembrulhou a flecha vermelha. A ponta de flecha brilhante encheu a caverna com luz carmesim. Assim como a Sra. Vee, Madame Tempora teve uma reação visceral à flecha. Sua disposição alegre desapareceu, os olhos dela se arregalaram e ela lentamente se afastou da arma. Brystal não precisou perguntar a ela; claramente, Madame Tempora sabia exatamente o que era a flecha.

– *Onde você conseguiu isso?* – ela perguntou.

– Fui atacada pelos Trezentos e Trinta e Três – disse Brystal.

Madame Tempora ficou com um olhar perdido e balançou a cabeça com medo.

– Então eles finalmente voltaram depois de todo esse tempo – ela sussurrou para si mesma.

– O que você sabe sobre eles? – Brystal perguntou.

– Eu... eu não deveria dizer nada – Madame Tempora disse. – Você veio até mim para encorajá-la e isso só iria sobrecarregar você com mais...

– Madame Tempora, você tem que me dizer! – Brystal insistiu. – Eles já tentaram me matar uma vez e suspeito que farão de novo! Quem quer que sejam, de onde vieram, preciso saber tudo o que puder para detê-los!

Madame Tempora fechou os olhos e estremeceu com o pedido. Ela calmamente andou pela caverna enquanto encontrava as palavras para explicar.

– Eles chamam a si mesmos de *Irmandade da Honra* – disse ela. – Eles são um clã de mil anos que é obcecado por algo conhecido como a *Filosofia da Honra*. Eles acreditam que a humanidade deve dominar o mundo, e qualquer coisa que represente uma ameaça a isso deve ser exterminada. Naturalmente, a maior ameaça da Irmandade sempre foi a comunidade mágica. Por centenas de anos, eles caçaram bruxas e fadas como animais, e espalharam mentiras e rumores cruéis para validar seu ódio por nós.

"A Irmandade da Honra é a razão pela qual a magia foi proibida em primeiro lugar. Seis séculos atrás, eles manipularam o Rei Campeon I e seus Altos Juízes para criminalizar a magia no Reino do Sul, e logo os outros reinos seguiram o exemplo. Campeon I deu permissão à Irmandade para fazer a lei ser cumprida, e o clã realizou o maior massacre da história mundial. A *Incursão da Honra*, como era chamado, quase aniquilou completamente a comunidade mágica, e os sobreviventes se esconderam. Depois disso, a Irmandade desapareceu nas sombras, mas imagino que a legalização da magia os tirou da aposentadoria."

– Por que a Sra. Vee se referiu a eles como os *Trezentos e Trinta e Três*? – Brystal perguntou.

– Porque nunca há mais ou menos de trezentos e trinta e três deles. Os deveres são passados de pai para filho mais velho em trezentas e trinta e três famílias no Reino do Sul. Tradicionalmente, os membros do clã juram fidelidade à Irmandade da Honra nos leitos de morte de seus respectivos pais. Eles dedicam toda a sua existência, esta vida e o que vier depois, para defender a Filosofia da Honra. O clã é tão secreto que os membros dele nunca revelam suas identidades uns aos outros, tornando quase impossível encontrá-los ou prever o que farão a seguir.

– Como eles criaram armas como essas? Onde eles encontraram uma pedra que desafia a magia?

– Chama-se pedra de sangue e ninguém sabe ao certo – disse ela. – É claro que, ao longo dos anos, surgiram muitas teorias sobre suas origens. Alguns dizem que a pedra caiu das estrelas, outros dizem que foi forjada no centro da terra por demônios, e alguns afirmam que foi um presente da própria Morte.

– *Da própria Morte?* – Brystal perguntou incrédula. – Você não acredita nisso, acredita?

De repente, um barulho ecoou pela caverna. Brystal e Madame Tempora se viraram para a entrada e ouviram passos vindos do túnel.

– Alguém deve ter seguido você até aqui – Madame Tempora disse. – Eu tenho que ir. Se alguém descobrir que sou parte da Rainha da Neve, isso pode arruinar tudo o que você conquistou.

– Madame Tempora, espere! – disse Brystal. – Como faço para parar a Irmandade da Honra? Por favor, me diga o que devo fazer!

Madame Tempora era a pessoa mais otimista que Brystal já conhecera – ela sempre estava equipada com um plano promissor ou uma metáfora poderosa. No entanto, Madame Tempora não tinha palavras de encorajamento para lhe dar. Pela primeira vez, a fada olhou para Brystal com nada além de desesperança em seus olhos.

– Apenas mantenha todos em segurança pelo tempo que puder – disse ela.

Madame Tempora desapareceu da caverna esmaecendo tal qual um arco-íris. Brystal não sabia o que pensar das palavras de despedida da mentora dela – era quase como se Madame Tempora estivesse admitindo a derrota –, mas não havia tempo para analisá-las. Os passos ecoavam cada vez mais alto enquanto o estranho se aproximava cada vez mais. Brystal embrulhou a flecha vermelha no lenço e a colocou dentro do casaco. Ela se escondeu em um canto da caverna e apontou a varinha para o túnel, pronta para se defender de quem quer que estivesse se aproximando.

– Congele! – Brystal ordenou.

– Eu diria que é muito provável, dada a temperatura!

– *Lucy?*

Brystal ficou surpresa ao ver Lucy entrar desajeitadamente na caverna. A amiga usava um casaco grosso de penas de ganso escuras, mas ainda tremia de frio. Ela estava respirando tão pesadamente que seu hálito quente parecia fumaça saindo de uma chaminé.

– Finalmente! Estive procurando por você em todas as Montanhas do Norte! – disse Lucy.

– Você estava *me seguindo*? – Brystal perguntou.

Lucy assentiu.

– Me chame de louca, mas eu estava um pouco preocupada depois que você escapou no meio da noite. Eu pensei que você estava indo para aquela espelunca Corvista para falar com Pi. Eu não queria que as bruxas se juntassem para atacar você, então eu a acompanhei caso você precisasse de apoio. Se eu soubesse que você estava indo para o *maldito polo norte*, teria ficado em casa. Puxa, eu sei que você aprecia seu tempo sozinha, mas você não conseguiu encontrar um lugar tranquilo mais perto da academia? O que há de tão especial nesta caverna?

Lucy caminhou ao redor da caverna, fazendo uma inspeção completa. Brystal se moveu com Lucy e tentou bloquear a visão da Rainha da Neve congelada.

– Nada... *absolutamente* nada – disse Brystal. – Você está certa, eu vim até aqui para ter algum tempo sozinha. Agradeço sua preocupação, mas, como pode ver, estou perfeitamente bem. Agora devemos voltar para a academia antes que alguém *tente* nos encontrar.

Brystal agarrou Lucy pelos ombros e a conduziu para fora da caverna. Quando ela a empurrou para dentro do túnel, a flecha vermelha escorregou do casaco dela e caiu no chão. Mais uma vez, a ponta de flecha brilhante encheu a caverna com uma luz carmesim bruxuleante.

– O que a flecha está fazendo aqui? – Lucy perguntou.

– Ah, olha só – disse Brystal com uma risada nervosa. – Devo ter esquecido que estava no meu casaco. Eu deveria estar mais atenta quando se trata de armas perigosas.

Lucy cruzou os braços e deu a Brystal um olhar desconfiado.

– Brystal, o que diabos está acontecendo?

– Nada! Por que você tem que fazer caso de tudo?

– *Fazer caso?* Acabei de encontrar minha melhor amiga em uma caverna a mil quilômetros de distância da civilização com uma arma letal! Isso é fazer...? – Lucy de repente olhou por cima do ombro. – Espere, você está sozinha? Ou tem mais alguém aqui?

– O quê? Não, claro que não!

– Então o que é *aquilo* ali?

Lucy apontou para o fundo da caverna. Apesar dos esforços de Brystal, ela sabia que era inútil esconder a Rainha da Neve de Lucy – sua especialidade sempre a levava para onde o maior *problema* estava à espreita.

– Não há nada lá – disse Brystal.

– Você quer dizer *além* daquela sombra assustadora na parte de trás da caverna?

– Você está apenas vendo coisas! Acho que você está desidratada pela viagem! Está ficando tarde, de qualquer maneira. Nós realmente deveríamos ir para casa antes...

Brystal tentou impedi-la, mas Lucy a empurrou para fora do caminho e se dirigiu para os fundos da caverna. Ela limpou a condensação da parede de gelo e então se jogou para trás quando viu o rosto assustador que estava congelado por dentro.

– Santa gelada pelada! – ela arfou. – Essa é a *Rainha da Neve*, não é?

Brystal entrou em pânico e não sabia o que fazer ou como explicar. Lucy olhou para frente e para trás entre Brystal e a Rainha da Neve como se um mistério estivesse se desvendando diante de seus olhos.

– Aaaaaaah, tudo faz sentido agora – disse ela. – É por isso que você não tem agido como você ultimamente! *Você descobriu onde a Rainha da Neve estava escondida!* Você não queria que nos preocupássemos com isso, então guardou para você! E esta noite, você escapou da academia e trouxe a flecha vermelha aqui para *acabar com ela!*

– Hã?

– Brystal, isso é fantástico! Você se tornou uma heroína apenas por mandar a Rainha da Neve para a reclusão! Imagine como o mundo vai reagir quando souberem que você finalmente *a matou*!

– Lucy, eu não vim aqui para matar ninguém!

– Por que não? A Rainha da Neve assassinou milhares de pessoas inocentes e cobriu o planeta inteiro em uma nevasca! E ela vai fazer isso de novo se tiver a chance! Vamos descongelar essa bruxa e enfiar a flecha no coração dela enquanto podemos!

– Nós não podemos, não é tão simples!

– Aaaaaah, eu entendo – disse Lucy. – Você está preocupada em proteger sua imagem. As pessoas não vão pensar que a Fada Madrinha é muito gentil e compassiva quando descobrirem que você matou a Rainha da Neve a sangue frio… sem trocadilhos.

– Hummm… isso – disse Brystal. – Você sabe direitinho como eu sou, não é?

– Tudo bem, você mantém suas mãos limpas. *Eu vou matá-la!*

Lucy pegou a seta vermelha e avançou contra a Rainha da Neve.

– *Não!* – Brystal gritou. – *Não faça isso!*

Lucy estava determinada demais para ouvir. Ela colocou a mão contra a parede de gelo e, assim como a Barragem do Oeste, começou a rachar e desmoronar.

– *Lucy, você tem que parar!* – Brystal gritou.

– Não se preocupe, ela não vai sentir nada! – disse Lucy.

– *Eu não posso deixar você matá-la!*

– Eu não tenho nenhum problema em fazer o seu trabalho sujo!

– É A MADAME TEMPORA!

A princípio, Lucy não tinha ideia do que Brystal estava falando. Ela olhou para o rosto hediondo da Rainha da Neve, mas então, gradativamente, Lucy começou a reconhecer as feições de Madame Tempora sob a pele congelada da bruxa. Ela tirou a mão da parede de gelo e recuou antes que o dano expusesse a Rainha da Neve.

– *Não!* – Lucy ofegou. – *Isso não pode ser verdade!*

Ela estava em choque completo e deixou cair a flecha vermelha no chão. Brystal soltou um suspiro longo e pesado e tentou confortá-la.

– Eu também não queria acreditar, mas é a verdade – disse ela.

– A Madame Tempora ainda está viva? – Lucy perguntou.

– Parte dela está – disse Brystal. – Mas ela nunca mais será a mesma.

– Há quanto tempo você sabe?

– Desde o Palácio Tinzel. Madame Tempora achava que a única maneira de as fadas conseguirem a aceitação do mundo era criar um problema que só as fadas poderiam resolver. Ela se transformou em uma vilã para que *nós* pudéssemos ser as heroínas.

Lucy virou-se para Brystal com olhos arregalados e com o coração partido.

– Então você *mentiu* para nós esse tempo todo? – ela perguntou.

Brystal ficou surpresa com a observação.

– Eu... eu prometi a ela que não contaria a ninguém – ela disse. – Madame Tempora estava com medo de que você e os outros perdessem a fé na academia se soubessem a verdade.

– Mas eu não sou qualquer uma... *eu sou sua melhor amiga!* – Lucy declarou. – Sobre o que mais você está mentindo para mim? Seu nome verdadeiro é Brystal Perene? Você é uma morena natural? Você gosta mesmo de *ler*?

– Eu não menti sobre mais nada! Juro!

– Não sei mais em que acreditar! – disse Lucy. – Como você pôde fazer isso comigo, Brystal? Você me expulsou do Conselho das Fadas por cometer um erro, mas, enquanto isso, *você* tem feito algo muito pior o tempo todo! Bem, quem vai culpar *você*? Quem vai punir *você* por mentir para todos que você conhece?

Lucy saiu da caverna e correu pelo túnel. Brystal tentou segui-la, mas Lucy estava se movendo tão rápido que mal conseguia acompanhá-la.

– Lucy, espere! Aonde você está indo?

– O mais longe possível de você!

– Achei que estava fazendo a coisa certa! Por favor, vamos falar sobre isso!

– Não! Cansei de falar com você! Eu nunca mais quero ver você ou falar com você novamente!

Lucy colocou a mão na parede do túnel, e as Montanhas do Norte começaram a ribombar. O túnel cedeu entre Lucy e Brystal, separando-as por uma parede de pedras caídas. Brystal limpou os escombros com sua varinha e então correu pelo resto do túnel. Quando ela estava do lado de fora, Lucy havia desaparecido de vista.

Lá vai você de novo...

Perdendo amigos a torto e a direito...

Você não merece a companhia deles...

Você não merece o amor deles...

Você deveria ser aprisionada, assim como a Rainha da Neve.

Os pensamentos angustiantes pareciam mais altos do que o vento uivante lá fora. Brystal enrolou o casaco firmemente em volta do corpo e procurou Lucy nas Montanhas do Norte, mas não encontrou nenhum vestígio dela em lugar algum. Até onde ela sabia, Lucy havia desaparecido no ar frio e nevado.

Capítulo Seis

A Escola de Bruxaria Corvista

Lucy voou para tão longe das Montanhas do Norte quanto seus gansos a puderam levar. Ela não tinha ideia da direção para a qual estavam indo, mas não se importava: colocar distância entre ela e Brystal era sua única prioridade. Embora Lucy tivesse dito que nunca mais queria ver ou falar com Brystal, ela teve discussões imaginárias com a amiga durante toda a viagem.

O bando voou noite adentro e, ao nascer do sol, as aves estavam exaustas demais para levar Lucy adiante. Os gansos inesperadamente a deixaram no meio de uma floresta e Lucy aterrissou com um *tum* no traseiro.

– Sejam mais suaves! – ela gritou para os gansos e acenou com o punho raivoso.

Lucy se levantou, limpou-se e continuou a pé. Ela vagou sem rumo pelas árvores, sem um plano ou um destino em mente. Embora estivesse viajando sozinha, não estava preocupada em cruzar caminhos com algo perigoso – ela estava com tanta raiva que estava convencida de que *ela* era a coisa mais assustadora da floresta.

Caminhou por quilômetros e quilômetros sem ver outra criatura viva. Lucy estava tão distraída nos próprios pensamentos acalorados que mal notou a terra mudando ao redor dela. Quando finalmente olhou para cima, Lucy descobriu que havia caminhado até o meio de uma parte assustadora da floresta. Todas as árvores tinham casca preta, seus galhos curvados para o céu e estavam completamente desprovidas de folhas. Uma névoa espessa pairava no ar, tornando difícil ver mais do que alguns metros em qualquer direção.

Finalmente, Lucy encontrou um caminho que se curvava pela floresta como uma serpente sem fim. Era pavimentado com pedras pretas, e uma placa foi colocada ao lado dela que apontava em uma direção:

Mansão Corvista
10 KM

Lucy não conseguiu acreditar nos próprios olhos e leu a placa várias vezes. Parecia conveniente demais para ser uma coincidência. Talvez sua jornada não tivesse sido tão sem objetivo quanto ela pensava, talvez o talento que tinha para problemas a estivesse guiando o tempo todo. Ela presumiu que a Mansão Corvista era o mesmo local que a Escola de Bruxaria Corvista, mas só havia uma maneira de ter certeza. Então Lucy seguiu o caminho mais profundo na floresta, e, dez quilômetros depois, teve sua resposta.

O caminho levava a uma casa enorme que ficava no topo de uma colina alta. A casa foi construída com uma combinação de tijolos pretos, madeira queimada e pedras escuras – como se a propriedade tivesse sido danificada e reconstruída várias vezes ao longo dos anos. Treze torres tortas brotavam do telhado em ângulos estranhos que violavam as leis da física. A mansão era cercada por um cemitério de lápides irregulares e criptas em miniatura. Toda a propriedade era protegida por uma alta cerca de ferro, e duas grotescas gárgulas estavam empoleiradas em cima de um portão que estava acorrentado.

O terreno era ocupado por centenas de linces de pelo escuro, orelhas ralas e olhos amarelos. Os felinos robustos rondavam, brincavam e descansavam entre as lápides e, a julgar pelo tamanho das barrigas deles, estavam todos bem alimentados.

Sem dúvida, Lucy sabia que estava olhando para a Escola de Bruxaria Corvista – e não apenas porque as palavras Escola de Bruxaria Corvista arqueavam sobre o portão. A propriedade era tão sinistra que *tinha* que ser o lar de bruxas. Era exatamente o oposto da Terra das Fadas, e Lucy não conseguia pensar em um lugar melhor para evitar Brystal. Ela caminhou cautelosamente em direção à cerca de ferro e olhou através das barras para ver melhor.

– Olá? – Lucy chamou. – Tem alguém em casa?

De repente, um barulho alto de madeira estalando veio de trás dela. Lucy se virou e gritou porque duas árvores na floresta estavam se movendo sozinhas. As árvores haviam arrancado as raízes do chão e estavam se arrastando rapidamente em direção a ela. Elas enrolaram seus galhos encaracolados em torno dos braços e pernas de Lucy e a ergueram no ar.

– *Me soltem!* – Lucy exigiu. – *Não me façam transformar vocês em palitos de dente!*

Para piorar as coisas, as gárgulas no topo do portão de repente ganharam vida também. As estátuas saltaram para o chão e aterrissaram diretamente na frente de Lucy com dois baques fortes no chão.

– Parece que temos nossa primeira visitante do dia – disse a primeira gárgula. – O que você acha, Concreta? É uma ladra de túmulos, uma caçadora de bruxas ou uma vendedora ambulante?

– Para ser honesta com você, Ladrilha, não sei o que é pior – brincou a segunda.

As gárgulas riram juntas, soavam como pedra raspando contra pedra. Lucy gemeu enquanto lutava para se libertar dos galhos das árvores.

– Ei, Concrediota e Bobadrilha! É melhor vocês mandarem essas tiriricas superdesenvolvidas me soltar ou vocês vão se arrepender! *Eu sou* uma membra do Conselho das Fadas – bem, eu *geralmente* sou uma membra do Conselho de Fadas! Vocês vão ter um grande problema se não me soltarem!

As gárgulas estudaram Lucy com suas órbitas oculares ocas e a cheiraram com os focinhos de pedra.

– Engraçado, você não *cheira* como uma fada – disse Ladrilha.

– Não, ela cheira a cocô de pássaro – disse Concreta.

– *Olha quem está falando, bafo de mofo!*

– Você também não *parece* uma fada – disse Ladrilha.

– Não, ela parece um marinheiro – disse Concreta.

Lucy revirou os olhos.

– Tem algum gerente com quem eu possa falar? – ela perguntou. – Onde está aquela tal de Mestra Mara? Ela me convidou aqui *pessoalmente,* e eu não acho que ela gostaria de ver como vocês estão me tratando!

– Ouviu isso, Concreta? A fada fedorenta diz que conhece a Mestra – disse Ladrilha.

– Você acha que ela está dizendo a verdade? – Concreta perguntou.

– Espero que não... *adoro* ver o que a Mestra faz com os intrusos.

– Eu também.

As gárgulas sorriram e se voltaram para o portão. Todas as correntes deslizaram como cobras e o portão se abriu sozinho. Ladrilha e Concreta subiram a colina até a mansão, e as árvores as seguiram, mantendo Lucy suspensa no ar enquanto avançavam.

Todos os linces pararam o que estavam fazendo para olhar para Lucy. Os felinos estavam tão interessados nela que Lucy poderia jurar haver algo estranhamente *humano* na maneira como a observavam.

A enorme porta da frente da mansão era feita de vitrais representando uma coruja aterrorizante atacando um rato inocente. Ladrilha puxou a alavanca da campainha e, em vez de um carrilhão tradicional, Lucy ouviu um grito agudo ecoando pela casa. Alguns momentos depois, a porta da frente se abriu e um mordomo espiou do lado de fora. Ele usava um monóculo de ouro, um terno de três peças e luvas brancas – mas, exceto por suas roupas, o mordomo era completamente *invisível*.

– Diga à Mestra que há uma adolescente mal-educada que quer vê-la – Ladrilha instruiu.

O mordomo assentiu – ou pelo menos seu monóculo balançava para cima e para baixo no espaço acima do colarinho. O servo invisível voltou para dentro e fechou a grande porta atrás de si. Alguns momentos depois, o servo voltou e gesticulou para que entrassem. As árvores jogaram Lucy na porta e as gárgulas a empurraram para dentro da mansão.

O interior da Escola de Bruxaria Corvista não era nada parecido com seu exterior incompatível. Na verdade, Lucy ficou muito impressionada com sua decoração misteriosa e elegante. O chão estava coberto de ladrilhos pretos e brancos dispostos em espiral para se assemelharem a teias de aranha. As paredes estavam completamente em branco e tinham a mesma cor e textura do pergaminho antigo.

A entrada tinha um enorme lustre de morcegos pendurados vivos que flutuavam no ar. Um urso taxidermizado estava no centro da entrada e foi transformado em um relógio de pêndulo. O urso segurava um relógio na boca enquanto um pêndulo balançava dentro do torso vazio dele.

Uma grande escadaria com grades feitas de ossos curvava-se ao redor do urso. Enquanto os olhos de Lucy seguiam a escada em direção ao teto alto, ela descobriu que estava conectada a um labirinto de pontes, patamares, rampas e outras escadas que se cruzavam, ziguezagueavam e davam voltas à medida que subiam para os andares superiores. A estrutura era tão complexa que Lucy ficou tonta só de olhar para ela.

– Que surpresa agradável!

A princípio, Lucy não sabia dizer de onde vinha a voz etérea. Por fim, ela viu a Mestra Mara descendo de um dos muitos níveis acima dela.

– Obrigada, pessoal – disse a bruxa. – Eu posso levá-la a partir daqui.

As gárgulas se curvaram a ela e voltaram para seus postos do lado de fora. A Mestra Mara chegou ao térreo, deixando um rastro de fumaça na escada atrás dela. A bruxa ficou tão encantada ao ver Lucy que até o rosto pálido dela estava praticamente brilhando. Lucy tentou cumprimentar a bruxa com um aperto de mão, mas a Mestra Mara apenas encarou o gesto e não a tocou.

– Bem-vinda à Corvista, Srta. Lucy – disse a Mestra Mara. – Espero que as árvores e as gárgulas não tenham alarmado você. São apenas algumas pequenas precauções que tomei para manter a escola segura. As bruxas nunca podem ter proteção demais.

– Se essas são *pequenas precauções*, eu odiaria ver sua versão de uma simulação de incêndio – disse Lucy.

A Mestra Mara jogou a cabeça para trás e gargalhou com o comentário. Lucy não sabia dizer se a bruxa estava se divertindo genuinamente ou não, mas era bom ouvir alguém *rir* de uma de suas piadas para variar.

– Assim você me *mata* – disse a Mestra Mara. – Então, o que te traz aqui?

– Bem, eu estava na vizinhança e decidi dar uma olhada – disse Lucy.

– Você estava pensando em se juntar à nossa escola? – a bruxa perguntou.

Lucy deu de ombros.

– Talvez – ela disse. – Para ser honesta, eu realmente não tenho um planejamento agora. Eu poderia tirar umas férias das fadas, no entanto. Há alguém que estou tentando evitar e eu não sabia para onde ir.

– Que vingança prazerosa – disse a Mestra Mara. – Nesse caso, por que você não passa alguns dias conosco?

– Sério? Você não se importaria?

– Ah, eu insisto – disse ela. – Seria um prazer hospedá-la. Quem sabe você pode até gostar daqui e decidir ficar. Posso te conduzir em um passeio pela mansão?

– Isso seria ótimo – disse Lucy. – Obrigada, MM.

– Sem apelidos, querida – disse a bruxa. – Por favor, me siga.

A Mestra Mara mostrou a Lucy a mansão assustadora e sofisticada e, mais uma vez, fez questão de não tocá-la em nenhum momento.

O térreo tinha uma sala de estar com móveis estofados em pele de réptil e agulhas de porco-espinho. Ao lado da sala de estar havia uma sala de jantar com uma longa mesa e bancos feitos de caixões. Havia também uma pequena biblioteca que mais parecia um zoológico porque todos os livros rosnavam e silvavam atrás de jaulas. A cozinha ficava no porão – ou pelo menos Lucy achava que era uma cozinha. Em vez de panelas e frigideiras, a sala tinha uma variedade de caldeirões e, em vez de uma despensa tradicional, havia prateleiras de elixires coloridos e ingredientes grotescos.

– Este lugar é tão sombrio que é quase encantador – disse Lucy.

– Obrigada – disse a Mestra Mara. – Eu trabalhei muito para isso.

– Você sempre morou aqui?

– Vivi em tantos lugares ao longo dos anos que perdi a conta. Quando decidi abrir uma escola de bruxaria, procurei o local perfeito, e a Mansão Corvista era exatamente o que precisávamos. Foi originalmente a casa de nossos benfeitores, Lorde e Lady Corvista. O casal não tinha filhos para quem deixar a propriedade, então eles gentilmente doaram para nós.

– Uau, isso é um grande presente – disse Lucy.

– Foi tão generoso que nem *eles* conseguiam acreditar – disse a bruxa.

Enquanto percorriam os diferentes aposentos, Lucy notou que cada quarto tinha a mesma ilustração desenhada na parede. Era de um bode preto com chifres longos e barba curta, e a ilustração tinha uma expressão tão inquisitiva que Lucy estava convencida de que havia uma alma por trás dos olhos da imagem. Ela a examinou de perto e quase se engasgou de susto – *o bode ilustrado de repente se moveu e perambulou pela parede*! Aparentemente, a mansão não tinha a mesma ilustração em todos os cômodos, mas *uma ilustração* que se movia *de* cômodo em cômodo.

– Que raios é aquilo? – Lucy perguntou.

– Ah, é só a Velha Billie – disse a Mestra Mara. – Ela é uma ilustração que vive nas paredes. Ela também é uma criaturinha travessa, então tente ficar longe dela.

Como os linces lá fora, a cabra observava Lucy com um nível de curiosidade que parecia estranhamente humano.

– Por que ela está me olhando assim? – Lucy perguntou.

– Se a conheço bem, provavelmente ela está com fome.

A bruxa estalou os dedos e uma pena apareceu na mão dela. Ela desenhou um pedaço de grama na parede e a Velha Billie o engoliu. Lucy poderia ficar vendo a ilustração viva o dia todo, mas a Mestra Mara a acompanhou de volta à entrada.

– Quão grande é este lugar? – Lucy perguntou.

– A última vez que contamos, a mansão tinha treze andares e setenta e sete quartos – disse a bruxa. – Você só não deve ir a um quarto: o meu escritório pessoal no sétimo andar e meio.

– Isso supondo que eu possa encontrá-lo – disse Lucy.

Mais uma vez, a Mestra Mara jogou a cabeça para trás e gargalhou com a piada de Lucy. Desta vez, Lucy sabia que a bruxa estava apenas fingindo, mas apreciou mesmo assim.

– As meninas vão adorar o seu senso de humor – disse a Mestra Mara. – Agora venha comigo e eu vou te mostrar seu quarto. Você dividirá com as outras garotas na Torre Leste no décimo primeiro andar. Preste muita atenção no caminho para chegarmos lá… é fácil se perder em uma casa como esta. A criada desapareceu há dois meses e ainda não a encontramos.

Lucy soltou uma risada nervosa.

– É como dizem: "É difícil de encontrar quem presta um bom serviço" – disse ela.

Depois de seis lances de escada, quatro passarelas e três corredores ventosos, a Mestra Mara e Lucy finalmente chegaram à Torre Leste no décimo primeiro andar. A porta do quarto das bruxas tinha o formato de uma estrela e havia uma placa pregada nela que dizia SOMENTE BRUXAS: NÃO SÃO PERMITIDOS FEITICEIROS.

– Meninas, vocês estão vestidas? – a Mestra Mara perguntou enquanto batia na porta.

Ela e Lucy se espremeram pela porta e entraram no quarto. Para surpresa de Lucy, em vez de camas normais, as bruxas estavam descansando em grandes ninhos como uma família de pássaros gigantes. As meninas estavam vestidas com pijamas listrados e estavam no meio de diferentes atividades quando Lucy entrou. Brotinho estava escovando seu cabelo verde espesso, Malhadia estava costurando membros em uma boneca de malha, Belha sacudia um recipiente de insetos e Lebreta estava trançando seu longo cabelo roxo. Pi, por outro lado, parecia triste e olhava silenciosamente pela janela. Pi ainda não estava na Corvista por um dia inteiro, e Lucy percebeu que ela já estava com saudade de casa.

– Senhoras, temos uma visita especial – anunciou a Mestra Mara.

– *Lucy!* – Pi ficou emocionada ao ver um rosto familiar. – O que você está fazendo aqui? Você está se juntando à Corvista?

– Pensando no caso – disse Lucy. – Quero enfiar meu dedo do pé no lago das bruxas antes de pular.

– A Srta. Lucy vai passar alguns dias conosco – disse a Mestra Mara. – Vamos todos garantir que ela faça uma visita muito agradável.

As bruxas tiveram reações diferentes à notícia. Malhadia olhou para Lucy como se ela fosse um brinquedo novo para brincar. Belha estava tão animada com outra colega de quarto que estava praticamente vibrando. Brotinho parecia completamente indiferente a Lucy; na verdade, ela estava mais interessada em um pedaço de fiapo flutuando no ar. Lebreta não estava nada feliz com a situação – ela cruzou os braços e seu nariz se contraiu com suspeita.

– Mestra Mara, você tem certeza de que isso é uma boa ideia? – perguntou Lebreta. – Ela faz parte do Conselho das Fadas... a Fada Madrinha provavelmente a enviou para nos espionar!

– Então tenho certeza de que ela não terá nada além *coisas boas* para relatar – disse a Mestra Mara.

– Na verdade, fui recentemente suspensa do Conselho das Fadas – disse Lucy. – Eu não tenho certeza se eu vou voltar para a Terra das Fadas. Há um sangue ruim lá no momento.

– *Sangue nunca é ruim* – Malhadia sussurrou.

– Espero que você decida ficar conosco – disse Pi. – Nós estávamos nos preparando para dormir. Aqui, você pode dormir no ninho ao lado do meu.

– Vocês estão *se preparando* para dormir? – Lucy perguntou. – Mas é de manhã.

As meninas gargalharam com a ignorância de Lucy.

– Você não sabe muito sobre bruxas, não é? – perguntou Lebreta.

– Dormimos durante o *dia* e ficamos acordadas *a noite toda*! – disse Malhadia.

– P-p-porque somos c-c-criaturas da lua! – Belha gaguejou.

– Na verdade, as bruxas são naturalmente noturnas – Brotinho observou. – Sabe, como morcegos, corujas, mariposas, raposas, texugos, guaxinins, camundongos, o ouriço do noroeste, certas raças de pererecas...

– Acho que ela entendeu, Brotinho – a Mestra Mara interrompeu. – Agora, Lucy, por que não pegamos algo mais confortável para você usar na cama? E talvez algo mais *apropriado* para usar na mansão?

A Mestra Mara guiou Lucy para o fundo do quarto e ela parou na frente de um guarda-roupa com porta espelhada. Elas olharam para o espelho por alguns momentos, e quando Lucy estava prestes a perguntar o que estavam esperando, o guarda-roupa se abriu sozinho. Dentro havia um pijama, uma capa preta com capuz pontudo e meias listradas do tamanho de Lucy.

– Bem, a menos que você tenha outras perguntas, acho que vou para a cama eu mesma – disse a Mestra Mara. – Todas vocês, tentem descansar um pouco, temos uma *longa* noite pela frente. Bom dia.

– Bom dia, Mestra Mara – as bruxas disseram em uníssono.

Depois que a Mestra Mara saiu do quarto, Lucy vestiu o pijama e sentou-se na beirada do ninho. As bruxas a observaram em completo silêncio e Lucy, de repente, se sentiu como um cordeiro na cova de um leão.

– Entãããããoooo – ela disse para quebrar a tensão. – Me contem sobre vocês. Como vocês foram parar na Escola de Bruxaria Corvista?

– Não vejo como minha vida seja da sua conta – disse Lebreta.

– Fui abandonada no n-n-nascimento – Belha gaguejou. – Eu pu-pulei de orfanato em orfanato até a Mestra Mara me encontrar.

– Meus pais têm uma mente extremamente aberta – disse Brotinho. – Eles não tiveram nenhum problema comigo entrando em uma escola de bruxaria. Eles estavam felizes por eu ter um motivo para sair de casa.

– Minha família foi *atacada até a morte por ursos*! – Malhadia estava animada para compartilhar. – Então os ursos foram *baleados por caçadores!* E então os caçadores foram *atacados por lobos*! Eu tive que me esconder em um tronco oco por *dezenove horas* antes que fosse seguro sair! E tudo aconteceu no *meu aniversário*!

– Nossa, isso soa traumático – disse Lucy. – Eu sinto muito.

– Não sinta – Malhadia disse com um sorriso assustador. – *Foi o melhor dia da minha vida.*

Lucy podia dizer que Malhadia estava orgulhosa de quão desconfortável ela a estava deixando. Sua boca anormalmente larga se curvou em um sorriso assustador, e ela piscou para Lucy com seu pequeno olho.

– Ei, você quer saber *por que* me chamam de Malhadia? – ela perguntou.

– Com certeza, não – disse Lucy.

Após a primeira rodada de perguntas, o quarto ficou em silêncio novamente. Lucy olhou ao redor do aposento, desesperada para encontrar algo para falar. Ela notou que cada uma das bruxas tinha uma coleção única nas prateleiras acima dos respectivos ninhos. Lebreta estava cultivando uma pequena horta em vasos, Belha mantinha uma variedade de insetos em pequenos recipientes, Malhadia tinha uma variedade de bonecas de pano e Brotinho colecionava potes do que Lucy *esperava* que fosse terra.

– Parece que vocês têm hobbies – disse Lucy. – Lebreta, você gosta de jardinagem?

– *Obviamente* – Lebreta retrucou.

– E Belha, você gosta de colecionar insetos?

– Faz com que eu m-me sinta po-p-poderosa – disse ela.

– Brotinho, aqueles são recipientes de *terra* que eu vejo?

– Ah, não, é esterco.

– *Como é?*

– Eu cresci em uma fazenda – disse Brotinho. – O cheiro me lembra de casa. Você sabe o que dizem, você pode tirar a garota do esterco, mas não pode tirar o esterco da garota.

– E *Malhadia* – Lucy disse para mudar de assunto. – Me conte mais sobre suas bonecas! Eles são importantes para você?

Em vez de responder, Malhadia se lançou em direção a Lucy e arrancou uma mecha do cabelo dela. A bruxa cuidadosamente costurou o cabelo na cabeça de sua boneca, depois fechou os olhos e sussurrou um encantamento. Quando terminou, Malhadia começou a cutucar a boneca com a agulha de costura.

– Você pode sentir algo? – ela perguntou.

– Sentir algo?

– Que tal *isso*?

– Hum... não?

– E *isso*?

– Eu me sinto *irritada*, isso conta?

Malhadia suspirou e jogou a boneca de lado.

– Então, para responder à sua pergunta, *não*, minhas bonecas não são tão úteis quanto eu gostaria que fossem – disse ela.

Lucy notou que as bruxas ainda estavam usando os colares dourados com pedras da lua branca que usaram na Terra das Fadas no dia anterior.

– Qual é a dos seus colares? – disse Lucy.

– Qual é a de todas as suas perguntas? – perguntou Lebreta. – Você está escrevendo um livro?

– Eles apenas parecem chiques, isso é tudo – disse Lucy. – Vejo que todo mundo tem um colar, exceto Pi.

– Isso é p-p-porque você tem que merecer – disse Belha.

– Antes de alguém ser oficialmente matriculado na Corvista, precisa passar em quatro exames de admissão – explicou Malhadia. – A Mestra Mara testa suas habilidades em azarações, feitiços, poções e maldições. Depois de passar em todos os testes, ela te presenteia com um colar de ouro no Rito de Iniciação!

Lucy estava confusa.

– Se vocês já fizeram *tanta* bruxaria, por que vocês parecem tão normais? Por que a bruxaria não distorceu a aparência de vocês como as outras bruxas?

– Aaaaaaah, nós temos nossos segredos – Brotinho brincou.

– F-f-fique por aqui e você vai v-ve-ver – disse Belha.

As bruxas trocaram um sorriso malicioso. Lucy sabia que elas estavam ansiosas para contar a ela, mas as meninas não deram nenhum outro detalhe.

– Me contem mais sobre a Mestra Mara – disse Lucy. – De onde ela é? O que ela estava fazendo antes de abrir a Corvista?

– Nós não sabemos muito sobre ela – Brotinho disse. – Nenhuma de nós a conhecia antes da abertura da escola... e isso foi apenas alguns meses atrás.

– Mas temos *teorias* sobre ela – disse Malhadia, levantando as sobrancelhas sugestivamente.

– Teorias? – Lucy perguntou.

Malhadia correu para a porta do quarto e espiou pelo buraco da fechadura para ter certeza de que a Mestra Mara não estava no corredor. Confirmando que a barra estava limpa, ela se sentou ao lado de Lucy.

– Tenho certeza de que você notou que a Mestra Mara tem uma especialidade única – disse Malhadia.

– Você quer dizer, seu gosto assustador, mas elegante? – Lucy perguntou.

– Não – disse Brotinho. – Tudo o que ela toca *morre*!

– No começo, pensamos que a Mestra Mara era uma bruxa com *especialidade para a morte* – disse Malhadia. – Mas agora estamos convencidas de que ela pode ser algo *mais* do que uma bruxa! Você já ouviu a lenda da *Filha da Morte*?

– A Filha da Morte? – Lucy perguntou enquanto pensava no nome. – É a agente funerária do Reino do Leste que dirige o espetáculo de marionetes de cadáveres?

– Nem p-p-perto disso – disse Belha.

– Então estou pensando em outra pessoa – disse Lucy. – Quem é a Filha da Morte?

– Ah, eu conheço essa história – disse Pi. – Quando eu morava na Instituição Correcional Amarrabota para Jovens Problemáticas, os guardas costumavam falar sobre ela para nos dar pesadelos!

– Sou toda ouvidos – Lucy disse.

Pi endireitou-se e limpou a garganta.

– Segundo a lenda, no início dos tempos, a Morte era muito diferente do que é hoje. Dizem que ela se vestia de anjo, que adorava cantar e dançar e que tratava a vida com bondade. Dizem que a Morte permitiu que todas as criaturas vivessem por cem anos antes de escoltá-las para o outro lado. No entanto, tudo isso mudou quando *a humanidade* foi criada. Ao contrário das outras espécies, os humanos sempre *lamentaram* as pessoas que perderam, apesar de todos os anos que passaram juntos. A Morte achou esse comportamento extremamente curioso e ficou desesperada para entendê-lo. Assim, ela criou uma *filha* e a enviou ao mundo dos vivos. A separação fez com que a Morte sentisse terrivelmente a falta de sua filha e ela finalmente entendeu o que era *sofrer*. Ela estava ansiosa para se reunir com a filha assim que os cem anos de vida dela terminassem.

"Infelizmente para a Morte, sua filha *gostava* do mundo dos vivos. Com o tempo, ela aprendeu a evitar a mãe e *viver para sempre*. No dia de seu centésimo aniversário, a Morte procurou sua filha em todos os lugares, mas não conseguiu encontrá-la. Em pânico, a Morte inventou *doenças* e *ferimentos* para ajudá-la a chegar até a filha, mas ela era esperta e sabia como evitar as invenções da mãe também. A Morte ficou tão perturbada que trocou suas asas de anjo pelo manto preto pelo qual é famosa. Embora já tenham se passado milhares de anos desde que viu sua filha, a Morte ainda não perdeu a esperança, e continua inventando novas maneiras de encontrá-la. Hoje, dizem que sempre que a Morte leva alguém antes dos cem anos, não é porque ela é cruel; ela está apenas procurando por sua filha, e leva as pessoas aleatoriamente caso ela esteja usando um disfarce."

Embora as bruxas soubessem a história de cor, a versão de Pi era a mais arrepiante que já tinham ouvido.

– Isso foi a c-c-oisa mais assustadora que e-eu já o-o-ouvi – disse Belha.

– Eu vou ter terror diurno agora! – Brotinho chorou.

– Vocês estão tirando onda com a minha cara? – Lucy riu. – Digo, vocês não acreditam mesmo que a Mestra Mara é a *Filha da Morte*, acreditam?

– Claro que acreditamos! – disse Malhadia.

– Alguma de vocês já *perguntou* a ela? – Lucy questionou.

As bruxas olharam para Lucy como se ela fosse louca.

– Por que as fadas estão sempre tentando *resolver* tudo? – Lebreta resmungou. – Vocês não podem simplesmente desfrutar de um mistério perfeitamente bom?

Malhadia deu um grande bocejo e esticou os braços.

– A história da Filha da Morte sempre me faz dormir. Devemos ir para a cama antes que fique muito cedo.

As meninas fecharam as cortinas e se deitaram em seus ninhos. Em poucos minutos, as bruxas estavam dormindo profundamente, mas Lucy não conseguia dormir depois de ouvir sobre a Filha da Morte. Ela não sabia se as bruxas estavam falando sério ou se estavam apenas tentando assustá-la, mas, de qualquer forma, elas tinham dado a Lucy muito mais perguntas do que respostas sobre a Mestra Mara.

– Psiu, Lucy – Pi sussurrou. – O que achou da Corvista até agora?

– É difícil dizer – disse Lucy. – Estou aqui há apenas algumas horas e, até agora, fui maltratada por árvores possuídas, insultada por gárgulas falantes, perseguida por uma ilustração viva e assombrada por histórias de terror sobre a Morte.

– Eu sei, eu sei – disse Pi. – Não é para qualquer um.

Lucy sorriu.

– Na verdade, eu poderia começar a amar este lugar.

Capítulo Sete

Uma criaturinha travessa

Mesmo que Lucy não tivesse dormido nada na noite anterior, ela estava tendo muita dificuldade para se adaptar ao horário noturno das bruxas. Ela se revirou por horas em seu ninho, mas não conseguia ficar confortável – aparentemente, os ninhos tinham que ser laceados como um novo par de sapatos. Pior ainda, todas as suas colegas de quarto roncavam como animais selvagens, e os constantes arrotos e flatulências delas soavam como uma orquestra de instrumentos de sopro que nunca parava.

Por volta das três horas da tarde, Lucy decidiu procurar uma cama mais macia. Silenciosamente, ela saiu do quarto das bruxas e desceu na ponta dos pés pelo corredor ventoso do décimo primeiro andar. O corredor acabou se dividindo em três direções, e Lucy não sabia se pegava a escada em espiral que descia, a escada torta que subia ou a ponte que ziguezagueava à frente. Enquanto pesava suas opções, Lucy teve a inquietante sensação de estar sendo observada. Ela se virou para a parede de pergaminho ao lado dela e pulou quando fez contato visual com uma figura escura que a observava.

— Ah, olá, Velha Billie — Lucy disse. — Você me assustou.

A cabra não se moveu, mas Lucy sabia que ela estava lá pela vivacidade nos olhos ilustrados.

— Você sabe onde eu poderia encontrar uma cama normal? — Lucy perguntou. — Quero dizer, deve haver um colchão em *algum* desses setenta e sete quartos, certo?

A ilustração olhava para Lucy como se pudesse ver a alma dela e então assentiu lentamente.

— Você se importaria de me mostrar onde fica? — Lucy perguntou. — Vou desenhar um pedaço grande e suculento de grama como agradecimento.

A Velha Billie de repente afundou no chão e desceu para o décimo andar abaixo. Lucy desceu correndo a escada em espiral para alcançá-la. Ela seguiu a cabra pela mansão como se estivesse sendo conduzida por um labirinto gigante. A Velha Billie a levou por vestíbulos inclinados como escorregadores, por passarelas curvadas como costas de camelos e por corredores construídos completamente de cabeça para baixo. Até que finalmente elas chegaram a um corredor alto com dezenas de portas pretas que cobriam as paredes como um tabuleiro de xadrez. A Velha Billie atravessou a parede e encostou os chifres na porta a meia altura da parede mais distante.

— Então, estou presumindo que há uma cama depois dessa porta? — Lucy perguntou.

A cabra assentiu ansiosamente. Lucy encontrou uma poltrona escamosa no canto do corredor e a usou para subir pela porta aberta. Assim que passou pela porta, Lucy descobriu um escritório assustador atrás dela. Todos os móveis e utensílios, da mesa ao lustre, eram feitos de crânios humanos. As paredes estavam decoradas do chão ao teto com máscaras pretas, e cada uma era singularmente aterrorizante, como se todas estivessem gritando com diferentes expressões de dor e medo.

– Não – Lucy murmurou para si mesma. – Nenhum colchão vale *este* pesadelo.

Ao sair pela porta, Lucy viu algo se movendo com o canto do olho. Ela olhou para cima e viu que uma porta atrás da mesa de caveiras havia se aberto sozinha. Estava apenas uma fresta, mas enchia o escritório com um brilho alaranjado. A luz era sedutora, e antes que Lucy pudesse se convencer do contrário, ela se esgueirou pelo escritório e espiou dentro.

A porta levava a um longo armário forrado de prateleiras feitas de madeira carbonizada. Centenas de abóboras brilhantes estavam dispostas nas prateleiras, e cada abóbora foi esculpida com um rosto diferente e realista. Lucy achou que era uma coleção estranha para se manter em um armário, então entrou para olhar mais de perto. Ela espiou dentro de algumas das abóboras e viu que uma vela preta estava acesa dentro de cada uma delas e que os pavios estavam queimando em diferentes alturas e velocidades.

Bem no fundo do armário, em uma prateleira própria, havia uma abóbora esculpida com o rosto de uma jovem. Assim que Lucy pôs os olhos nele, a abóbora lhe deu calafrios. A jovem era estranhamente familiar – um rosto que Lucy tinha visto muitas vezes antes –, mas ela não conseguia reconhecer quem era de cabeça. Lucy sabia que o nome da jovem viria se ela se concentrasse, então se inclinou e estudou a escultura.

– *Ah! Peguei você!*

Lucy virou-se e viu que Lebreta estava no escritório atrás dela. A sobrancelha da jovem bruxa estava erguida com tanta suspeita que estava praticamente flutuando acima da testa dela, e o nariz se contraiu tão descontroladamente que Lucy pensou que poderia ser expelido do rosto da bruxa.

– Lebreta, o que você está fazendo aqui?

– A verdadeira questão é: o que *você* está fazendo aqui, Lucy?

Lucy deu de ombros.

– Eu estava procurando um colchão.

– Guarde suas mentiras para você! – Lebreta exclamou, e apontou dramaticamente para ela. – Assim que eu vi que você estava fora do quarto, eu sabia que você não estava fazendo nada de bom! E agora tenho provas! A Fada Madrinha mandou você para a Corvista para *espionar*!

– *O quê?!* Eu não sou uma espiã!

– Você espera que eu acredite que você se deparou com o escritório particular da Mestra Mara por *acidente*?

Os olhos de Lucy se arregalaram, e ela olhou nervosamente ao redor da câmara.

– Espere, *este* é o escritório particular da Mestra Mara? – ela perguntou incrédula. – Droga, eu deveria saber disso pelas caras assustadoras! Ela decora como um ator passando por um rompimento!

– Não se faça de inocente, Lucy! Não sou tão burra quanto você pensa que sou!

– Lebreta, se você tivesse *metade* da burrice que eu acho que você tem, não seria capaz de ficar de pé e falar ao mesmo tempo, mas isso não vem ao caso! Eu prometo a você que isso é um grande mal-entendido! Honestamente, eu nem sabia que estava no sétimo andar e meio!

– *Mestra Mara! Mestra Mara!* – gritou Lebreta para a mansão.

– *Não, espere!* – Lucy implorou. – *Eu estou te dizendo a verdade!*

– MESTRA MARA! MESTRA MARA!

De repente, as janelas do escritório foram abertas por um vento forte. O som assustou as meninas, e ambas caíram no chão. Uma nuvem de fumaça penetrou no interior e flutuou para o centro da sala. A fumaça começou a girar, ficando cada vez mais espessa, e logo a Mestra Mara apareceu no meio do vórtice esfumaçado.

– *O que vocês DUAS estão fazendo no meu escritório?* – a bruxa rugiu.

– Eu estava certa, Mestra Mara! – Lebreta disse enquanto se levantava. – A Fada Madrinha enviou Lucy para a Corvista para nos espionar! Eu a peguei espiando nos seus aposentos particulares!

– *Lucy, como você se atreve!* – gritou a Mestra Mara. – Eu te dou um lugar para ficar e é assim que você me agradece?

Lucy sabia que estava com sérios problemas. Ela queria dizer à Mestra Mara que a Velha Billie a levara para lá, mas a bruxa havia avisado especificamente a Lucy para ficar longe da cabra.

– Eu não sabia que este era o seu escritório... eu juro! – ela disse, e rapidamente pensou em uma desculpa diferente. – É minha *especialidade para problemas...* está sempre me mandando para lugares onde não deveria estar!

– Ela mente ainda pior do que espiona! – Lebreta declarou. – Não acredite em uma palavra do que ela diz, Mestra Mara! Ela quebrou as regras e merece ser punida! *Ela deve ser castigada! Castigada! Castigada!*

Lebreta estava raivosa e empolgada ao mesmo tempo, e um sorriso maligno cresceu sob seu nariz torcido. Lucy enrolou-se em posição fetal no chão enquanto esperava o castigo da Mestra Mara. Para surpresa das meninas, a raiva da bruxa se desvaneceu e foi substituída por curiosidade.

– Você disse que tem uma *especialidade para problemas*? – ela perguntou.

Lucy assentiu vigorosamente.

– Eu tenho causado coisas estranhas e infelizes desde que me lembro – disse ela. – Na verdade, desde *antes* que eu me lembre.

– Sério? – a Mestra Mara perguntou. – Me conte mais.

– Ai, Deus, por onde eu começo? – Lucy perguntou a si mesma. – De cara, quando minha mãe estava grávida de mim, um bando de corvos se reuniu do lado de fora da casa da minha família e não saiu até a noite em que nasci. Então, quando eu era bebê, fiz com que todos os tipos de coisas estranhas acontecessem em casa. Eu fazia aparecer sapos na banheira toda vez que minha mãe tentava me dar banho, costumava levitar do meu berço sempre que tirava uma soneca, e até transformei os olhos de botão dos meus bichos de pelúcia em olhos *reais* que piscavam e olhavam para as pessoas. E só piorou quando minha família entrou no mundo artístico... tenho certeza de que você já ouviu falar da mundialmente famosa Trupe Nada.

– Não – disse a Mestra Mara.

– Nem uma vez – disse Lebreta.

Lucy franziu o cenho.

– Bem, vocês não eram nosso público-alvo – ela zombou. – De qualquer forma, minha especialidade realmente se mostrava sempre que tocávamos para plateias difíceis. Teve uma vez que estávamos em um bar no Reino do Oeste, e quando o público começou a nos vaiar, eu acidentalmente transformei todas as bebidas deles em urina de cachorro. Outra vez, estávamos fazendo nosso ato para aristocratas no Reino do Norte, e quando uma senhora bocejou durante meu solo de pandeiro, transformei o cabelo dela em cobras! E então, uma noite, estávamos fazendo uma apresentação no Reino do Sul e, no final da nossa performance, o gerente do teatro se recusou a nos pagar. Então eu fiz todo o teatro desmoronar!

– Ora, ora, ora – disse a Mestra Mara. – Que deliciosamente medonho.

– Meus pais estavam preocupados que algo ruim pudesse acontecer comigo se eu ficasse na estrada, então eles me mandaram morar com as fadas. E o resto é história.

– E todas essas ocorrências aconteceram *involuntariamente*? Sem nenhum treinamento mágico? – a Mestra Mara perguntou.

– Sim – Lucy disse com um suspiro. – Mas mesmo quando não estou causando problemas, os problemas dão um jeito de me encontrar! Minha especialidade é o que me guiou pela floresta até sua escola, e agora me guiou diretamente para seu escritório! Por favor, não fique com raiva de mim!

A Mestra Mara não parecia nem um pouco zangada; na verdade, ela estava fascinada por tudo que Lucy lhe contara. A bruxa calmamente esfregou o queixo pálido, como se estivesse pensando em várias coisas ao mesmo tempo.

– Não devemos punir as pessoas pelo que elas não podem controlar; caso contrário, não seríamos melhores que a humanidade – disse a Mestra Mara. – Você está perdoada, Lucy, mas só desta vez.

– Ah, caramba, obrigada! – disse Lucy. – Eu prometo que isso nunca vai acontecer de novo!

A Mestra Mara virou-se para Lebreta, carrancuda de decepção.

– Infelizmente, o mesmo não pode ser dito sobre *você*, Lebreta – ela disse.

– Eu? – Lebreta ofegou. – O que eu fiz errado?

– Lucy pode ter *acidentalmente* quebrado as regras, mas você *intencionalmente* me desobedeceu ao entrar dentro do meu escritório para segui-la – ela disse. – Sinto muito, minha querida, mas é *você* quem merece punição.

A Mestra Mara se arrastou na direção de Lebreta, que recuou com medo.

– *Mas... Mas... Mas eu só estava tentando proteger a escola!* – Lebreta proclamou.

– Eu te avisei sobre enfiar seu narizinho trêmulo nos negócios de outras pessoas, Lebreta – a bruxa disse. – Se minhas palavras não são suficientes para te ensinar uma lição, então talvez *uma maldição* seja.

A Mestra Mara apontou para Lebreta, e a jovem bruxa foi cercada por um redemoinho de fumaça negra. Enquanto a fumaça girava ao redor dela, a aparência de Lebreta começou a mudar. Suas tranças roxas encolheram em orelhas finas, a pele dela ficou coberta de pelo escuro e seu nariz contorcido se transformou em um focinho. Lebreta tentou fugir, mas tropeçou quando as suas mãos e os seus pés se transformaram em patas. Ela tentou gritar, mas apenas um *grunhido* saiu de sua boca. Em apenas alguns momentos, Lebreta se transformou completamente em um *lince*!

– Agora saia da minha casa e junte-se aos outros animais lá fora! – a Mestra Mara ordenou.

Horrorizada, Lebreta pulou pela janela e desceu pela lateral da mansão até o cemitério abaixo. Uma abóbora brilhante apareceu no chão onde Lebreta estava, e foi esculpida com uma representação realista do rosto de Lebreta. A Mestra Mara cantarolou uma melodia agradável enquanto pegava a abóbora do chão e a colocava com as outras no armário dela.

Lucy ficou mortificada com todo o calvário e estava com muito medo de falar.

– Não tenha medo, Lucy – disse a Mestra Mara. – Lebreta cometeu um erro grave, e eu não seria uma boa professora se não aplicasse as consequências. Contanto que você siga as regras desta casa, você não terá nada a temer. Além disso, a atitude pomposa de Lebreta estava começando a me dar nos nervos. Vai ser bom termos um tempo sem ela.

– Por quanto tempo Lebreta será um lince? – Lucy perguntou.

– Cem anos – disse a Mestra Mara.

– *Cem anos?* – Lucy ofegou.

– As lições são como pedras; quanto mais duras e pesadas elas forem, mais elas serão absorvidas.

– Então *todos* os linces lá fora são pessoas que você amaldiçoou?

– Minhas técnicas podem parecer cruéis, mas estou fazendo um favor a elas – disse a bruxa. – Agora elas têm um século para refletir sobre suas más decisões e, quando se transformarem novamente em pessoas, serão *pessoas melhores* do que eram antes.

– E as abóboras? Eles são algum tipo de registro de maldição?

A Mestra Mara sorriu.

– Vamos guardar isso para outra hora – disse ela. – *O problema* pode tê-la guiado ao meu escritório, Lucy, mas acredito que você foi guiada à minha escola por algo muito maior. Estou confiante de que a Corvista pode oferecer a você mais do que as fadas jamais poderiam, isto é, se você estiver disposta a ser *aventureira*.

Lucy estava com muito medo de dizer não à bruxa.

– Claro – disse ela com um tremor nervoso. – Preciso matar o tempo enquanto estiver por aqui.

– Esplêndido – disse a Mestra Mara. – Agora você deve voltar para o décimo primeiro andar e tentar dormir um pouco enquanto pode. A introdução de você e Pi à bruxaria começa hoje à noite. Encontrarei você e as outras garotas no cemitério depois do anoitecer.

Lucy assentiu e saiu correndo do escritório, mas a Mestra Mara a deteve quando ela estava no meio da porta.

– Ah, e, Lucy? Só mais uma coisa antes de você sair – a bruxa disse. – Não tome a misericórdia que eu lhe mostrei hoje como garantida. Se eu te pegar em qualquer lugar perto deste escritório novamente, você passará os próximos cem anos caçando ratos com Lebreta. Está entendido?

Lucy engoliu em seco.

– Sim, Mestra – ela piou.

Assim que saiu do escritório, Lucy correu pela mansão até encontrar o caminho de volta ao décimo primeiro andar. Ela estava tão ofegante que tinha medo de acordar suas colegas de quarto com o barulho de sua respiração, então ela se encostou na porta do quarto e deslizou para o chão para recuperar o fôlego. Enquanto descansava, Lucy percebeu algo se movendo com o canto do olho e viu a Velha Billie parada na parede ao lado dela.

– Qual é o seu problema? – Lucy sussurrou. – Eu te pedi uma cama e você quase me amaldiçoou!

A ilustração irradiava confiança, como se a cabra soubesse *exatamente* o que ela havia feito.

– Então? – Lucy perguntou a ela. – Eu fiz algo para te ofender? Ou você apenas coloca as pessoas em perigo por diversão?

A Velha Billie encarou Lucy por alguns momentos de silêncio, como se ela estivesse tentando comunicar algo telepaticamente. Lucy sabia que a cabra tinha um *motivo* para mandá-la para o escritório da Mestra Mara, mas não conseguia descobrir qual era.

– Você está tentando me enviar uma mensagem, não é? – Lucy perguntou. – Tem algo naquela sala que você queria que eu visse, não é?

A cabra caminhou pelo corredor e desapareceu de vista, mas seu olhar confiante permaneceu em Lucy enquanto partia. A Mestra Mara avisara Lucy que a Velha Billie era *uma criaturinha travessa*, mas obviamente havia muito mais do que *travessuras* na mente dela...

Capítulo Oito

Azarações e feitiços

Às seis horas da tarde, o relógio de taxidermia no saguão de entrada explodiu com um rugido de gelar o sangue para acordar a todos na Mansão Corvista. Lucy já estava bem acordada e andando ansiosamente pelo andar dos dormitórios das bruxas. Os acontecimentos no escritório particular da Mestra Mara se repetiam na mente dela, e cada vez que ela observava a cena se desenrolar, mais perguntas e medos ela desenvolvia.

Por que a Velha Billie mandara Lucy ao escritório da Mestra Mara? A cabra estava tentando mostrar a ela o armário de abóboras com rostos vivos ou havia algo *a mais* que Lucy tinha deixado passar? Lucy realmente *reconheceu* uma das esculturas ou sua mente exausta estava pregando peças nela? E agora que ela viu como a Mestra Mara punia os seus alunos, Lucy era tola por ficar na Corvista? Ou seria mais perigoso fugir e arriscar decepcionar a bruxa?

À medida que as preocupações despertavam, Malhadia, Belha, Brotinho e Pi também levantaram. As bruxas começaram a bocejar e se espreguiçar em seus ninhos enquanto lentamente ganhavam vida.

– Boa noite a todos – disse Pi. – Como vocês dormiram?

– M-m-maravilhosamente bem – disse Belha.

– Como uma pedra – Brotinho disse.

– Bem, *eu* tive *terrores diurnos* horrendos o dia todo! – Malhadia declarou. – Primeiro, sonhei que estava nadando em um oceano cheio de *tubarões*! E então fui perseguida até uma árvore por um bando de *leões*! E então fui arrancada da árvore por um enorme *falcão*! E então o falcão *me balançou* como uma isca sobre as bocas abertas de seus bebês famintos! Fiquei em pânico em todas as situações.

– Sinto muito, Malhadia – disse Pi. – Parece que você não descansou muito bem.

– O que você quer dizer? – Malhadia perguntou com um sorriso largo. – *Foi o melhor sono que tive em meses.*

Os olhos cansados de Lucy corriam de um lado para o outro entre as colegas de quarto e o ninho vazio de Lebreta. Ela não sabia como explicar o que havia ocorrido com Lebreta, e temia que, ao descobrirem o que aconteceu, as bruxas pudessem colocar a culpa *nela*. Lucy sentiu que poderia explodir se mantivesse a notícia para si mesma por mais um momento e decidiu simplesmente acabar com isso.

– *Pessoal, algo horrível aconteceu!* – ela desabafou.

Malhadia, Belha e Brotinho pareciam bastante *animadas* com o anúncio e se sentaram nas bordas de seus ninhos.

– Es-e-estamos infestados de cupins?

– Minhas bonecas se mexeram enquanto eu dormia?

– Você produziu seu próprio esterco?

– Não... e *nojento*, Brotinho! – disse Lucy. – É sobre *Lebreta*! Ontem à noite, não consegui dormir no meu ninho, então fui procurar outra cama. Acidentalmente, acabei entrando no escritório particular da Mestra Mara e Lebreta me seguiu até lá! Ela pensou que eu estava espionando para as fadas e me denunciou! A Mestra Mara me libertou com um aviso, mas *transformou Lebreta em um lince por quebrar as regras*!

Pi gritou, mas as bruxas ficaram desapontadas com a notícia.

– Então? – Lucy pressionou. – Uma de suas amigas vai passar o próximo século como um grande felino! Isso não preocupa vocês?

As bruxas trocaram sorrisos e riram para Lucy.

– N-n-na verdade, não – disse Belha.

– A Mestra Mara transforma os alunos em linces o tempo todo – disse Malhadia.

– Aconteceu com Cerva, Pastora, Feitiçabete e Jorila – Brotinho listou. – E Canária, Kanina, Suinata, Ladrina, Camella, Pandina, Hienna, Mary Ratazana...

– Ela já en-e-entendeu, Brotinho.

– Eu só estou chateada por não poder ter visto Lebreta se transformando – Malhadia disse com uma carranca. – O calor febril de alguém desesperado sempre aquece meu coração.

– Quem ganhou a aposta que ela viraria lince primeiro? – Brotinho perguntou.

Malhadia puxou uma grande tábua de trás de seu ninho, e as bruxas inspecionaram um gráfico colorido desenhado nela.

– Ah, droga! – Brotinho reclamou. – Belha ganha de novo!

– Ela *sempre* vence! – Malhadia murmurou. – Como ela faz isso?

– É um d-dom – Belha se gabou. – Agora p-p-paguem, bruxas!

Brotinho e Malhadia relutantemente entregaram a Belha algumas moedas de ouro cada. Lucy e Pi não podiam acreditar no que estavam vendo.

– Vocês fazem *apostas* em quem vocês acham que vai ser amaldiçoada em seguida? – Pi perguntou.

– Sim – disse Malhadia com um encolher de ombros. – As bruxas nunca perdem a fortuna em um infortúnio.

Assim que terminaram de fazer a próxima rodada de apostas de linces, todas as meninas vestiram suas capas pretas e meias listradas e desceram para o desjejum. Na sala de jantar, o mordomo invisível serviu ensopado de pernas de tarântula e vitaminas de tinta de lula. Lucy não comia desde o dia anterior, mas depois de ver as pernas peludas flutuando na tigela, achou que nunca mais sentiria fome.

– Eu sei o que você está pensando – disse Malhadia. – Precisa de mais sal.

Lucy sentiu um mal-estar no estômago e empurrou o prato para longe.

– Todas as refeições são tão *decadentes*? – ela perguntou.

– Ah, sim, o mordomo é um cozinheiro maravilhoso! – disse Brotinho. – Ele também faz um ótimo pão de pó, sopa de vísceras de galinhas, purê de batata podre, macarrão ao musgo, omelete de olho, pudim de leite coalhado...

– Re-r-respire, Brotinho! R-respire!

– Desculpe, eu gosto de fazer listas – Brotinho disse, e então deu uma cutucada na própria cabeça. – Preenche o espaço.

Quando as meninas terminaram o desjejum, elas se reuniram no cemitério do lado de fora e esperaram que a Mestra Mara se juntasse a elas. A luz do sol estava desaparecendo rapidamente, e, quanto mais escuro ficava, mais assustador e frio o cemitério se tornava. Os linces vagavam pelos terrenos ao redor, e agora que Lucy sabia que todos eram *pessoas amaldiçoadas*, os olhos curiosos delas pareciam ainda mais misteriosos do que antes.

– Qual lince você acha que é Lebreta? – Pi perguntou.

– Hummm – Lucy disse enquanto olhava ao redor. – Ah, definitivamente *aquele*.

Ela apontou para um lince que estava descansando em uma lápide próxima.

– Como você sabe? – Pi perguntou.

– Porque um gato nunca me deu um olhar tão ácido antes.

Com certeza, o lince estava olhando para Lucy com ódio de nível humano. Lucy se sentiu horrível com o que aconteceu com Lebreta e, claramente, Lebreta culpou Lucy tanto quanto Lucy se culpava.

– É irônico – disse Pi. – Dizem que a curiosidade matou o gato, mas a curiosidade *transformou* Lebreta em um.

Lebreta não gostou do comentário. Ela sibilou para as meninas e então correu para o outro lado do cemitério.

– Pelo menos ela não está brincando com seus sentimentos – disse Lucy.

Uma vez que a luz desapareceu completamente do céu, uma nuvem de fumaça saiu de uma janela aberta na mansão e flutuou até o centro do cemitério. A fumaça rodou em um vórtice alto, e a Mestra Mara apareceu de dentro dele. As bruxas aplaudiram a entrada da professora, mas Lucy deu um passo tímido para trás.

– Bem-vindas à bruxaria! – a Mestra Mara declarou de braços abertos. – Esta noite, Pi e Lucy descobrirão talentos que nunca souberam que possuíam e começarão o primeiro dia de suas verdadeiras vidas! No entanto, antes de se tornar estudantes na Escola de Bruxaria Corvista, suas habilidades serão testadas. Lucy e Pi devem passar por quatro exames de admissão que representam os fundamentos da bruxaria: azarações, feitiços, poções e maldições. Depois de concluir os exames, vocês serão oficializadas em nosso sagrado Rito de Iniciação Corvista sob a próxima lua cheia. E então continuarão as aulas com as demais. Alguma pergunta?

Pi levantou a mão.

– Por que o Rito de Iniciação acontece durante a lua cheia? – ela perguntou.

– Mera questão de *tradição* – disse a Mestra Mara, mas o brilho em seus olhos contava outra história. – Vocês duas estão com sorte porque a próxima lua cheia será daqui a apenas dois dias. Algumas garotas têm que esperar semanas para isso.

– Tive que esperar *dois meses* porque estava nublado! – disse Malhadia.

Lucy levantou a mão em seguida.

– E o que acontece se *não* passarmos nos exames? – ela perguntou.

– Então eu temo que Corvista não seja para vocês e serão convidadas a se retirarem – a Mestra Mara disse. – Mas nenhuma de vocês deve se preocupar com isso agora. Os exames são apenas uma precaução para garantir que meus alunos sejam *capazes* e *dedicados* em relação à bruxaria. Não queremos nenhum impostor perambulando pela Corvista, pelo menos, não em *duas pernas*.

A Mestra Mara jogou a cabeça para trás e gargalhou com o comentário. Lucy e Pi trocaram olhares ansiosos e riram junto com ela.

– Agora, antes de começarmos nosso primeiro exame, quero que vocês esqueçam tudo o que lhes disseram sobre bruxaria – a Mestra Mara disse em um tom sombrio. – Acredita-se comumente que a bruxaria é uma alternativa vil, cruel e demoníaca à magia, mas isso é um completo absurdo do qual vocês devem se libertar. Na verdade, a magia não é mais gentil, mais agradável ou mais natural do que a bruxaria... é simplesmente *diferente*. Assim como a escuridão e a luz, o frio e o calor, a morte e a vida, a bruxaria e a magia têm seus diferentes propósitos e importância, mas uma não pode existir sem a outra. Assim, quando alguém diz que a magia é melhor ou pior, certa ou errada, moral ou imoral em comparação com a bruxaria, não está *afirmando* um fato, mas dando uma opinião. E só porque mais pessoas aproveitam o dia não significa que a noite não deveria existir. Não, não, não... o planeta precisa do sol *e* da lua para funcionar corretamente. Portanto, o mundo *precisa de bruxaria*, goste ou não.

A Mestra Mara fez um gesto em direção à mansão, e o mordomo invisível surgiu pela porta da frente. Ele levou um pesado baú de madeira para o cemitério e o colocou no chão na frente de Lucy e Pi. O mordomo abriu o baú, e as meninas viram que estava cheio de tachos e panelas, pentes e escovas de dentes, ferramentas e engrenagens, canetas e lápis, entre vários outros objetos domésticos.

– Já que as fadas gostam de fazer *melhorias* com magia, para manter um equilíbrio harmonioso, é trabalho de uma bruxa fazer *piorias* com bruxaria – disse a Mestra Mara. – Uma das maneiras de conseguirmos isso é realizando *azarações*. A azaração é um encantamento que altera temporariamente uma aparência, comportamento ou função de forma negativa. Geralmente dura alguns dias e pode ser facilmente revertido com um pouco de magia. Como primeira tarefa de vocês, cada uma selecionará um objeto do baú e *azarará* para que aparente, se comporte ou funcione de forma anormal. Pi, vamos começar com você.

Pi estava um pouco nervosa, mas principalmente animada para fazer bruxaria pela primeira vez. Ela vasculhou o baú e procurou o objeto perfeito para enfeitiçar. Por fim, Pi escolheu um pequeno espelho de mão com moldura de latão. Ela o segurou perto do peito, fechou os olhos e se concentrou em como queria azará-lo. O espelho de mão começou a enferrujar na mão dela, e quando Pi olhou para ele, em vez de ver seu reflexo normal, viu o rosto de um javali.

– Eu consegui! – Pi aplaudiu. – Eu azarei o espelho para mostrar um reflexo hediondo!

As bruxas deram a Pi uma salva de palmas educadas.

– Santa manicure! – exclamou Lucy. – Pi, suas mãos!

A celebração foi interrompida quando Pi olhou para baixo. Depois de fazer a azaração, as unhas de Pi cresceram sete centímetros e eram grossas como garras de animais. Ela gritou e deixou o espelho cair no chão.

– *O que está acontecendo comigo?* – Pi gritou.

– Não se assuste, querida – disse a Mestra Mara. – É apenas um pequeno efeito colateral da bruxaria. Mas não se preocupe, uma vez que você passe nos exames de admissão, sua aparência voltará ao normal.

Pi ficou muito envergonhada com as unhas novas e escondeu as mãos nos bolsos.

– Lucy, você é a próxima – disse a Mestra Mara.

Lucy estava com medo de seguir as instruções da bruxa. Causar danos não era novidade nenhuma para ela, mas nunca havia feito isso *intencionalmente* – ou pelo menos, não sem *boas intenções*. O que aconteceria quando ela misturasse sua especialidade com bruxaria? Quão horrivelmente isso afetaria a aparência *dela*? Lucy se perguntou se poderia realizar a tarefa *sem* fazer uma azaração. Ela encontrou um relógio no fundo do baú e teve uma ideia.

– *O que é aquilo ali?* – gritou Lucy.

Ela teatralmente apontou para o portão na extremidade da propriedade. Todas as bruxas se viraram para ver a que Lucy estava se referindo. Enquanto elas estavam distraídas, Lucy usou os dentes para arrancar o mostrador da lateral do relógio, e as engrenagens pararam de tiquetaquear.

– Eu não vejo nada – Brotinho disse.

– O que você está a-a-apontando? – Belha perguntou.

– Me desculpem, provavelmente era uma daquelas árvores em movimento – disse Lucy. – De qualquer forma, terminei minha azaração. *Vejam!* Um relógio que está congelado no tempo!

Lucy apresentou o relógio quebrado para as bruxas, mas elas não ficaram impressionadas. Malhadia pegou o relógio de Lucy e o examinou com seu olho maior.

– Você tem certeza de que usou *bruxaria* para azarar isso? – ela perguntou.

– Claro que sim – Lucy mentiu.

– Então por que a b-b-bruxaria não afetou você como P-P-Pi? – Belha perguntou.

– Sim, você não parece mais feia do que era antes – Brotinho observou.

Lucy resmungou e ajustou as meias listradas.

– Na verdade, acho que uma verruga desagradável acabou de aparecer, mas acredite, você *não* quer saber onde ela está – disse.

As bruxas não estavam comprando a história. A Mestra Mara também não estava convencida, mas surpreendentemente, ela fez vista grossa para a desonestidade flagrante de Lucy.

– Parabéns, senhoritas, vocês duas passaram no primeiro teste – disse a Mestra Mara. – A próxima tarefa testará suas habilidades de *feitiço*, mas feitiços são mais desafiadores do que azarações. Eles exigem uma *participação especial.*

A Mestra Mara assobiou e as meninas ouviram um *estrondo*. Elas se viraram para o barulho e viram Ladrilha e Concreta irromperem pelas portas de um mausoléu próximo. As gárgulas arrastavam um homem e uma mulher atrás delas, cujas mãos e pés estavam acorrentados. Ladrilha e Concreta colocaram os prisioneiros no chão em frente à Mestra Mara. Eles tremeram diante da presença dela.

– *Por favor, não nos machuque!* – o homem implorou.

– *Temos filhos!* – gritou a mulher.

A Mestra Mara revirou os olhos.

– Crianças, crianças, crianças – disse ela. – Por que as pessoas sempre apelam para seus filhos quando são pegas fazendo algo errado? Se vocês *realmente* amassem seus filhos, vocês não teriam tentado me roubar em primeiro lugar!

Ela estalou os dedos, e o casal foi silenciado por dois panos pretos. Lucy teve uma sensação horrível na boca do estômago pensando no que estava prestes a acontecer.

– Este homem e esta mulher são ladrões de túmulos e foram recentemente pegos invadindo os túmulos em minha propriedade – disse a Mestra Mara. – A próxima tarefa de vocês é alterar a aparência, comportamento ou capacidades deles com um feitiço. Agora, um feitiço é como uma azaração, mas é aplicado a uma coisa viva. Os feitiços podem variar em gravidade, mas não fazem sentido se forem sutis ou facilmente remediados. Lembrem-se: *se pode ser curado por um médico, então nem se dê o trabalho.* Pi, você gostaria de ir primeiro?

Lucy percebeu que Pi não queria machucar o casal, mas ainda assim queria provar seu valor para a Mestra Mara. Os ladrões de túmulos balançaram a cabeça e murmuraram freneticamente, implorando para que ela parasse, mas Pi se aproximou do casal assim mesmo e acenou com a mão sobre os rostos assustados deles. As bruxas ouviram dois pares de estalos, mas não puderam dizer o que havia mudado.

– Perdi alguma coisa? – Malhadia perguntou. – Como você os enfeitiçou?

– Dei dois pés esquerdos a cada um – disse Pi.

Brotinho e Belha removeram os sapatos dos ladrões de túmulos para se certificarem. Os ladrões de túmulos soltaram gritos abafados quando viram o encantamento de Pi.

– Isso não é tão ruim – disse Belha.

– Você está de brincadeira? – Pi perguntou. – Eles não poderão dançar ou andar em linha reta! E se houver uma emergência, eles ficarão correndo em círculos por...

Pi ficou em silêncio porque sentiu algo coçar debaixo do nariz. Infelizmente, o feitiço fez com que longos bigodes crescessem sobre o lábio superior dela. Pi ficou mortificada e cobriu os bigodes com as mãos.

– Nunca se envergonhe de suas realizações, querida – disse a Mestra Mara. – Parabéns, Pi, você passou no segundo teste. Lucy, é a sua vez.

– Mas eu não quero enfeitiçá-los! – disse Lucy. – Olha, eu sei que eles tentaram roubar você, mas eles não fizeram nada comigo pessoalmente!

– Você está muito enganada – disse a Mestra Mara. – Um crime contra uma bruxa é um crime contra todas as bruxas. E é importante estarmos juntas e exigirmos o respeito do mundo! Sem feitiços, as pessoas não teriam motivos para nos temer. Agora vá.

Lucy não sabia como ia sair dessa – as bruxas estavam olhando para ela como falcões. Ela relutantemente deu um passo em direção aos ladrões de túmulos, levantou a mão e convocou o feitiço mais nocivo – ainda que *indolor* – que conseguiu pensar. Como se os ladrões de túmulos estivessem sendo marcados por canetas invisíveis, o casal de repente ficou coberto de centenas de tatuagens estranhas. A pele deles estava cheia de animais desproporcionais, símbolos pouco lisonjeiros e frases motivacionais que foram mal formuladas como "Viva todos os dias como se fosse o mesmo", "O copo é sempre meio furado" e "A prática leva ao cansaço".

As bruxas não sabiam o que pensar sobre o estranho feitiço de Lucy – até os ladrões de túmulos pareciam mais confusos do que assustados.

Lucy deu de ombros.

– O quê? Foi a pior coisa que eu poderia pensar.

Enquanto se defendia, Lucy sentiu um estranho formigamento no alto da testa. Ela passou os dedos pelos cabelos e sentiu algo extraordinariamente macio em sua franja. As bruxas apontaram e gargalharam para Lucy quando notaram isso também.

– *O que está acontecendo?* – Lucy ofegou. – *O que há de errado com meu cabelo?*

– A bruxaria te deu *penas*! – disse Malhadia.

– Penas brancas! – disse Brotinho.

– E elas são fofinhas também!

Lucy arrancou uma pena da cabeça e olhou para ela com horror absoluto. Ela pegou o espelho de Pi do chão e viu que um pedaço de penas brancas e fofas havia aparecido na frente de sua testa.

– Ai, meu Deus! – Lucy gritou. – Eu pareço um pica-pau!

– Poderia ser pior – disse Pi, e apontou para os próprios bigodes.

– Parabéns, Lucy, você também passou no segundo exame – disse a Mestra Mara. – Me deem um segundo para limpar nossos suprimentos e vamos passar para a próxima tarefa.

A bruxa girou os dedos e os ladrões de túmulos foram subitamente cercados por uma fumaça preta. Enquanto a fumaça girava em torno deles, o casal foi lentamente transformado em linces. Uma vez que a transformação estava completa, as correntes escorregaram dos corpos deles, e os ladrões de túmulos correram para o cemitério para se juntarem aos outros felinos amaldiçoados. Duas abóboras com esculturas realistas dos rostos dos ladrões apareceram no chão atrás do casal.

– Coloque com as outras – a Mestra Mara instruiu o mordomo.

O servo invisível pegou as abóboras do chão e entrou na mansão.

– Vamos prosseguir – disse a Mestra Mara. – O próximo exame testará suas habilidades de preparo de poções. Ao contrário de azarações e feitiços, o exame de poções não requer *bruxaria*, mas testará sua aptidão para seguir instruções e fazer medições para...

A bruxa foi interrompida pelo som de galope. Ao longe, as bruxas viram alguém se aproximando da mansão em um cavalo preto. Quem quer que fosse, Lucy presumiu que não era um estranho para a Corvista porque nem as árvores nem as gárgulas tentaram detê-lo. Quando o visitante alcançou a cerca de ferro, o portão se abriu automaticamente e o cavalo entrou no cemitério.

À medida que o visitante se aproximava, Lucy teve seu primeiro bom vislumbre. Era um homem, vestindo um terno vermelho que brilhava no escuro, mas a identidade dele estava escondida atrás de uma máscara em forma de crânio de carneiro. O homem desmontou de seu cavalo, amarrou as rédeas a uma lápide e então se aproximou da Mestra Mara. A bruxa estava tudo menos feliz em ver o visitante – na verdade, a presença dele a deixou tensa. Era a primeira vez que Lucy via a Mestra Mara parecer desconfortável. Sem dizer uma palavra para ele, a Mestra Mara acenou para a mansão, e o homem se dirigiu para a porta da frente.

– Com licença, senhoritas – disse a bruxa às meninas. – Teremos que terminar os exames de admissão em outro momento. Vejo vocês novamente amanhã depois do anoitecer.

A Mestra Mara seguiu o homem dentro da mansão sem dizer mais nada.

– Quem era aquele? – Pi perguntou às bruxas.

– Não temos certeza – disse Brotinho. – Nós apenas o chamamos de *Chifrudo*. Ele visita a Mestra Mara de vez em quando, mas ela nunca nos contou nada sobre ele.

– Ele m-me dá a-a-arrepios – disse Belha.

– Em mim também – disse Malhadia, e seus olhos tremeluziram. – É tão atraente!

– O que devemos fazer agora que a Mestra Mara está ocupada? – Pi perguntou.

– Se eu fosse vocês, procuraria no terreno por alguns fungos manchados e arbustos de folhas roxas – Brotinho sugeriu. – Eles podem ser úteis para o teste de amanhã... sempre dão um toque extra às poções.

– Obrigada pela dica – disse Lucy. – Mas primeiro vou entrar e tentar fazer algo sobre essas penas.

Lucy voltou para a mansão sozinha e foi para o quarto das bruxas. Ela já estava bastante familiarizada com a disposição do lugar, mas ainda assim, o labirinto de escadas, pontes e corredores era difícil de navegar sozinha.

Ela estava no meio de um corredor no quarto andar quando, do nada, o corredor começou a girar. Ele girou tão rápido que Lucy ficou tonta e teve que abraçar a parede para ficar de pé. Quando o corredor finalmente parou, levou a uma parte da mansão completamente diferente da que normalmente levava.

– O que diabos foi isso? – Lucy perguntou, mas ninguém estava lá para responder.

Uma vez que ela recuperou seu rumo, Lucy encontrou uma câmara circular no final do corredor que ela nunca tinha visto antes. A câmara tinha treze portas que eram todas de diferentes formas e tamanhos. Assim que Lucy deu o primeiro passo para dentro da câmara, uma porta se fechou atrás dela, trancando-a lá dentro. Ela tentou voltar, mas a porta não se moveu.

– Olá? – Lucy chamou. – Tem alguém aí?

Ela bateu na porta, mas não houve resposta.

– Ok, isso não é mais engraçado! Quem está fazendo isso? É *você*, Malhadia?

Ainda assim, ninguém respondeu – na verdade, Lucy não ouviu um único som vindo de outra alma. Era como se a mansão *em si* estivesse pregando uma peça nela.

Lucy verificou todas as portas da câmara, mas todas estavam trancadas. Justo quando ela pensou que ficaria presa na câmara para sempre, uma das portas de repente se abriu sozinha. Sem ter para onde ir, Lucy espiou cautelosamente pela porta aberta e encontrou um corredor muito familiar do outro lado – *era o corredor que levava ao escritório da Mestra Mara!* Antes que Lucy pudesse se virar, a porta se fechou e a empurrou para o corredor.

– *Não, eu não posso estar aqui!* – Lucy sussurrou. – *Quem está fazendo isso, você tem que me deixar voltar! Se eu for pega perto do sétimo andar, a Mestra Mara vai...*

De repente, Lucy ouviu passos vindos do escritório. Ela rapidamente correu para um canto do corredor e se escondeu atrás da poltrona escamada. O Chifrudo saiu do escritório, e a Mestra Mara correu atrás dele.

– Espere! Não vá embora! – ela implorou.

– Eu te dei meses e você não me deu *nada*.

– Mas estamos tão perto! Não podemos parar agora!

– Não existe *nós*. Nossa aliança acabou.

O Chifrudo falou em um sussurro suave, porém autoritário, mas os chifres da máscara dele amplificaram sua voz ao volume de um grito.

– Eu entendo sua frustração, mas estou falando sério, a maldição vai funcionar desta vez! – disse a Mestra Mara. – Esta é diferente... ela *nasceu* para ser a receptora! E a próxima lua cheia é uma *lua de sangue*! Quando atingir o centro do céu noturno, por alguns breves momentos, toda a bruxaria será intensificada!

– Não posso perder mais tempo – disse ele. – O clã está ficando inquieto. Se eles perderem a fé em mim, eu perderei *tudo*.

– Mas você não ganhará *nada* se não trabalharmos juntos – disse a Mestra Mara. – Você faz a sua parte, eu farei a minha, e a esta altura da próxima semana, você e eu seremos *imparáveis*. O Rei Campeon XIV e a Fada Madrinha estarão mortos e a humanidade finalmente será responsabilizada pelo que fez conosco.

Lucy cobriu a boca para silenciar um suspiro. A Mestra Mara conseguiu chamar a atenção do Chifrudo, e ele parou no meio do caminho.

– Quanto tempo mais para a maldição? – ele perguntou.

– Três dias – disse ela.

– E você tem certeza de que vai dar certo?

– Absoluta.

O Chifrudo se movia agitado e cerrava os punhos enquanto considerava suas opções.

– Muito bem – disse ele. – Mas se você estiver errada sobre a maldição, enviarei o clã atrás de você e suas alunas. A Irmandade precisará de *algo* para passar o tempo enquanto eu encontro outra parceira.

Depois que o aviso foi emitido, o Chifrudo prosseguiu pelo corredor e desapareceu de vista. Assim que ele se foi, o rosto da Mestra Mara se encheu de medo e ela soltou um suspiro desesperado. A bruxa voltou para o escritório e trancou a porta atrás dela.

Lucy ficou tão tonta com o que acabara de testemunhar que se sentiu como se estivesse no corredor giratório novamente. Ela não tinha ideia de como ou por que tinha acabado no corredor do lado de fora do escritório da Mestra Mara novamente, mas estava feliz por estar ali. Ouvir que a vida de Brystal estava em perigo fez com que toda a amargura de Lucy em relação a ela desaparecesse. Os ressentimentos foram substituídos por uma urgência de retornar à Terra das Fadas e informar o Conselho das Fadas sobre tudo o que ela acabara de saber. No entanto, quando Lucy planejou sua partida, ela teve uma súbita mudança de ideia.

– Espere um segundo, eu não preciso da ajuda do Conselho das Fadas com isso... *eu* vou salvar o dia desta vez! – sussurrou para si mesma. – Vou ficar na Corvista, descobrir exatamente o que a Mestra Mara está fazendo, e então *eu* vou impedi-la! E assim que eu fizer isso, Brystal e as fadas vão *implorar* para que eu volte!

Lucy assentiu com confiança – este era o *seu* momento de brilhar.

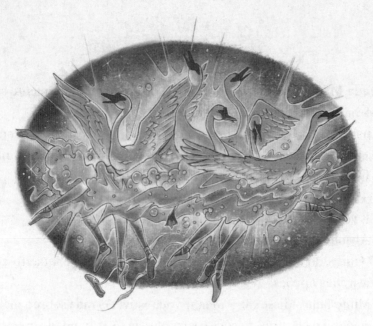

Capítulo Nove

Poções e maldições

Havia um lado bom de não ter vizinhos mais próximos do que a quilômetros de distância, porque a fumaça que saía da chaminé da Corvista era tudo menos agradável. As bruxas estavam na cozinha preparando poções e usavam prendedores de roupa no nariz para afastar o cheiro. Para o terceiro exame de admissão, Lucy e Pi escolheram uma receita de um velho livro de poções e fizeram o possível para seguir as instruções complicadas. Enquanto misturavam os ingredientes bizarros em seus caldeirões, as poções borbulhavam e reluziam com cores brilhantes.

– Lembrem-se de sempre mexer no sentido anti-horário – disse a Mestra Mara enquanto andava entre elas. – E certifiquem-se de que suas medidas sejam precisas. Uma escama de lagarto a mais, ou uma pena de corvo a menos, e sua poção pode acabar em desastre.

Lucy estava tentando preparar um Elixir Amenizador – uma mistura que alguém poderia beber para fazer todos os desafios da vida parecerem fáceis –, mas, ironicamente, a poção era incrivelmente complicada de criar. Pi parecia muito mais confiante com a poção dela e assobiava enquanto cortava uma cauda de escorpião e a salpicava em sua poção. Lucy lia a receita dela várias e várias vezes, mas se tivesse sido escrita em um idioma que nem sabia que existia, ela teria a mesma compreensão.

– "Quatro cálices de caldo de ornitorrinco, seis cálices de caspa de burro, três pés de pavão em conserva, uma sanguessuga liberal e uma colher élfica de moela de emu" – ela leu. – O que diabos é uma colher élfica?

– É um quarto de colher de chá – Malhadia sussurrou.

– Não se esqueça de adicionar olho de salamandra – Brotinho sugeriu.

– É como m-m-manteiga para bruxas – disse Belha.

– Meninas, parem de ajudar Lucy – disse a Mestra Mara. – Ela deveria fazer isso sozinha. Mantenham o foco em suas próprias tarefas.

Enquanto Lucy e Pi faziam poções para os exames, Malhadia, Brotinho e Belha preparavam algo em um caldeirão do tamanho de uma banheira.

– O que vocês estão fazendo? – Lucy perguntou.

– É para a Rito de Iniciação amanhã à noite – Brotinho disse.

– Não se preocupe, você vai descobrir em breve – disse Malhadia.

– Presumindo que você p-p-passe nos exames – disse Belha.

Neste ponto, Lucy não tinha certeza se conseguiria. Era incrivelmente difícil se concentrar na poção com todas as dúvidas que ela tinha a respeito do que tinha visto e ouvido na noite anterior. O que exatamente a Mestra Mara e o Chifrudo estavam planejando? Que tipo de maldição a bruxa estava tentando produzir? Por que não funcionou antes e por que exigia uma *receptora*? E o mais preocupante de tudo, se a Mestra Mara fosse bem-sucedida, como isso colocaria o Rei Campeon XIV, Brystal e a humanidade em perigo?

As perguntas eram assustadoras e preocupantes, mas se Lucy fosse reprovada nos exames de admissão e expulsa da Corvista, nunca encontraria as respostas de que precisava para deter a bruxa. Então, tentou acalmar sua mente perturbada e colocou toda a energia em terminar a poção.

Lucy foi até as prateleiras de suprimentos buscar uma sanguessuga liberal e uma colher élfica de moela de emu. Encontrar os ingredientes certos era a parte mais difícil de fazer poções. Em um pote de sanguessugas, Lucy procurou por uma *liberal*, mas não conseguia dizer quais eram as opiniões políticas delas. Então escolheu uma ao acaso. Ela não sabia qual frasco continha moela de *emu*, porque a maioria dos ingredientes estava rotulada apenas como "Moela". Lucy escolheu a moela que mais se parecia com um pássaro e torceu para que fosse a correta.

Ela adicionou a sanguessuga e a moela à sua poção e depois verificou as instruções finais da receita.

– "Vós que desejais a completude, podeis fazê-lo pela concessão da lembrança da infância" – ela leu em voz alta. – Ah, entendi... para terminar minha poção, eu tenho que dar a ela uma lembrança da minha infância. Bem, acho que eu jamais esqueceria da época em que...

De repente, Lucy não conseguia se lembrar de que lembrança estava falando, mas a poção dela borbulhou com mais intensidade do que antes.

– Acho que terminei – ela anunciou.

– Só preciso de mais um segundo – disse Pi.

Ela enfiou a mão no bolso e colocou os fungos manchados e os arbustos de folhas roxas que Brotinho havia recomendado na noite anterior. A poção de Pi se agitou e ficou azul brilhante.

– Terminei! – ela disse.

– Fantástico – disse a Mestra Mara. – Pi, você teve uma maravilhosa sorte de principiante ontem, vamos começar com você. Diga-nos qual poção você selecionou e nos dê uma demonstração.

– Escolhi o Tônico Dental – disse Pi. – Deve fazer com que nasçam dentes em qualquer coisa que tocar.

Pi ergueu a colher de pau que estava usando para mexer a poção, e ela estava coberta de dezenas de dentes humanos.

– Acho que ela se mostra por si mesma – disse.

– Ótimo trabalho, Pi – elogiou a Mestra Mara. – Lucy, agora você. Qual poção você escolheu?

Lucy perdeu a confiança depois de ver o sucesso da poção de Pi. O produto final dela não se parecia em nada com a ilustração do livro de poções. Em vez de um líquido verde suave, a poção era marrom e grossa. Lucy se sentiu mal só de olhar para ela, então improvisou.

– Na verdade, eu criei minha própria poção – ela disse. – Eu chamo isso de Indigestão Induzida! Quem tomar, terá a pior dor de estômago da vida! Alguém gostaria de experimentar?

As bruxas olharam dentro do caldeirão dela e quase vomitaram.

– Não, obrigada – disse Malhadia.

– Nós acreditamos em você – disse Brotinho.

– Bom trabalho, Lucy – disse Belha.

A Mestra Mara olhou para a poção com um olhar duvidoso.

– Parabéns, meninas, vocês duas passaram no terceiro exame – disse ela.

Lucy sabia que não estava enganando a Mestra Mara, porém, mais uma vez, a bruxa havia deixado a falha dela passar. Ela não entendia por que a Mestra Mara estava fazendo vista grossa para seus fracassos, a menos que tivesse uma *razão* para mantê-la por perto. Qualquer que fosse o raciocínio, Lucy estava grata por isso – ela tinha suas *próprias* razões para ficar na Corvista também.

· · ★ · ·

Uma vez que o exame de poções foi concluído, a Mestra Mara levou apenas Pi e Lucy para o cemitério. Malhadia, Belha e Brotinho ficaram para trás para trabalhar na poção do Rito de Iniciação. O mordomo invisível estava esperando por elas do lado de fora e segurava um vaso preto de cerâmica decorado com o rosto de um leão feroz.

– Para seu quarto e último exame de admissão, vamos trabalhar a parte mais importante, e minha favorita, da bruxaria: maldições – a Mestra Mara disse às meninas.

Lucy e Pi se entreolharam com olhos ansiosos, já temendo o que o próximo exame poderia acarretar.

– Embora a palavra em si tenha uma conotação negativa, uma maldição pode ser muito positiva dependendo do seu ponto de vista – disse a Mestra Mara. – As fadas se orgulham de recompensar boas ações, curar os doentes e dar aos necessitados, mas nem todos merecem ser *ajudados*. Pelo contrário, algumas pessoas merecem ser *punidas* por seus maus caminhos. Muitas vezes, as mesmas pessoas escapam dos mesmos pecados repetidas vezes. Quando a crueldade delas não é controlada, quando a lei não vinga os malfeitos, e quando o ditado "tudo que vai, volta" não é suficiente, cabe a *nós* dar uma resposta à altura. Às vezes, uma *maldição* é a única fonte de justiça.

"As maldições são semelhantes a azarações e feitiços, mas muito mais complexas. Elas podem ser aplicadas a seres vivos ou objetos inanimados e, em alguns casos, a um ambiente inteiro. As maldições podem durar o tempo que você desejar, e são extremamente difíceis, se não *impossíveis*, de remediar com magia. Elas são alimentadas pela raiva, e quanto mais dor e fúria dentro de nós, mais poderosas nossas maldições podem ser. Embora muitas *maldições avançadas* exijam condições muito específicas para serem ativadas, o tipo que vamos focar hoje requer apenas um pouco de imaginação."

A Mestra Mara pegou o vaso preto do mordomo invisível.

– Nesta tarefa, faremos uma pequena *excursão* – disse a bruxa. – Este vaso pode parecer pequeno e despretensioso, mas é uma ferramenta muito poderosa que chamamos de Vaso da Fúria. Com uma gota de sangue de vocês, o vaso as colocará cara a cara com a pessoa, ou grupo de pessoas, que causou a maior dor física ou emocional em vocês.

Para completar o teste, vocês devem trazer justiça para o sofrimento de vocês, *amaldiçoando* os infratores do passado. Pode ser surpreendente ver até *quem* e *onde* o Vaso da Fúria pode levar vocês. E embora nós três estejamos viajando juntas, apenas *vocês* estarão visíveis nas respectivas viagens. Confrontar as pessoas que nos machucaram nunca é fácil, mas eu prometo, nada é mais emocionante do que o poder que você sentirá depois. Acho bastante *viciante* responsabilizar os corruptos.

A Mestra Mara ergueu o vaso na direção das alunas, e o mordomo invisível entregou um alfinete a Pi, que olhou cautelosamente para dentro do vaso como se contivesse uma aranha venenosa.

– Não tenha medo, querida – a bruxa disse. – Onde quer que você seja levada, estarei ao seu lado.

– Na verdade, eu sei *exatamente* onde isso vai me levar – disse ela.

Pi respirou fundo, espetou o dedo com o alfinete e deixou o sangue pingar no vaso. O Vaso da Fúria de repente ficou tão pesado que a Mestra Mara teve que colocá-lo no chão. Como se o vaso tivesse transformado a gota de Pi em uma fonte, um gêiser de sangue saiu dele com o poder de um vulcão. O sangue rodou pelo ar, envolvendo-as completamente. Assim que o cemitério desapareceu de vista, o sangue voltou ao vaso, e as meninas perceberam que haviam sido transportadas para uma parte diferente do mundo.

A Mestra Mara, Lucy e Pi estavam de pé em uma colina no meio de uma planície seca e desolada. Não havia nada além de terra seca por quilômetros ao redor delas, exceto por uma construção que ficava no topo da colina. Era uma grande estrutura de cinco andares com paredes em ruínas, janelas quebradas e uma chaminé torta. O edifício era cercado por um alto muro de pedra com pregos no topo.

– Que lugar é este? Uma prisão? – Lucy perguntou.

– Pior – disse Pi. – É a Instituição Correcional Amarrabota para Jovens Problemáticas.

Mesmo sendo tarde, elas encontraram um homem e uma mulher fazendo tarefas no quintal. O homem tinha a forma de uma pera de cabeça para baixo. Ele usava uma gravata-borboleta frouxa e estava trabalhando duro para tapar um buraco na lateral do prédio. A mulher era mais alta que o homem e tinha a forma de um pepino. Ela estava com um vestido de renda com gola alta e uma enxada para arar a terra de uma horta murcha.

O casal parecia totalmente exausto, como se não tivessem uma boa noite de descanso em anos. O homem fez uma pausa para enxugar a testa suada e notou Pi parada ali perto. Assim como a Mestra Mara havia dito, Pi era a única que o casal conseguia ver.

O Sr. Edgar fez uma careta para Pi.

– De onde *ela* veio? – ele resmungou.

A esposa dele ergueu a vista e uma carranca correspondente apareceu no rosto dela.

– A instituição está fechada – disse a Sra. Edgar. – Não aceitamos mais delinquentes. Volte para o buraco de onde saiu!

O som das vozes deles deixou Pi tensa, como se ela estivesse na presença de dois predadores perigosos. Ela tentou fugir, mas a Mestra Mara a impediu.

– Você pode fazer isso – disse a bruxa. – Faça-os *pagar* pela angústia que lhe causaram.

Pi fechou os olhos e reuniu coragem para enfrentá-los.

– Sr. e Sra. Edgar? – ela disse. – Sou a Pi... Pi Ralha.

– *Quem?* – o homem bufou com escárnio.

– Vocês não se lembram de mim? – Pi perguntou.

A Sra. Edgar cruzou os braços.

– Por que lembraríamos? – ela perguntou.

– Porque... porque vivi aqui a maior parte da minha vida – disse Pi. – Eu era a garota que ficava saindo escondida à noite... Eu costumava me espremer pelas grades da minha porta e vagar pelos corredores... Eu costumava pegar cobertores emprestados do armário de vocês...

– Ah, ela é uma *delas* – o Sr. Edgar contou à esposa.

A mulher jogou com raiva a enxada para o lado.

– Como você ousa dar as caras aqui de novo! – ela gritou. – Tivemos a gentileza de dar uma casa para você! Tentamos curá-la de uma doença demoníaca! E então vocês, bando de pagãs, fugiram com a Fada Madrinha! Vocês tiraram o trabalho de boas pessoas e acabaram com uma instituição honrada!

– Honrada? – Pi perguntou incrédula. – Vocês abusaram de centenas de garotas inocentes! Vocês nos deixaram com fome e nos forçaram a trabalhar como escravas! Vocês encheram nossas cabeças de mentiras e nos humilharam por sermos quem éramos! Vocês são horríveis, pessoas horríveis!

– Você *deveria* ter vergonha! – disse o Sr. Edgar. – Perdemos tudo por causa de vocês! E agora temos que trabalhar dia e noite só para sobreviver! *Saia da nossa propriedade de uma vez... é... Mi Galha!*

– É *Pi*! – ela repetiu. – *Pi Ralha!*

Toda a apreensão de Pi rapidamente se transformou em raiva. Ela pensava nos Edgar todos os dias desde que deixara a instituição e via os rostos deles em seus pesadelos todas as noites. Pi nunca esqueceria as coisas horríveis que fizeram com ela e, no entanto, *eles* nem se lembravam do nome dela. Ela apertou o maxilar e lançou um olhar afiado para os Edgar, e então, de repente, o chão começou a tremer sob seus pés.

– Isso mesmo, Pi... – disse a Mestra Mara. – Reviva todas as lembranças dolorosas... Pense em todas as coisas terríveis que aconteceram aqui... Sinta toda a tristeza que isso lhe causou... Deixe sua raiva subir à superfície... E agora, *libere*!

O chão começou a tremer com tanta força que a Instituição Correcional Amarrabota para Jovens Problemáticas começou a balançar. Os Edgar se agarraram um ao outro, mas mal conseguiam manter o equilíbrio.

– Ela está nos enfeitiçando! – o Sr. Edgar berrou.

– Deus nos ajude... ela foi enviada diretamente do diabo! – a Sra. Edgar gritou em desespero.

Pi soltou um rugido raivoso e estendeu a mão em direção à instituição. Tijolo por tijolo, o prédio começou a desmoronar, mas a estrutura não desabou no chão. Em vez disso, os destroços flutuaram em uma pilha enorme e, à medida que a pilha subia cada vez mais, formava a silhueta de um monstro gigante. Os destroços ganharam vida e rosnaram para os Edgar. O casal gritou e correu o mais rápido que pôde, mas o monstro os seguiu a passos pesados, perseguindo os Edgar no horizonte.

– Absolutamente extraordinário! – disse a Mestra Mara. – Tão vitorioso quanto vingativo! Parabéns, Pi, você passou no exame final!

Lançar a maldição deixou Pi sem fôlego, mas ela ficou emocionada ao ouvir as palavras da Mestra Mara.

– Uau – ela ofegou. – Você estava certa, Mestra Mara, *isso foi ótimo*!

– Por quanto tempo essa coisa vai persegui-los? – Lucy perguntou.

– Um dia para cada garota que eles fizeram sofrer – disse Pi. – Mas quem sabe quanto tempo isso vai levar.

– Na verdade, você saberá *exatamente* quanto tempo leva – disse a Mestra Mara.

A bruxa gesticulou para duas abóboras iluminadas que apareceram no gramado e tinham entalhes realistas dos rostos do Sr. e da Sra. Edgar. A Mestra Mara pegou as abóboras e as entregou a Pi.

– Estes são chamados de Contadores de Maldição – disse a bruxa. – Sempre aparecerá um após cada maldição que você lançar. Se você estiver curiosa sobre o progresso de sua maldição, apenas inspecione a vela preta dentro. As velas queimam enquanto a maldição ainda estiver ativa. Quanto mais alto o pavio, mais tempo resta até a maldição acabar.

– O que devo fazer com... *AAAHHH!*

Pi largou as abóboras de repente e caiu de quatro. Ela gritou de agonia quando uma grande protuberância apareceu na base da coluna dela. Cresceu cada vez mais a cada segundo até que algo peludo rasgou a parte de trás da capa de Pi. Ela olhou por cima do ombro e ficou horrorizada ao ver que havia crescido uma cauda preta e branca espessa.

– *A maldição me transformou em um gambá!* – ela exclamou.

– Não deixe o efeito colateral estragar o momento, querida – disse a Mestra Mara. – Essa foi uma das melhores maldições de nível básico que eu já vi. Você não deve sentir nada além de orgulho de si mesma. E garanto que os Edgar não esquecerão o nome *Pi Ralha* depois desta noite.

– Está mais para Fe Dorenta – Lucy disse baixinho.

A Mestra Mara virou-se para ela.

– Isso nos leva a você, Lucy. Você está pronta para provar a si mesma com o exame final?

– Acho que sim, mas não tive como ensaiar esse ato – disse ela.

Ao contrário de Pi, Lucy não sabia a *quem* ou *aonde* o Vaso da Fúria estava prestes a levá-las. Ela espetou o dedo com o alfinete, e o sangue pingou no vaso. Mais uma vez, um gêiser irrompeu do vaso e as envolveu. Quando a paisagem ressecada foi completamente coberta, o sangue retornou rapidamente ao Vaso da Fúria, e elas se encontraram em um novo local.

A Mestra Mara, Lucy e Pi foram transportadas para os bastidores de um teatro. Elas estavam paradas entre uma fileira de árvores de papelão e o cenário de um lago pitoresco. À frente delas, duas enormes cortinas vermelhas haviam sido fechadas, e as meninas viram as sombras de sete pessoas dançando do outro lado. Elas podiam ouvir o farfalhar de uma grande plateia para além das dançarinas, e, em algum lugar perto, uma orquestra ao vivo tocava música clássica.

Lucy reconheceu o local imediatamente.

– Ah, não – ela arfou. – Estamos no Teatro da Velha Solteirona no Reino do Leste! Elas devem estar no meio de uma apresentação!

– Quem? – Pi perguntou.

Lucy engoliu em seco.

– *As Irmãs Bizarella!*

A música parou momentaneamente de tocar, as dançarinas fizeram uma pose e o público deu uma salva de palmas às artistas. Quando os elogios diminuíram, sete bailarinas altas e magras deslizaram pelas cortinas. Elas eram todas muito bonitas e usavam elegantes tutus brancos.

– Certo, meninas, temos dois minutos para trocar para o terceiro ato! – disse a mais alta.

As Irmãs Bizarella dirigiram-se para uma prateleira de tutus pretos, mas pararam quando notaram Lucy nos bastidores.

– Ei! Nenhum fã é permitido nos bastidores antes do fim do espetáculo! – disse a menor delas.

Lucy deu às bailarinas um aceno desajeitado.

– Olá, Gina, Lina, Mina, Nina, Tina, Vina e Zina – disse ela. – Há *quanto* tempo... Lembram de mim?

– Espere um segundo... é *quem* eu acho que é?

– Ai, meu Deus, *é* ela! É a *Lucy Gorda*!

– Ela ainda está viva?

– A última vez que nos vimos foi séculos atrás! Ou devo dizer *cem-quilos* atrás!

– Nós sentimos sua falta, Lucy Gorda! O que você andou fazendo?

– Além de comer!

As Irmãs Bizarella caíram na gargalhada. Lucy corou com os comentários maldosos, e o lábio inferior dela tremeu. Estar perto das bailarinas fez Lucy se sentir como se tivesse oito anos de novo. Pela primeira vez em anos, a sagacidade e o sarcasmo da marca registrada de Lucy a abandonaram, e ela não sabia como se defender.

– Não, eu já não faço tantas apresentações quanto costumava – disse Lucy. – Eu estava morando na Terra das Fadas por um tempo, mas recentemente estou procurando uma mudança.

– Do quê? De *calças*?

– Então, o que a traz aqui, Lucy Gorda?

– Você está voltando para o mundo artístico? Ou alguém disse que ia ter sobremesa por aqui?

– Infelizmente, não temos nenhuma vaga aqui... *em que você caiba*!

– Ou talvez tenhamos uma para bola de demolição que serve para você!

Os olhos de Lucy se encheram de lágrimas, e ela olhou para o chão.

– Na verdade, eu perdi um pouco de peso desde a última vez que vi vocês – disse ela.

– Não se preocupe, tenho certeza de que você vai encontrar de volta!

– Você procurou debaixo desse queixo duplo?

As Irmãs Bizarella riram histericamente e não conseguiram se conter. Sem o conhecimento das bailarinas, a Mestra Mara caminhou para o lado de Lucy e sussurrou no ouvido dela.

– Eles ainda podem ser predadoras, mas você não é mais a presa delas... – disse a bruxa. – Você não é a garotinha que elas lembram... Você cresceu de uma forma que elas nunca vão... Você cruzou pontes que elas nem sonhariam em pisar... Agora, *prove*.

Lucy tinha entrado nesse exame com profundas reservas, mas, naquele momento, ela se via concordando com a Mestra Mara: algumas pessoas *mereciam* ser amaldiçoadas.

A orquestra tocou as notas iniciais do terceiro ato e, à medida que a música crescia gradualmente, Lucy também se sentia mais confiante. Ela mordeu o lábio e resmungou para as bailarinas rindo. De repente, as cortinas se abriram, as árvores de papelão pegaram fogo e o cenário começou a derreter. As Irmãs Bizarella pararam de rir e olharam em volta aterrorizadas. O público achou que era parte do show e se sentou na beirada de seus assentos.

Lucy apontou para as bailarinas uma de cada vez e elas começaram a girar fora de controle. Enquanto giravam, os pescoços delas se esticavam, as pernas se contraíam e os tutus começaram a se transformar. Quando a orquestra terminou a música culminante, Lucy havia transformado as Irmãs Bizarella em *sete cisnes barulhentos*!

A plateia ficou maravilhada e aplaudiu Lucy de pé. Fazia muito tempo que Lucy não sentia o calor dos aplausos, então ela fez uma grande reverência e se deleitou com o carinho. A plateia jogou rosas aos pés dela, ovacionaram Lucy até as vozes ficarem roucas e bateram palmas até suas mãos doerem.

Quando sete Contadores de Maldições apareceram no palco, Lucy sentiu uma sensação de formigamento no topo da cabeça dela. Correu para um espelho na coxia e soltou um grito horrorizado. A maldição transformou o resto do cabelo dela – e até suas sobrancelhas – em penas brancas e fofas!

– *O que eu fiz?!* – ela gritou. – *Agora eu pareço um narciso!*

A Mestra Mara apareceu no espelho atrás de Lucy e sorriu com um sorriso sinistro.

– Muito bem, Lucy – disse a bruxa. – Você não apenas passou no quarto e último exame, mas também fez a melhor performance de sua vida. Você é uma inspiração para as bruxas em todos os lugares.

Lucy ficou mortificada enquanto passava os dedos pela cabeça cheia de penas. Ela ainda estava determinada a ficar na Corvista e impedir o plano secreto da Mestra Mara, mas, até então, Lucy nunca tinha percebido o que *salvar o mundo* poderia custar a ela...

Capítulo Dez

Chá com o Príncipe

Brystal passou horas procurando por Lucy nas Montanhas do Norte, mas não encontrou nem mesmo uma pegada. Então, ela correu de volta para seu escritório na academia e procurou a estrela de Lucy no Mapa da Magia. Finalmente, ela a encontrou no canto noroeste na fronteira entre a Terra dos Anões e a Terra dos Elfos, e imediatamente soube onde estava sua amiga. A descoberta partiu o coração de Brystal de tal forma que ela teve de se sentar.

Lucy se juntou às *bruxas*...

E é tudo culpa sua...

Se você a tivesse mantido no Conselho...

Se você tivesse dito a verdade a ela...

Ela ainda estaria aqui.

Os dois dias seguintes foram alguns dos piores da vida de Brystal. Mesmo que ela estivesse propositalmente mantendo distância de Lucy, não ter sua melhor amiga por perto fez Brystal sentir como se ela tivesse perdido parte de sua armadura. Ela não queria que as outras fadas soubessem os detalhes da briga, então Brystal disse a elas que Lucy tinha ido visitar os pais dela, mas mentir só fez Brystal se sentir mais solitária do que já estava.

Não ter ninguém para conversar sobre Lucy jogou Brystal em uma espiral descendente de culpa e dúvida, e ela se perguntou se ainda estava apta para ser a Fada Madrinha.

Você não pode agradar seus amigos...

Você não pode protegê-los das bruxas...

Você não pode parar a Irmandade da Honra...

Você não pode impedir que as leis mudem...

Você não pode nem *pensar* positivamente...

Você vai estragar tudo.

A essa altura, Brystal estava tão acostumada com os pensamentos negativos que mal notava a melancolia que eles causavam – na verdade, ela quase não sentia nada. Brystal não comia nem dormia, não fazia planos nem tentava resolver seus problemas, e nem tinha energia para escovar o cabelo ou trocar de roupa. Ela estava esgotada de toda motivação, então apenas ficava sentada no escritório dela por horas e observava o mundo passar sem ela.

Adicionar Lucy à sua lista de queixas em andamento finalmente levou Brystal ao limite. Ela não estava mais apenas perturbada – Brystal estava *terrivelmente deprimida.*

Naquela manhã, as portas do escritório dela se abriram e Tangerin, Horizona e Áureo entraram. Os rostos deles estavam cobertos de farinha e usavam aventais encharcados de gemas de ovo e gordura de cozimento. Fazia três dias desde que a Sra. Vee se retirou para seus aposentos e a governanta ainda estava com muito medo de sair. Sem outros cozinheiros à mão, Tangerin, Horizona e Áureo não tiveram escolha a não ser assumir as responsabilidades culinárias da Sra. Vee. Depois de preparar o café da manhã para toda a Terra das Fadas, as fadas pareciam ter ido à guerra e voltado. Elas caíram no sofá de Brystal e jogaram os pés em cima da mesa de chá.

– Bem, acabamos o café da manhã – disse Áureo. – Ou devo dizer, ele acabou conosco.

– Que dia – disse Tangerin. – E ainda nem é meio-dia.

– Eu nunca mais vou deixar o trabalho da Sra. Vee passar desapercebido – disse Horizona. – Quando ela sair do quarto, vou elogiar cada refeição que ela fizer e rir de cada uma das piadas terríveis dela.

– *Se* ela sair – disse Tangerin. – Ela trancou a porta e nem responde quando eu bato!

– Brystal, você falou com a Sra. Vee? – Áureo perguntou.

Brystal estava olhando pela janela, perdida em uma série de pensamentos sombrios, e não ouviu a pergunta dele. Áureo limpou a garganta e tentou novamente.

– Brystal? Você falou com a Sra. Vee?

– Não – ela murmurou baixinho.

– Você encontrou alguma informação nova sobre os Trezentos e Trinta e Três? – perguntou Tangerin.

– Não.

– O que podemos fazer para ajudá-la? – Horizona perguntou.
– Não.

Áureo, Tangerin e Horizona se entreolharam com preocupação; claramente, havia algo de errado com Brystal. Antes que eles tivessem a chance de questioná-la ainda mais, Smeralda entrou no escritório. Ela segurava um envelope com um selo real e o levou para Brystal a passo rápidos.

– Brystal, um mensageiro acabou de entregar isso para você – disse ela.

Smeralda tentou dar o envelope a ela, mas Brystal não se mexeu.

– Brystal, você me ouviu?

Ainda assim, Brystal não moveu um músculo ou fez nenhum som. Impaciente, Smeralda apontou para o teto alto e enviou dezenas de fogos de artifício brilhantes, estridentes e cor de esmeralda pelo escritório. O som fez todos pularem, e Brystal saiu de seu transe.

– Desculpe, você disse alguma coisa? – Brystal perguntou.

– Eu disse que *isso* acabou de chegar para você – disse Smeralda. – É do Castelo Campeon.

– Ah – disse Brystal. – Apenas escreva de volta e diga a eles que não estamos fazendo nenhuma aparição pública no momento.

– É mais uma correspondência *pessoal* – disse Smeralda. – Confie em mim, você vai querer ler.

Curiosa, Brystal pegou o envelope e leu a carta dentro.

Querida Brystal,

Foi maravilhoso conhecê-la no casamento de Barrie e Penny. Retirando o fato de eu ser atacado por uma frota de homens misteriosos e levar uma flechada na perna, achei uma cerimônia linda! E você?

Gostaria de convidá-la para um chá no Castelo Campeon para que possamos continuar nossa conversa sobre As Aventuras de Quitut Pequeno. Estou livre amanhã ao meio-dia, mas como sou o sétimo na linha de sucessão ao trono e não tenho nada importante para fazer, qualquer hora também é uma boa hora para mim.

Se você estiver disponível, por favor, envie meu mensageiro de volta com uma data e hora que funcione para você, e, caso não responda, você pode ficar com ele.

Claro, estou brincando... a esposa dele me mataria.

Espero vê-la muito em breve,
Atenciosamente,
Sua Alteza Real, Príncipe Gallante Victorio Eroico Vallente Campeon de Via das Colinas, Duque da Vila Sudoeste, Lorde do Povoado Sudeste, Conde do Vale Sudonorte, e um monte de outras coisas que não consigo me lembrar no momento.
(Ou: Sete)

Sem perceber, Brystal sorriu e riu enquanto lia a carta de Sete. Seus amigos olharam para ela como se estivessem testemunhando um milagre – eles não conseguiam se lembrar a última vez que viram *qualquer coisa* deixar Brystal feliz.

– De quem é a carta? – perguntou Tangerin.

– Um príncipe que conheci no casamento do meu irmão – disse Brystal. – Ele me convidou para um chá.

As fadas ficaram estonteadas, como se fosse um negócio muito maior do que Brystal estava deixando transparecer.

– Interessante – disse Áureo. – Quantos anos ele tem?

– Próximo da minha idade – disse ela.

– Ele é bonito? – perguntou Tangerin.

– *Extremamente*. Mas por que isso importaria?

– Ai, meu Deus! – Horizona exclamou. – Brystal foi convidada para um *encontro*!

Os amigos dela ficaram emocionados por ter algo positivo sobre o que falar. Brystal abanou a mão para negar a empolgação deles, como se ela estivesse atiçando as chamas de uma fogueira.

– Não é um *encontro* – ela assegurou. – Nós realmente gostamos de conversar um com o outro e temos muitas coisas em comum e... – Brystal fez uma pausa e pensou sobre o que ela estava dizendo. – Na verdade, pode ser um encontro.

– Bem, você vai? – Áureo perguntou.

– Claro que não – disse Brystal. – Há muita coisa acontecendo e eu não tenho me sentido...

Smeralda levantou a mão para silenciá-la.

– Brystal, *você vai* – disse ela.

– O quê? Mas não posso!

– Sim, você pode – Smeralda insistiu. – Você anda deprimida pela academia desde que Pi fugiu com as bruxas. Sei que temos muito com que nos preocupar agora, mas tirar uma tarde de folga não vai piorar nada. Todos os nossos problemas estarão esperando por você quando voltar.

– Além disso, se você não tomar chá com o belo príncipe, *eu* vou tomar – avisou Tangerin.

Brystal gemeu com a pressão dos colegas. As luzes cintilantes do norte no globo chamaram a sua atenção e ela se lembrou de sua conversa com Madame Tempora na caverna. A fada havia dito a Brystal que se cercasse de pessoas que a fizessem rir e a distraíssem dos seus problemas. E no momento, Sete parecia ser a única pessoa no mundo que a fazia sentir qualquer coisa que não fosse tristeza. A ideia de vê-lo novamente deixou Brystal empolgada, e ela havia esquecido como era *ansiar* por algo.

– Acho que não ia fazer mal – disse Brystal.

Os amigos estavam ainda mais animados do que ela e pulavam para cima e para baixo.

– O que você vai vestir? – Áureo perguntou.

Brystal deu de ombros.

– Provavelmente um dos meus terninhos – disse ela.
– Como você vai chegar lá? – Horizona perguntou.
– Provavelmente por bolha. Por que você pergunta?
As fadas pareciam desapontadas com suas escolhas.
– Terninhos e bolhas são *básicos* demais – disse Tangerin. – Quero dizer, *você vai tomar chá com um príncipe*! Você deveria usar um vestido de baile e levar a carruagem dourada de Madame Tempora!
– Eu vou te ajudar a escolher uma roupa! – disse Áureo.
– E eu vou fazer sua maquiagem! – disse Horizona.
– Gente, o príncipe convidou Brystal para tomar chá porque gosta de *Brystal* – disse Smeralda. – Ela não precisa mudar nada em si mesma para agradá-lo.
Brystal se sentiu confortada com as palavras de Smeralda.
– Obrigada, Sme – disse ela.
– De nada – disse Smeralda. – Mas antes de ir, e digo isso com amor, você *definitivamente* precisa tomar um banho e fazer algo com esse cabelo. Quando foi a última vez que você o penteou?

Na manhã seguinte, às onze horas, depois de tomar banho e pentear *bem* o cabelo, Brystal partiu da Terra das Fadas para o Reino do Sul. Ela flutuou pelo céu em uma grande bolha e pousou nos degraus da frente do Castelo Campeon faltando cinco minutos para o meio-dia. Brystal tentou ser discreta enquanto descia pela praça da cidade de Via das Colinas, mas assim que os cidadãos notaram a sua bolha, foram em direção ao castelo. Brystal subiu correndo os degraus da entrada, mas um soldado a deteve antes que pudesse entrar.
– Nome? – perguntou o soldado.
– É sério? – Brystal perguntou.

A multidão que vinha atrás dela gritava seu nome a plenos pulmões, mas o soldado não pareceu notar.

– Ninguém entra no castelo a menos que esteja na lista – disse ele.

– Eu sou a Fada Madrinha – ela disse. – Estou aqui para ver o Príncipe Gallante.

O soldado verificou seu pergaminho.

– Desculpe, mas não vejo seu nome – disse o soldado.

– E Brystal Perene?

– Não, também não está aqui.

– Deve haver algum tipo de erro. O príncipe me convidou aqui pessoalmente.

– Desculpe. Sem nome, sem entrada.

Brystal olhou nervosamente por cima do ombro para a multidão atrás dela e não sabia o que fazer. Que outro nome Sete poderia ter dado a ele?

– E quanto a *Fada Varinha*? – ela perguntou.

– Bem-vinda, Sra. Varinha, por favor, entre.

O soldado saiu do caminho de Brystal, e ela correu para o Castelo Campeon assim que os cidadãos empolgados chegaram aos degraus da frente.

O saguão de entrada era decorado com tapetes vermelhos e lustres de cristal, as paredes estavam cobertas de retratos da realeza do passado e do presente, e o saguão estava forrado de soldados em armaduras de prata. Brystal encontrou Sete esperando por ela logo depois da porta da frente. Ele estava sorrindo de orelha a orelha, tentando ao máximo não rir.

– Dificuldades para entrar? – ele perguntou inocentemente.

– Isso não foi engraçado – disse Brystal.

– Então por que você está sorrindo?

– Ok, foi um *pouco* engraçado – ela admitiu. – Você tem sorte que não sou uma pessoa vingativa. Eu poderia facilmente transformá-lo em um porco por isso.

– Mas um porco *adorável*, tenho certeza – disse ele com uma piscadela.

Sete ofereceu o braço a Brystal e a escoltou pelo corredor.

– Estou tão feliz que você pôde se juntar a mim – disse ele. – Você já esteve no castelo antes?

– Algumas vezes, mas sempre para negócios oficiais com seu avô.

– Ótimo, então eu vou te levar a um passeio *social* – disse ele. – Como você pode ver por todos os rostos pintados que nos cercam, *esta* é a Galeria de Retratos Reais. Cada membro da dinastia Campeon recebe um retrato oficial no aniversário de dezoito anos, no dia do casamento e no dia da coroação, caso esteja na linha de sucessão ao trono. E como você pode ver por todas as expressões estoicas, os Campeon não gostam de sorrir.

Brystal ficou maravilhada com a quantidade de retratos que havia.

– Sua família é enorme – disse ela. – Comprar presentes de fim de ano deve ser um pesadelo.

– Tenho muitos *parentes*, mas não diria que tenho uma *família* – disse ele. – Os Campeon estão em constante competição entre si e tratam a linha de sucessão como uma cadeia alimentar. Eles podem trocar gentilezas aqui e ali, mas, no fundo, todos secretamente esperam que alguém caia de um lance de escadas e os mova para mais perto da coroa.

– E eu pensei que *minha* família tinha problemas – disse Brystal. – Se for útil, acho que não importa o grupo em que você nasceu. Às vezes, a família são as pessoas que *escolhemos* para estar por perto. Aprendi isso quando me mudei para a academia.

Sete sorriu com a ideia.

– Acho que estou fazendo boas escolhas até agora – disse ele.

A observação deu um friozinho na barriga de Brystal, e o rosto dela corou. Enquanto caminhavam pela galeria, Sete parou para mostrar a Brystal o retrato de um adolescente. Ele usava uma coroa grande demais para a cabeça dele, assim como uma capa de pele muito larga, e seus olhos estavam arregalados de angústia.

– Este é o retrato da coroação do meu avô – disse Sete.

– Ele era tão jovem – disse Brystal. – Olha como ele está apavorado.

– Ele tinha apenas dezesseis anos quando se tornou rei. Você consegue imaginar ter esse tipo de responsabilidade em uma idade tão jovem?

Brystal riu.

– Na verdade, eu consigo.

Sete se encolheu como se a tivesse ofendido acidentalmente.

– Desculpe, às vezes eu esqueço com quem estou – disse ele. – Eu acho que isso é o que eu mais gosto em você, Brystal. Você é essencialmente a pessoa mais poderosa do mundo e, no entanto, não se comporta assim. Pessoas menores deixariam isso subir direto à cabeça, mas você é surpreendentemente *normal*. Espero que esteja tudo bem que eu diga isso.

– Não se desculpe; é revigorante ouvir algo assim – disse ela. – Acho que é disso que mais gosto em *você*, Sete... você faz com que eu me sinta *normal*.

Eles continuaram pela galeria e passaram pelo retrato de casamento de um jovem casal.

– Estes são meus pais no dia do casamento – disse Sete. – Que eles possam descansar em paz.

– Como eles morreram?

Sete olhou para o chão e suspirou com o coração pesado.

– Quando eu tinha três anos, estávamos viajando para o interior quando nossa carruagem foi atacada por uma multidão enfurecida – disse ele. – Eu não me lembro muito além de todos os gritos. Meus pais me protegeram, senão eu não teria sobrevivido. Eles morreram tentando me proteger, no entanto. Talvez seja por isso que eu me joguei na frente da flecha no casamento do seu irmão, talvez proteger as pessoas apenas corra no meu sangue.

– Eu sinto muito, eu não tinha ideia – disse Brystal. – Foi assim que você conseguiu a cicatriz em seu rosto?

O príncipe assentiu.

– É um lembrete constante – disse ele. – No entanto, poderia ter sido muito pior. Felizmente, meu avô me colocou sob a sua proteção e me criou como um filho. Honestamente, não sei o que teria feito sem meu avozão.

– Ainda assim, imagino que foi solitário crescer sem seus pais – disse Brystal.

– Eu inventei maneiras diferentes de me manter entretido – disse ele. – Você já jogou o jogo "E agora corremos"?

– Não.

– Ah, é simples.

Sete de repente arrancou o elmo do soldado ao lado deles.

– *E agora corremos!* – ele exclamou.

Antes que ela entendesse o que estava acontecendo, Sete puxou Brystal pelo corredor, e o soldado os perseguiu. Eles correram pelos corredores, pelas salas de estar e pelos salões de baile – esquivando-se dos servos, pulando sobre os móveis e derrubando estátuas ao longo do caminho. Brystal não entendia o objetivo do jogo, e sentiu pena do soldado correndo atrás deles, mas não podia negar o quanto estava se divertindo. Ela e Sete riram o tempo todo e sua adrenalina aumentava à medida que o soldado se aproximava cada vez mais. Eles finalmente se cansaram de seguir adiante e caíram em espreguiçadeiras em uma sala de estar. Sete entregou o elmo, e o soldado voltou ao seu posto, xingando baixinho ao sair.

– Esses pobres soldados devem odiar você! – Brystal deu uma risadinha.

– Sem dúvida! Mas esse jogo nunca enjoa! – Sete riu.

– Eu tenho que admitir, eu não me divirto tanto há meses!

– Nesse caso, devemos comemorar com um chá?

O príncipe a levou até um lindo jardim real onde uma mesa havia sido posta para dois. Enquanto tomavam o chá, Brystal e Sete conversaram a respeito de todos os assuntos sob o sol. Eles discutiram política e filosofia, história e futuro, família e amizades e, claro, seu amor pela série *As aventuras de Quitut Pequeno*. O chá deles se transformou em almoço, o almoço se transformou em jantar e, antes que percebessem, Brystal e Sete estavam recebendo uma ceia à meia-noite.

Brystal estava tão grata que seus amigos a persuadiram a ir. Por razões que ela não conseguia explicar, estar perto de Sete fez todo o seu desespero sumir. Ela não estava atormentada com medo ou pensamentos negativos. Pelo contrário, sentia-se protegida e feliz na presença dele. O mundo não parecia tão esmagador ou tão difícil quanto antes.

– Acho que temos uma plateia – disse Sete.

Ele apontou para uma janela acima do jardim, e Brystal viu o Príncipe Máximo olhando para eles. Ela não sabia dizer há quanto tempo o príncipe os observava, mas Máximo estava claramente furioso ao ver o sobrinho e sua inimiga mortal se dando tão bem. Uma vez que ele foi visto, o Príncipe Máximo fechou as cortinas com raiva e sumiu de vista.

– Vou tomar isso como minha deixa para ir embora – disse Brystal. – Eu não posso agradecer o suficiente por me convidar. Ontem, eu estava convencida de que esta era a pior semana da minha vida, mas agora, acho que pode ter sido uma das melhores.

– Eu consigo entender – disse Sete. – Eu tenho me sentido tão negativo ultimamente… como se minha mente estivesse presa em uma rotina da qual não consigo sair… mas estar com você faz tudo parecer muito *mais colorido*. Isso faz algum sentido ou pareço louco?

Brystal não podia acreditar em seus ouvidos, era como se Sete estivesse lendo a mente dela.

– Eu sei *exatamente* o que você quer dizer – disse ela.

Naquele momento, Brystal soube que ela e Sete haviam desenvolvido algo muito mais do que uma amizade. Era diferente de tudo que Brystal tinha experimentado antes, e ela não conseguia colocar seus sentimentos em palavras, mas, de repente, ela entendeu por que poetas e compositores falavam tanto sobre *amor*.

O príncipe escoltou Brystal até as escadarias frontais do castelo. Era tão tarde que Brystal e Sete tinham toda a praça da cidade só para eles.

– É uma bela noite – disse Brystal.

– É – disse Sete. – Ah, e olhe: há uma lua de sangue esta noite! Dizem que isso deve trazer sorte.

– Eu acho que já trouxe – disse Brystal com um sorriso. – Bem, devo dizer boa noite.

– Eu também – disse Sete.

Os dois ficaram por alguns momentos em um silêncio constrangedor. Claramente, ambos queriam que a mesma coisa acontecesse, mas cada um estava com muito medo de iniciá-la. Lenta, mas seguramente, Brystal e Sete se inclinaram um para o outro. A mente de Brystal ficou em branco e seu coração começou a disparar enquanto os lábios de Sete se aproximavam cada vez mais dos dela.

Infelizmente, eles foram interrompidos por algo se movendo à distância. Eles se viraram para o movimento e viram um homem com um manto prateado. O homem atravessou uma esquina da praça da cidade, andando tão suavemente que as botas dele não faziam barulho contra os paralelepípedos. Brystal e Sete se esconderam atrás de um poste de luz antes que o homem os notasse. Depois de um olhar mais atento, eles viram que uma imagem de um lobo branco estava costurada no peito do manto do homem e que uma máscara de prata estava pendurada em seu rosto.

– É um membro da Irmandade da Honra! – Brystal sussurrou.

– O quê? – Sete perguntou.

– Os homens que nos atacaram no casamento do meu irmão; é assim que eles se chamam – disse ela.

– Onde você acha que ele está indo? Devo chamar os guardas?

Brystal ficou quieta enquanto pensava no que fazer. Ela sabia que esse momento era uma oportunidade maravilhosa para ela, mas uma oportunidade de fazer o quê? Como ela poderia usar o momento a seu favor?

– Não chame os guardas – Brystal decidiu. – Mesmo se o capturássemos, ele não poderia nos dar a informação que queremos. A Irmandade é tão secreta que nem *eles* sabem quem são seus companheiros de clã.

– Então o que devemos fazer? Não podemos simplesmente deixá-lo escapar!

De repente, Brystal teve uma ideia perigosa.

– *Vamos atrás dele* – disse ela.

Capítulo Onze

O Rito de Iniciação

Depois de uma longa noite de maldições, Lucy e Pi voltaram para a Corvista no início da manhã e foram direto para a cama. Não importava quão desconfortável o ninho dela fosse, Lucy estava tão privada de sono que desmaiou assim que seu corpo ficou na horizontal. Naquela noite, o relógio de taxidermia não disparou às seis horas como de costume, e Lucy dormiu noite adentro. Quando seus olhos finalmente se abriram, ela viu Malhadia, Belha e Brotinho paradas ao pé de seu ninho, esperando que se levantasse. As bruxas a observaram com sorrisos enormes e Lucy instantaneamente se sentiu incomodada.

– Posso ajudar? – ela perguntou.

– Boa noite, flor da noite – disse Brotinho.

Pi bocejou e se espreguiçou no ninho dela.

– Que horas são? – ela resmungou.

– Quase me-m-meia-noite – disse Belha. – A Mestra Mara nos disse para deixar vocês duas dormirem bem.

– Por quê? – Lucy perguntou.

– Porque vocês vão precisar de toda a sua força esta noite – disse Malhadia. – Agora levantem e se vistam. *Chegou a hora do Rito de Iniciação de vocês!*

Lucy e Pi saíram de seus ninhos e vestiram as capas e meias. Elas seguiram as bruxas pela mansão e, quando chegaram ao térreo, o mordomo invisível estava esperando na porta com cinco vassouras.

– Para que servem? – Lucy perguntou.

– Vamos nos encontrar com a Mestra Mara na floresta – disse Malhadia. – Ela saiu cedo para organizar a cerimônia.

– E nós vamos *varrer* nosso caminho até lá? – Lucy perguntou.

– Não, b-b-boba, nós vamos voar para lá – disse Belha.

– As bruxas voam em vassouras feitas de madeira de *árvores flutuantes* – Brotinho as informou. – As árvores são extremamente difíceis de encontrar porque flutuam quando os galhos delas ficam maiores que as raízes.

– Mas por que, entre tantas coisas, as bruxas fazem vassouras? – Pi perguntou.

Malhadia deu de ombros.

– Elas são multifuncionais – disse ela. – E esfregões são desagradáveis.

Cada uma das meninas pegou uma vassoura do mordomo e depois foi para o cemitério. Assim que saíram, as meninas ficaram impressionadas com a enorme lua de sangue brilhando no céu noturno. Era quatro vezes o tamanho de uma lua cheia regular e iluminava a terra com um brilho escarlate. Malhadia, Belha e Brotinho montaram em suas vassouras e, uma a uma, as bruxas saltaram no ar. As vassouras as levaram bem acima da mansão, e elas pairaram no céu enquanto esperavam que Pi e Lucy se juntassem a elas.

– Vamos! – Malhadia as chamou.

– Não tenha medo – Brotinho disse. – É como andar de bicicleta!

– Ma-m-mas a centenas de m-m-metros de altura – disse Belha.

Lucy e Pi montaram as respectivas vassouras e seguraram nervosamente nos cabos. Elas pularam o mais alto que puderam e as vassouras as puxaram para o céu em direção às outras. Assim que os pés delas deixaram o chão, as vassouras mágicas fizeram seus corpos parecerem leves como penas, e elas balançaram no ar acima da torre mais alta da mansão.

– Que impulso! – exclamou Pi. – Podemos ver toda a floresta daqui!

– Parece que acabei de beber um barril de Champanhe Espumacular! – disse Lucy.

– Agora segure firme e tente manter o equilíbrio! – disse Malhadia. – Podemos passar por algumas turbulências.

As bruxas se inclinaram em suas vassouras e voaram pelo céu. Lucy e Pi copiaram o movimento e as seguiram em velocidade. Elas sobrevoaram o Bosque do Noroeste na velocidade de foguetes, e o vento passou pelo rosto de Lucy tão rapidamente que ela mal podia ver ou respirar. Enquanto voavam, as bruxas uivavam e gargalhavam para a lua, as vozes delas ecoavam pela floresta abaixo.

Finalmente, elas viram um rastro de vapor subindo da floresta à frente, e as bruxas desceram em direção ao chão.

– Como você aterrissa com essa coisa? – Lucy perguntou.

– Pense em coisas pesadas! – disse Brotinho.

Lucy pensou em pedregulhos, halteres, âncoras, e como ela arrumava sua mala quando viajava, e isso fez com que sua vassoura deslizasse em direção à terra abaixo. Assim que todas as meninas pousaram, seguiram o vapor pela floresta e entraram em uma pequena clareira. Encontraram a Mestra Mara lá, pairando sobre um caldeirão enorme e fumegante. A bruxa agitou uma poção roxa brilhante que estava borbulhando com energia.

Uma coleção de tambores, trompas e sinos flutuava pelo ar ao redor da clareira, como se os instrumentos estivessem presos em um ciclone lento. Assim que as meninas chegaram, os tambores começaram a bater sozinhos, tocando no ritmo de um batimento cardíaco suave.

– Bem-vindas, senhoritas – a Mestra Mara as cumprimentou. – Por milhares de anos, bruxas e feiticeiros abraçaram novos irmãos e irmãs em seus covis realizando uma cerimônia sagrada de indução. Honraremos essa tradição milenar hoje à noite, ao darmos as boas-vindas oficialmente a vocês na Escola de Bruxaria Corvista. O ritual já exigiu sacrifícios de animais, contratos assinados com sangue e as lágrimas dos inimigos... mas, felizmente, conseguimos *simplificar* o processo ao longo dos anos. Esta noite, tudo o que precisamos é de um pouco de poção, um pouco de música e um pouco de luar.

As bruxas aplaudiram e os sinos flutuantes brilharam. A Mestra Mara olhou para o céu e viu que a lua de sangue estava diretamente acima da clareira.

– Chegou a hora – anunciou a bruxa. – Lucy e Pi, para finalizar sua iniciação, cada uma de vocês fará o Juramento de Bruxaria e depois solidificará o juramento bebendo a poção. Devo avisá-las, uma vez que vocês fazem o juramento, não há como voltar atrás. Vocês estarão totalmente comprometidas com uma vida de bruxaria e devem obedecer ao juramento até o último suspiro.

Lucy e Pi ficaram retesadas depois de saber sobre o juramento. Tentar deter a Mestra Mara e o Chifrudo já havia custado a Lucy o cabelo e as sobrancelhas; o que mais ela deveria sacrificar?

– Pi, vamos começar com você – disse a Mestra Mara.

Os tambores flutuantes começaram a bater mais rápido e mais alto, o que só aumentou a ansiedade das meninas. A Mestra Mara encheu uma taça com a poção roxa e a ergueu no ar para absorver os raios do luar.

– Pi, você *se compromete* a sempre viver de forma verdadeira, *promete* nunca conter seu potencial e *jura* nunca reprimir seus verdadeiros sentimentos, não importa a aprovação, popularidade ou afeto que possa receber em troca? Esse é o sagrado Juramento da Bruxaria, e para se tornar uma bruxa, você deve jurar aqui e agora.

– Em outras palavras, *seja você mesma*! – Malhadia sussurrou.

Lucy e Pi ficaram aliviadas porque o juramento não era tão ameaçador quanto temiam.

– Bem, isso não soa tão ruim – disse Pi. – Sim, Mestra Mara, eu prometo minha fidelidade ao Juramento da Bruxaria.

A bruxa entregou a taça a Pi e ela bebeu a poção. De acordo com sua expressão nojenta, a poção tinha um gosto horrível, mas Pi conseguiu engolir tudo.

– Muito bem – disse a Mestra Mara. – Lucy, por favor, dê um passo à frente.

A bruxa voltou a encher o cálice e ergueu a poção em direção à lua.

– Lucy, você *se compromete* a sempre viver de forma verdadeira, *promete* nunca conter seu potencial e *jura* nunca reprimir seus verdadeiros sentimentos, não importa a aprovação, popularidade ou afeto que possa receber em troca?

– Por que eu pararia agora? – Lucy riu. – Sim, Mestra Mara, eu também prometo minha fidelidade ao Juramento da Bruxaria.

A bruxa entregou a Lucy o cálice com um brilho extra nos olhos. Lucy bebeu a poção inteira e quase se engasgou com o gosto amargo. Assim que a poção terminou, todos os instrumentos flutuantes explodiram em uma melodia festiva.

– A cerimônia está completa! – a Mestra Mara anunciou. – Parabéns, Lucy e Pi, vocês foram *iniciadas* na Escola de Bruxaria Corvista! Para celebrar, as meninas e eu vamos guiá-las em uma tradicional *dança da meia-noite*! Senhoritas, removam seus colares e revelem seus verdadeiros eus para a lua!

Ao seu comando, Malhadia, Belha e Brotinho puxaram seus colares de ouro sobre as cabeças. Ao retirarem as joias, as bruxas se transformaram em criaturas que Lucy e Pi nunca tinham visto antes. A pele de Malhadia se transformou em pedaços de estopa que foram costurados, os olhos dela se tornaram botões vermelhos e azuis, e o cabelo se transformou em fios de lã laranja. Duas antenas cresceram na testa de Belha, um par de asas saiu de suas costas e um ferrão do bumbum. O cabelo verde e espesso de Brotinho se tornou um arbusto de verdade, os dedos e nariz cresceram em longas trepadeiras, e sua pele se encheu de clorofila e ficou verde.

A Mestra Mara removeu o colar de ouro dela em seguida. O rosto pálido da bruxa ficou cada vez mais pálido, seus braços e pernas encolheram cada vez mais finos, e o torso ficou oco. Depois de uma vida inteira de bruxaria, a aparência autêntica da Mestra Mara era uma *figura esquelética*!

Lucy e Pi ficaram chocadas e aterrorizadas enquanto observavam as colegas de quarto e a professora se transformarem em uma boneca gigante, um grande inseto, uma planta crescida e uma caveira diante delas. Aparentemente, as bruxas *tinham* sido afetadas pela bruxaria, afinal – *seus colares de ouro estavam apenas disfarçando isso*!

As bruxas dançaram ao redor do caldeirão enquanto os instrumentos flutuantes tocavam. Enquanto a poção percorria o corpo de Lucy, ela começou a se sentir embriagada. Ela ficou tonta e instável, como se o chão estivesse se movendo sob seus pés. A visão dela ficou embaçada e distorcida, e as bruxas pareciam *monstros* enquanto giravam, pulavam e saltitavam ao redor dela. Ela olhou para o lado e percebeu que Pi estava se sentindo da mesma forma.

As duas meninas de repente caíram no chão... Elas tentaram se levantar, mas estavam fracas demais para ficar de pé... Lucy e Pi pediram ajuda, mas as bruxas continuaram dançando, como se nada estivesse errado... A Mestra Mara inclinou-se sobre elas, abaixando o rosto ossudo até encará-las de perto... A bruxa acenou com as mãos esqueléticas sobre os corpos delas e murmurou um encantamento, mas Lucy não conseguiu entender o que ela estava dizendo...

Tudo o que ela podia ouvir eram os instrumentos estridentes rodopiando pelo ar... Tudo o que ela podia ver era a lua de sangue brilhando acima delas... Tudo o que ela podia sentir era a poção correndo em suas veias...

E então tudo escureceu.

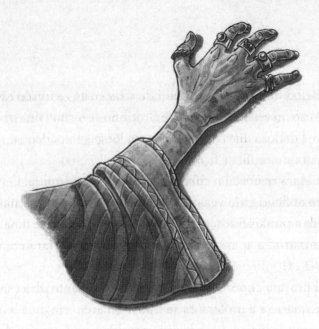

Capítulo Doze

A Reunião

Brystal e Sete seguiram o membro do clã pelas ruas vazias de Via das Colinas. Eles dispararam de poste em poste e estátua em estátua enquanto iam. Ocasionalmente, o membro do clã parava e olhava por cima do ombro, mas nunca notava os adolescentes atrás dele. A perseguição continuou no campo, e então, com apenas algumas árvores e cercas para se esconder, Brystal e Sete tiveram que manter distância para não serem vistos.

Uma vez que o membro do clã estava a alguns quilômetros da cidade, ele acendeu uma tocha e saiu das estradas de paralelepípedos. Brystal e Sete cruzaram colinas, campos lamacentos e riachos rasos enquanto o perseguiam. A terra desconhecida era escura e difícil de percorrer, mas felizmente, a lua de sangue iluminou a terra o suficiente para Brystal e Sete verem para onde estavam indo.

Algumas horas depois, o cheiro de sal encheu o ar, e Brystal e Sete se viram se aproximando do Mar do Sul. O membro do clã dirigiu-se a uma enorme fortaleza de pedra na praia, na base de uma montanha, e só de vê-la um nó se formou no estômago de Brystal. Era antiga e feita de pedra, mas estava em ruínas. Cinco torres se estendiam para o céu como os dedos de uma mão em decomposição, e rochas afiadas pendiam sobre a ponte levadiça, fazendo a entrada parecer a boca de uma enorme criatura.

A praia estava fervilhando com outros membros do clã que gradualmente vinham de diferentes direções. Brystal puxou Sete para trás de uma duna de areia alta para ficar escondido.

– Aquela fortaleza deve ser a sede da Irmandade da Honra! – Brystal sussurrou.

– Precisamos entrar e descobrir o que eles estão fazendo – Sete sussurrou de volta. – Você pode trocar nossas roupas por túnicas como as deles?

– Sim, mas é muito perigoso para nós dois irmos – ela disse. – Vou me esgueirar para dentro e ver o que consigo ouvir. Você fica aqui, e se alguma coisa acontecer comigo, volte correndo para o castelo e conte ao seu avô.

– Como é que é? Tenho certeza de que fui *eu* que salvei *você* desses caras da última vez – ele disse. – Perigoso ou não, não vou deixar você entrar lá sozinha. Um príncipe a menos não faz diferença, mas não tem *ninguém* igual a você no mundo.

Mesmo naquela situação, a observação de Sete fez Brystal corar.

– Tudo bem, vamos juntos – disse ela. – Mas mudar de roupa não será suficiente. Há exatamente trezentos e trinta e três membros da Irmandade. Tenho certeza que eles perceberão se dois membros extras do clã aparecerem.

– Então temos que eliminar dois membros do clã antes de entrarmos? – ele perguntou.

– Exatamente.

Brystal acenou com a varinha e transformou suas roupas nas vestes prateadas da Irmandade. Embora ela soubesse que era Sete sob o manto e a máscara ao lado dela, apenas estar perto de alguém com aquele uniforme era inquietante. Eles espiaram por cima da duna de areia e esperaram que um membro do clã desavisado passasse. Quando um finalmente cruzou a praia na frente deles, Brystal apontou sua varinha para ele, e o membro do clã ficou subitamente inconsciente. Ele caiu de cara na areia, e Brystal e Sete o arrastaram para trás da duna. Assim que tiveram sua primeira vítima, eles espiaram por cima da duna e esperaram pela segunda.

– Isso é meio divertido – Sete sussurrou. – É quase como se estivéssemos caçando esses caras.

Brystal sorriu sob a máscara.

– É bom ser o caçador para variar – disse ela.

Logo outro membro do clã teve a infelicidade de cruzar a praia próxima. Brystal o colocou para dormir e os dois o colocaram ao lado do outro.

– Eles ficarão apagados por algumas horas – disse Brystal.

– Ótimo, agora vamos para a fortaleza – disse Sete.

Ele se dirigiu para a estrutura, mas Brystal permaneceu na duna de areia. Ela não conseguia parar de olhar para os membros inconscientes do clã. Arrastá-los havia levantado as máscaras deles e exposto a parte inferior dos queixos. Foi a provocação final e Brystal não pôde lutar contra o desejo de ver o *resto* dos rostos deles.

– Vamos? – Sete perguntou.

– Um segundo – disse ela. – Quero saber quem eles são.

Brystal tirou as máscaras dos membros do clã e suspendeu a respiração quando suas identidades foram reveladas.

– O que foi? – Sete perguntou. – Você conhece eles?

– Não – disse Brystal. – Eu nunca os vi antes na minha vida.

– Então por que você está tão abalada?

– Porque *não conhecê-los* torna as coisas piores – disse ela. – Eu nunca disse ou fiz nada para esses homens, e ainda assim eles dedicaram suas vidas inteiras a prejudicar pessoas como eu. Eles não têm motivos para nos odiar, mas eles *escolhem* nos odiar de qualquer maneira. De todas as coisas da vida para sentir, por que alguém escolheria o *ódio*?

– Não faço ideia – disse Sete. – Mas a maioria das pessoas escolhe o amor. E é por isso que estamos aqui... para garantir que o ódio não vença.

Brystal assentiu e colocou as máscaras de volta nos rostos dos membros do clã.

– Você está certo – disse ela. – Vamos para a fortaleza encontrar uma maneira de parar esses homens bizarros. Se nos separarmos, nos encontraremos aqui.

Determinadamente, Brystal e Sete foram para a fortaleza e se juntaram a uma linha de membros do clã na entrada. Um por um, cada membro do clã recitou uma senha antes de poder entrar. Quando foi a vez de Brystal, ela agarrou sua varinha sob a manga de seu manto e discretamente apontou para o membro do clã que guardava a entrada.

– Você não precisa de uma senha minha ou do homem atrás de mim – disse ela.

O encantamento fez os olhos do guarda se arregalarem e suas pupilas dilatarem.

– Eu não preciso de uma senha sua ou do homem atrás de você – disse ele.

– Ótimo – disse ela. – Agora me diga que estou bonita e me deseje uma boa-noite.

– Você está bonita e desejo que tenha uma boa-noite – disse ele.

O guarda deixou Brystal e Sete passarem pela entrada e eles se encontraram do outro lado da ponte levadiça.

– Ótimo trabalho – ele sussurrou. – Ele realmente achou que eu estava bonito ou foi obra sua?

– Eu pensei que seria um toque agradável – ela sussurrou de volta.

Brystal e Sete seguiram os membros do clã através da estrutura e entraram em um vasto pátio no centro da fortaleza. A maioria da Irmandade da Honra já havia chegado, e quando eles entraram com os outros, Brystal perdeu a noção de qual uniforme prateado pertencia a Sete.

Por volta das cinco horas da manhã, uma bandeira com a imagem de um lobo branco foi hasteada na torre mais alta. Um membro do clã com uma coroa de pontas afiadas de metal apareceu e subiu ao topo de uma plataforma. Brystal imediatamente o reconheceu como o arqueiro do casamento de seu irmão. A Irmandade curvou-se para o homem da coroa, e Brystal copiou o movimento – aparentemente, ele era o líder.

– Bem-vindos, meus irmãos – disse o arqueiro. – O tempo é apenas um luxo dos jovens, então vou direto ao ponto. Desde que atacamos o casamento na casa dos Perene, tem havido preocupações crescendo entre nós. Muitos de vocês acreditam que a Irmandade não está fazendo o suficiente, alguns dizem que é tolice adiar nosso próximo ataque, e alguns perderam a fé em nosso Rei da Honra. Embora eu tenha lhes assegurado que seu plano ainda está no caminho certo para o sucesso, minhas palavras não foram suficientes para convencê-los. Então, convocamos esta reunião hoje à noite para finalmente acabar com suas dúvidas.

– *Com todo o respeito, Alto Comandante, o ataque aos Perene foi um fracasso!* – um membro do clã gritou.

– *Nós poderíamos ter matado a Fada Madrinha! Por que recuamos?* – disse outro.

– *Agora as fadas sabem que a Irmandade está de volta!*

– *Precisamos atacar novamente antes que elas nos ataquem!*

– *Por que o Rei da Honra nos faz esperar como cães?*

O Alto Comandante levantou a mão para acalmar os membros do clã.

– Todas as suas perguntas serão respondidas no devido tempo, mas *eu* não as responderei – disse o Alto Comandante. – Pela primeira vez, nossa reunião será liderada pelo próprio líder em pessoa. Ele decidiu nos fazer uma visita para tratar de suas preocupações pessoalmente. Então, sem mais delongas, por favor, deem as boas-vindas ao *Rei da Honra*.

De repente, o pátio se encheu de um brilho carmesim quando o Rei da Honra apareceu na plataforma. Ele usava um terno vermelho brilhante e uma máscara combinando que tinha a forma de um crânio de carneiro. Brystal soltou um suspiro quieto quando percebeu por que as roupas do Rei da Honra estavam brilhando – *eram feitas da mesma pedra de sangue que as armas da Irmandade da Honra*!

Os membros do clã saudaram o Rei da Honra com uma reverência generosa, mas Brystal pôde detectar uma sensação de ressentimento no ar.

– Olá, meus irmãos – disse o líder deles. – É uma honra finalmente conhecê-los pessoalmente.

O Rei da Honra falou em um sussurro autoritário, mas o som foi amplificado pelos chifres de sua máscara e ecoou pela fortaleza.

– *Por que seu plano está demorando tanto?* – um membro do clã perguntou.

– *Você disse que a este momento já estaria sentado no trono!* – disse outro.

– *Você prometeu restaurar a Filosofia da Honra à constituição!*

– *Você jurou destruir a comunidade mágica!*

– *Nenhuma de suas promessas se concretizou! Por que devemos continuar confiando em você?*

O Rei da Honra ficou quieto e escutou os membros do clã até que todas as queixas deles fossem expressas.

– Eu simpatizo com suas frustrações – disse ele. – Vocês todos esperaram muito tempo, alguns de vocês esperaram por uma vida inteira... mas não confundam *paciência* com *fracasso*, meus irmãos. *Eu me sentarei* no trono do Reino do Sul, *eu restaurarei* a Filosofia da Honra e, juntos, *nós destruiremos* a comunidade mágica. Mas tais conquistas não acontecem da noite para o dia e não podem ser alcançadas apenas pela força. Se quisermos ter sucesso, devemos criar estratégias.

– *A Fada Madrinha deveria estar morta!* – um membro do clã gritou.

– *Por que você ordenou que o Alto Comandante a mantivesse viva?!* – perguntou outro.

– *Que tipo de estratégia é essa?!*

– Eliminar a Fada Madrinha é a chave para nossa vitória, mas eliminá-la *agora* levará à nossa queda – disse o Rei da Honra. – Vocês esquecem que ela é tão *amada* quanto poderosa. Se queremos destruí-la, devemos destruir sua *popularidade* primeiro. Se não dermos ao mundo uma razão para odiar a Fada Madrinha antes de matá-la, eles a transformarão em uma santa, e a influência dela viverá para sempre. Por isso ordenei ao Alto Comandante que a mantivesse viva no casamento. O ataque nunca teve a intenção de ser um assassinato; foi apenas para *incutir medo*. O medo leva à desconfiança, a desconfiança leva a erros, os erros levam à desaprovação e a desaprovação leva à morte. E tenho orgulho de dizer que meu plano está funcionando perfeitamente. Em breve, a Fada Madrinha cometerá o maior erro de sua vida e se tornará a pessoa mais desprezada do mundo. E uma vez que o mundo a deteste, podemos aniquilá-la sem consequências.

– *Que erro?*

– *O que poderia fazer o mundo odiá-la tanto?*

– Meus amigos, o maior atributo desta Irmandade é seu *sigilo* – disse o Rei da Honra. – Quanto menos eu lhes disser, menos nossos inimigos podem interferir. Tudo o que vocês precisam saber é que a Fada Madrinha está prestes a cometer o *impensável*. Na verdade, ela ficará tão perturbada com suas próprias ações que se renderá de *bom grado*. E uma vez que fizer isso, o resto do meu plano vai se encaixar perfeitamente. Tenham fé, e prometo que sua paciência valerá a pena.

O esquema do Rei da Honra era tão absurdo que Brystal quase riu disso. Ela podia dizer que o clã também não estava convencido.

– *Mais falsas promessas!*

– *Nós nunca deveríamos ter jurado lealdade a você!*

– *Se você está tão confiante, diga-nos quando isso vai acontecer! Dê um prazo!*

– Eu não mencionei isso? – o Rei da Honra perguntou em um tom brincalhão. – Ah, me perdoem pelo equívoco... tudo está acontecendo *esta noite*.

Um murmúrio desconfiado varreu o pátio. Eles queriam acreditar nele, mas tudo parecia bom demais para ser verdade.

– Isso mesmo, meus irmãos, vocês me ouviram corretamente – o Rei da Honra disse. – Guardem minhas palavras, até o final desta noite, vou entregar *tudo* o que prometi a vocês! A Fada Madrinha será eliminada, o Rei Campeon XIV estará morto, eu estarei sentado no trono, e a Filosofia da Honra será *permanentemente* restaurada no Reino do Sul! Sem a Fada Madrinha para guiá-los e sem as leis para protegê-los, nada nos impedirá de destruir a comunidade mágica de uma vez por todas!

Apesar de seu entusiasmo, a Irmandade permaneceu cética. O Alto Comandante deu um passo à frente para tranquilizar o duvidoso clã.

– O Rei da Honra está dizendo a verdade – disse o Alto Comandante. – Este não é o momento para cinismos, meus irmãos, porque o momento que todos esperávamos finalmente chegou. Esta reunião não é apenas uma reunião de avisos... *é o amanhecer antes da batalha*! Na próxima tarde, marcharemos para a Terra das Fadas para receber a rendição da Fada Madrinha. E assim que acabarmos com seu regime vil, *a guerra contra a magia começará*!

A Irmandade explodiu em pura empolgação. Eles rugiram tão alto que a fortaleza sacudiu ao redor deles. O Alto Comandante e o Rei da Honra subiram ao altar e ergueram a plataforma para cima como uma escotilha. O pátio se encheu de um brilho carmesim ainda mais brilhante quando o arsenal de armas da Irmandade da Honra foi exposto. O Alto Comandante delegou as armas, distribuindo bestas, flechas, espadas, correntes e lanças para o clã animado.

Enquanto os membros do clã se preparavam para a batalha, Brystal recuou lentamente em direção à saída. Os homens estavam tão ocupados com as armas que não perceberam que ela escapuliu. Ela se apressou para atravessar a fortaleza, e, assim que passou pela ponte levadiça, começou a correr. Voltou para a duna de areia designada e ficou de olho na fortaleza, esperando que Sete conseguisse sair inteiro. Alguns minutos depois, um membro do clã saiu correndo da estrutura e se juntou a ela. Antes que ele chegasse muito perto, Brystal cautelosamente apontou sua varinha para o membro do clã, e ele colocou as mãos no ar.

– Brystal, sou eu, *Sete* – ele sussurrou, e tirou a máscara para provar o que dizia.

– Graças a Deus – ela disse, e abaixou sua varinha.

– O que diabos acabamos de testemunhar lá dentro? – Sete perguntou. – Por que o Rei da Honra promete tantas coisas ridículas? Havia *alguma* verdade no que ele disse?

– Não pode haver – disse Brystal. – Mesmo se eu *cometesse o impensável*, como ele disse, eu nunca me renderia a eles!

– Eu não posso acreditar que a Irmandade cairia em tal bobagem!

Brystal ficou quieta enquanto repetia as palavras do Rei da Honra em sua cabeça.

– Não tenho certeza se *tudo* isso foi bobagem – ela pensou em voz alta. – Estamos esquecendo que há *alguém* que poderia facilmente assumir o trono e restaurar a Filosofia da Honra até o final desta noite. E essa pessoa é tão odiosa e antiquada quanto a Irmandade.

Os olhos de Sete se arregalaram quando ele chegou à mesma conclusão.

– Aquele era meu tio Max – disse ele. – Quero dizer, quem mais poderia ser o Rei da Honra? Máximo odiou magia toda a sua vida, ele não acha que as mulheres devem ter direitos, e não acha que as criaturas falantes devem ter as próprias terras! Ele é praticamente uma Filosofia da Honra ambulante!

– Há apenas uma contradição – disse Brystal. – Máximo estava no casamento do meu irmão quando a Irmandade atacou. Por que ele iria se soubesse que seria perigoso?

– Isso seria óbvio se você o conhecesse como eu conheço – disse Sete. – Max é a pessoa mais enganadora que já conheci... ele pensa em tudo um milhão de vezes e sempre tem um plano B. Estar no casamento do seu irmão faz com que ele pareça inocente. É o álibi perfeito para o caso de ele ser pego!

Brystal assentiu enquanto todas as peças se juntavam.

– Nós temos que voltar para o Castelo Campeon – ela disse. – Acho que seu avô está em perigo!

Brystal e Sete correram pela praia para longe da fortaleza. Quando eles estavam completamente fora de vista, Brystal transformou os uniformes dele de volta em suas roupas normais. Ela cercou a si mesma e ao príncipe em uma grande bolha e eles voaram sobre o Reino do Sul. Quando chegaram a Via das Colinas, o sol tinha começado a nascer. Brystal e Sete acharam que o rei ainda estaria dormindo, então foram direto para seus aposentos. Enquanto desciam em direção ao Castelo Campeon, Sete apontou para as janelas do quarto de seu avô, e Brystal pousou a bolha na sacada do rei. Eles correram para dentro e encontraram o rei idoso aconchegado na cama de dossel, dormindo de bruços em seu travesseiro.

– Vovô, você tem que acordar! – Sete disse. – Algo terrível está acontecendo!

O príncipe cutucou o avô, mas o soberano não se mexeu.

– Vovô, não é hora de ser preguiçoso! – Sete disse. – Acabamos de descobrir um plano para matar você! Temos que te levar para um lugar seguro!

Ainda assim, o rei não se moveu ou fez um som. Sete sacudiu o soberano de costas e soltou um suspiro horrorizado. A pele de seu avô estava fria e pálida como a neve, e o corpo dele estava rígido e imóvel como pedra. Os olhos do rei estavam bem abertos, mas não havia vida por trás de seu olhar tranquilo. Sete estava em choque e não queria acreditar no que estava vendo, mas Brystal sabia exatamente o que havia acontecido.

– *Chegamos tarde demais* – disse ela.

– Isso não pode estar acontecendo! – Sete gritou. – Eu o vi ontem! Ele estava de bom humor... parecia perfeitamente saudável! Ele não pode ter morrido de repente assim!

– Isso não é uma coincidência – disse Brystal. – Alguém deve estar trabalhando com seu tio... eles devem ter feito algo com ele enquanto estávamos na fortaleza!

– Mas o quê? Não há um único arranhão nele!

Sete e Brystal revistaram o corpo do rei, mas não encontraram uma causa óbvia de morte. As únicas marcas peculiares que encontraram foram impressões digitais cinzentas no pulso direito dele, mas o rei não poderia ter morrido apenas pelo toque de alguém... ou poderia?

– Brystal, você tem que trazê-lo de volta! – Sete gritou.

– Eu não posso trazer alguém de volta dos mortos – disse Brystal. – Mesmo se eu conseguisse, ele voltaria como algo sombrio e antinatural... não seria o avô que você lembra.

– Então talvez ainda haja tempo de salvá-lo! – disse o príncipe. – Tente reavivar o coração dele! Faça-o respirar fundo! Qualquer coisa! *Por favor!*

Brystal sabia que não havia nada que ela pudesse fazer, mas ela quis apaziguar o príncipe de qualquer maneira. Ela deu um passo para trás e ergueu a varinha sobre o corpo do rei. Assim que estava prestes a realizar um encanto, as portas da câmara se abriram. O Príncipe Máximo irrompeu no quarto com uma dúzia de soldados armados.

– *QUE DIABOS ESTÁ ACONTECENDO AQUI?* – ele gritou.

Sete olhou para o tio com o ódio de uma centena de homens raivosos.

– Como você chegou aqui tão rápido?! – ele perguntou.

Máximo agiu como se estivesse confuso.

– Eu estava dormindo no quarto ao lado até ouvir gritos – disse ele. – O que diabos vocês dois estão fazendo...

– Mentiroso! – Sete gritou. – Acabamos de ver você na fortaleza! Nós sabemos quem você realmente é!

– Sete, você perdeu a cabeça? – seu tio perguntou.

– Não se faça de bobo! – Sete berrou. – Você fez isso com ele! *Você matou seu próprio pai!*

– Como é?

Máximo olhou para o falecido rei e fingiu estar chocado. Brystal poderia dizer que ele havia ensaiado a performance – seus olhos lacrimejantes pareciam genuinamente devastados.

– *Eles assassinaram o rei!* – Máximo declarou.

– Nós não matamos ninguém! – disse Brystal. – Sete e eu acabamos de chegar!

– Mentira! – Máximo gritou. – Eu vi vocês dois no pátio há algumas horas! E agora eu encontro você pairando sobre o corpo do meu pai com sua varinha no ar! Qualquer idiota pode ver o que está acontecendo! *Guardas, prendam-nos imediatamente!*

Os soldados avançaram pelo quarto e derrubaram Sete no chão. Brystal ergueu a varinha defensivamente, e os soldados que se aproximavam se afastaram dela.

– Não desperdicem energia... ela nunca vai deixar que vocês a levem viva! – Máximo disse, e então puxou um dos soldados para o lado. – Eu quero que você saia deste quarto e informe a todos no castelo o que você acabou de ver! Envie mensageiros e notifique os jornais! Eu quero que todo o reino saiba que *a Fada Madrinha foi pega em flagrante assassinando o rei!*

– *Não! Ela não fez nada!* – Sete gritou enquanto lutava para se libertar das garras dos soldados. – *Meu tio fez isso! Ele está planejando matá-lo há meses! Prendam-no!*

– E claramente, ela enfeitiçou meu sobrinho no processo! – Máximo disse ao soldado que ele puxou de lado. – Agora vá! Rápido, antes que a Fada Madrinha encante a todos nós!

O soldado saiu correndo do quarto. Brystal queria detê-lo, mas sabia que isso só a faria parecer mais culpada. Máximo olhou para ela com um olhar de triunfo em seus olhos.

– Eu disse ao meu pai para ficar longe de você, mas ele não quis ouvir – disse ele. – Eu sempre soube que vocês não deveriam ser confiáveis! E agora tenho provas! Quando o resto do mundo descobrir o que aconteceu aqui esta noite, eles finalmente verão você e a comunidade mágica pelo que realmente são: *um grupo de bárbaros abomináveis, sobrenaturais e sedentos de poder*!

De repente, o plano bizarro do Rei da Honra não parecia mais tão bizarro. Tudo o que ele havia prometido à Irmandade estava acontecendo bem diante dos olhos de Brystal. Sem dúvida, Máximo iria reivindicar o trono e restaurar a Filosofia da Honra assim que o Reino do Sul despertasse. Ele *destruiria a popularidade dela* ao incriminar Brystal pelo assassinato do Rei Campeon XIV! E o *maior erro da vida dela* foi cair direto na armadilha dele!

– Brystal, você tem que sair daqui! – Sete disse. – O Reino do Sul não é mais seguro para você! Você precisa voltar para a Terra das Fadas!

– Não, eu não vou deixar você! – disse Brystal.

– Não se preocupe comigo! Você é a única pessoa que pode parar a Irmandade!

– Sete, eu não posso...

– *Vá!*

Não havia tempo para pensar em uma opção melhor. Brystal correu para a sacada do lado de fora e voou em uma grande bolha. Ela voltou para a Terra das Fadas sem um plano e sem a menor ideia do que aconteceria a seguir. O Rei da Honra a havia superado com sucesso, e o dano foi tão significativo que Brystal não sabia como se recuperaria.

Capítulo Treze

A manhã seguinte

Lucy acordou com um sobressalto. Ela estava em um sono tão profundo que levou alguns minutos para que seus sentidos despertassem. Ela se encontrou sã e salva em seu ninho na Mansão Corvista, mas não tinha lembrança de como tinha chegado lá.

A última coisa de que ela se lembrava era de estar no Rito de Iniciação... Ela e Pi tinham bebido a poção e ficaram tontas... Estavam deitadas no chão enquanto as bruxas dançavam ao redor da clareira... A Mestra Mara pairava sobre elas, conduzindo um feitiço de algum tipo... E então tudo ficou escuro.

Ela se sentou e olhou ao redor do quarto. Estava claro lá fora e o sol espreitava pelas cortinas. Malhadia, Belha, Brotinho e Pi ainda dormiam em seus ninhos. As bruxas estavam usando seus colares de ouro novamente e todos os vestígios de bruxaria haviam sido apagados das aparências delas. Lucy notou que Pi também estava usando um colar, e os bigodes, garras e cauda de gambá dela haviam desaparecido.

– Bom dia, Lucy.

A voz inesperada a fez pular. Lucy olhou para cima e viu a Mestra Mara parada em um canto sombrio do quarto. A bruxa olhou para Lucy com um sorriso diabólico, e Lucy teve um palpite de que a Mestra Mara a estava observando dormir a noite toda.

– Hum... bom dia – disse Lucy. – O que você está fazendo?

– Apenas checando você, querida – disse a bruxa. – Como está se sentindo?

Lucy teve que pensar sobre isso, e a resposta a surpreendeu.

– Na verdade, me sinto ótima – disse ela. – Melhor do que me senti em muito tempo.

– Excelente – disse a Mestra Mara. – Estou feliz em informar que o Rito de Iniciação foi um sucesso total na noite passada. Na verdade, você *respondeu* à cerimônia melhor do que qualquer aluna que já tive.

– Bem, essa é a primeira vez que eu sou a primeira da minha classe – Lucy disse com uma risada. – O que aconteceu exatamente? Eu nem me lembro como voltei aqui.

– Não se preocupe, a cerimônia é sempre um processo *exaustivo* para novos participantes – disse a Mestra Mara. – Você e Pi perderam a consciência logo depois de fazer o Juramento da Bruxaria. Uma vez que a cerimônia terminou, as meninas e eu trouxemos vocês de volta e as colocamos em seus ninhos.

– Estou um pouco envergonhada... geralmente consigo festejar a noite toda – disse Lucy. – Você lançou um feitiço em nós ontem à noite? Eu me lembro vagamente de você em pé sobre nós e murmurando algum tipo de encantamento.

O sorriso da Mestra Mara se desvaneceu – claramente, ela não esperava que Lucy se lembrasse *dessa* parte.

– Apenas um pequeno feitiço de *proteção*, minha querida – disse a bruxa. – Nada para se preocupar.

Lucy esfregou a nuca e descobriu algo em volta do pescoço. Ela olhou para baixo e viu que *também* estava usando um colar dourado com uma pedra da lua brilhante. Lucy saltou de seu ninho e correu para o guarda-roupa para ver o reflexo de si no espelho. Não só seu cabelo e sobrancelhas voltaram ao normal, mas o colar também deixou Lucy muito mais *bonita* e *alta* do que nunca.

– Santa reforma! – Lucy disse incrédula. – Estou fantástica!

– De agora em diante, seu colar esconderá todos os vestígios de bruxaria e corrigirá o que você não gosta em sua aparência – disse a Mestra Mara.

– Meu Deus, eu gostaria de não ter amaldiçoado as Irmãs Bizarella – disse Lucy. – Os queixos pontudos delas teriam caído no chão depois de me ver assim!

– Isso me lembra – disse a Mestra Mara. – Ladrilha e Concreta perguntaram se você poderia manter os cisnes em algum lugar além do cemitério. Aparentemente, os linces estão tentando caçá-los.

Lucy estava tão fixada em sua nova aparência que mal ouviu uma palavra que a Mestra Mara disse. Ela queria comparar seu novo reflexo com seu reflexo antigo e começou a puxar o colar sobre sua cabeça. A Mestra Mara avançou e a deteve antes que o colar fosse removido.

– *Não tire isso ainda* – a bruxa disse em pânico.

– Por que não? – Lucy perguntou.

– O encantamento precisa de um tempo de *cozinhar* primeiro – explicou a Mestra Mara. – Dê à sua nova aparência alguns dias para se adaptar, então você pode remover o colar como desejar.

– Nesse caso, eu prometo mantê-lo – disse Lucy.

O sorriso diabólico da Mestra Mara voltou ao rosto dela.

– Maravilhoso – disse ela. – Bem, vou sair para que você possa admirar sua nova aparência em paz. Você certamente mereceu.

A Mestra Mara saiu do quarto e desapareceu no corredor. Havia algo na atenção da bruxa que deixou Lucy desconfiada. Enquanto ela ajustava o colar de ouro no espelho, a sensação cresceu na boca do estômago e se tornou muito mais forte do que um sentimento normal – Lucy sentiu *problemas* se aproximando.

Capítulo Quatorze

A rendição

Agora veja o que você fez...

O Rei da Honra te pegou de surpresa...

Você caiu direto na armadilha dele...

Você deu a ele *tudo* que ele queria...

Você deveria ter vergonha de si mesma...

Vergonha.

Brystal estava vivendo a hora mais sombria de sua vida. Depois de fugir do Reino do Sul, ela voltou para a academia e tentou desesperadamente bolar um plano para parar a Irmandade da Honra. Infelizmente, não conseguia se concentrar em nada além dos pensamentos perturbadores, e sua negatividade preenchia toda a mente dela.

Como você pôde deixar isso acontecer?

Como você pôde ser tão *estúpida*?

Como você pôde ser tão *descuidada*?

Como você pôde *falhar* tão miseravelmente?

Agora todos os seus maiores medos estão se tornando realidade.

Enquanto ela andava pelo escritório, a notícia do assassinato do Rei Campeon XIV estava se espalhando pelo Reino do Sul. A reputação de Brystal estava sendo destruída, sua integridade estava sendo manchada e, consequentemente, a humanidade estava começando a questionar o relacionamento deles com a comunidade mágica. Ela não sabia como provar sua inocência, não sabia como evitar que as mentiras se espalhassem, e não sabia como impedir a Irmandade da Honra de ter sucesso mais do que eles já tinham. Brystal estava completamente impotente e incapaz de encontrar uma solução.

Você nunca vai detê-los...

Você só vai piorar as coisas...

O Rei da Honra enganou você uma vez, e ele vai fazer isso de novo...

Você não é inteligente o suficiente para derrotá-lo...

Você precisa se *afastar* da situação.

Brystal desejou que *pudesse* se afastar da situação. Ela teria dado qualquer coisa para simplesmente desaparecer e fazer todos os seus problemas irem embora, mas enquanto ela agonizava em seu escritório, a Irmandade da Honra estava marchando em direção à Terra das Fadas. Em apenas algumas horas, o clã chegaria à fronteira e esperaria que Brystal se rendesse. O Rei da Honra havia prometido à Irmandade que ela se renderia de *bom grado*, então como eles reagiriam quando ela se recusasse? Que tipo de ataque eles desencadeariam? Como Brystal iria proteger as fadas?

Por que *não* se render?

Qual é o sentido em resistir?

Você só causará mais danos se fizer isso...

Você só colocará as fadas em mais perigo se lutar...

Elas ficarão *melhores* sem você...

O *mundo* estaria melhor sem você...

Faça isso por elas.

A princípio, Brystal achou que era uma ideia absurda, mas quanto mais ela pensava nisso, mais atraente se tornava. O Rei da Honra disse que a comunidade mágica seria fácil de destruir, mas e se ele estivesse errado? E se a comunidade *prosperasse* sob uma liderança diferente? Sem Brystal em cena, talvez as fadas tivessem uma chance de *vencer* a guerra contra a magia?

Sim...

Isso mesmo...

Entregar-se não é desistir...

Entregar-se é a *solução*...

Não deixe seu orgulho convencê-la do contrário...

Renda-se à Irmandade e todos os seus problemas desaparecerão.

Brystal não podia negar quão tentadora era a ideia de acabar com todos os seus problemas. Ela estava tão cansada que sua mente e corpo doíam de exaustão – até sua *alma* se sentia cansada.

Renda-se e as fadas estarão seguras...

Renda-se e você não terá mais que lutar...

Renda-se e você ficará livre do medo...

Renda-se e a negatividade desaparecerá...

Renda-se e toda a dor irá embora...

Renda-se e o pesadelo finalmente terminará...

Renda-se, Brystal...

Renda-se.

Brystal imaginou-se flutuando em um espaço de total nada – sem preocupações, sem medos, sem ansiedade, sem responsabilidade, sem vergonha, sem culpa – e isso lhe deu a maior paz que ela teve em meses. Agarrou-se à ideia apenas para sentir a serenidade, e quanto mais ela a entretinha, mais Brystal começava a considerá-la seriamente. Quando a noite chegou, ela não estava apenas considerando uma rendição, ela estava *ansiando* por uma. E assim a decisão foi tomada.

Enquanto Brystal planejava como se declararia rendida, foi interrompida por uma batida suave na porta. Smeralda entrou no escritório com um sorriso atrevido.

– Bem, você saiu bem tarde ontem à noite – ela brincou. – Como foi?

– Qual parte? – Brystal perguntou.

Smeralda riu como se ela estivesse brincando.

– Seu encontro com o príncipe, é claro – disse ela. – Estamos todos morrendo de vontade de saber, mas eu disse aos outros para não sufocar você.

Claramente, as mentiras do Príncipe Máximo ainda não haviam chegado à Terra das Fadas, e Brystal estava com inveja do desconhecimento de Smeralda. Brystal quase tinha esquecido que, apenas algumas horas antes, ela e Sete estavam *rindo* e *se divertindo*. Ela não podia acreditar na turbulência que o mundo havia tomado em tão pouco tempo. O encontro dela parecia uma coisa frívola para discutir em um momento como este, então Brystal mudou de assunto sem uma explicação.

– Sme, eu tenho algo que preciso te dizer – disse Brystal. – É importante.

– Hum? – Smeralda disse com preocupação. – Algo ruim aconteceu no seu encontro? Porque se aquele príncipe agiu como um idiota, eu vou chutá-lo bem nas joias da coroa.

– Não, não tem nada a ver com ele – disse ela. – É algo em que tenho pensado bastante ultimamente. Esta não é uma conversa fácil de se ter, então eu só vou dizer isso. Se alguma coisa acontecer comigo, eu quero que *você* assuma o controle.

Smeralda não esperava um assunto tão sombrio.

– Eu?

– Quem mais poderia fazer isso? – Brystal perguntou. – Você é inteligente, sensata, extremamente organizada, e todas as fadas a respeitam. Você será uma Fada Madrinha maravilhosa quando eu me for.

– *Quando* você se for? – ela perguntou. – Você está planejando uma aposentadoria antecipada ou algo assim?

– Não, é só que a vida é imprevisível – disse Brystal. – Basta um único segundo e o mundo como o conhecemos pode mudar para sempre. Se algo acontecer, eu quero que você esteja preparada. Eu não quero que haja qualquer confusão sobre quem está no comando. As fadas precisam ser unificadas ou nunca sobreviverão aos próximos dias.

– Aos próximos dias? – perguntou Smeralda. – Certo, agora você está começando a me assustar. Por que você está trazendo isso à tona?

– Por favor, apenas me prometa que você cuidará das fadas e as manterá seguras – disse Brystal. – Significaria muito para mim se eu ouvisse você dizer isso.

Smeralda coçou a cabeça enquanto tentava entender o que Brystal estava dizendo.

– Tudo bem, eu prometo – disse ela.

Brystal fechou os olhos e soltou um profundo suspiro de alívio. Ter uma sucessora oficial fez com que sua iminente rendição parecesse muito mais fácil. Smeralda a observou atentamente e as preocupações dela aumentaram.

– Brystal, você parece *cansada* – disse Smeralda. – Quando foi a última vez que você dormiu?

– Honestamente, eu não me lembro – disse Brystal.

– Por que não te dou um tempo para descansar? – Smeralda sugeriu. – Talvez, mais tarde, eu possa voltar com um pouco de chá e podemos continuar conversando?

– Eu gosto da ideia – disse ela.

– Ótimo, vejo você depois.

Smeralda deixou o escritório para dar a Brystal algum tempo sozinha, mas Brystal não tinha intenção de descansar. Infelizmente, sabia que ela já estaria muito longe quando Smeralda voltasse.

Brystal acenou com a varinha e artigos de papelaria apareceram na mesa dela. Escreveu uma carta para Smeralda com todas as informações que estava guardando para si mesma. Contou tudo o que sabia sobre a Irmandade da Honra – onde a fortaleza deles estava localizada, a identidade do Rei da Honra e o plano dele para incriminar Brystal pelo assassinato do Rei Campeon XIV. Brystal disse a Smeralda para ficar de olho nas luzes do norte no globo, pois a Rainha da Neve estava presa em uma caverna nas profundezas das Montanhas do Norte, e se as luzes desaparecessem do céu, significava que a Rainha da Neve havia escapado. Ela confessou que parte de Madame Tempora ainda estava viva e como encontrá-la se Smeralda precisasse de conselhos ou orientação. Assim que a carta terminou, Brystal a colocou em um envelope com o nome de Smeralda.

Você está fazendo a coisa certa...

Uma pessoa inferior não saberia quando desistir...

Seu sacrifício garantirá a sobrevivência das fadas...

Smeralda será uma líder muito melhor do que você...

Ela derrotará a Irmandade da Honra...

***Ela* não cometerá os mesmos erros que *você*.**

Estava ficando tarde, e Brystal sabia que a Irmandade chegaria a qualquer minuto. Ela não precisava mais da varinha, então a colocou na mesa ao lado da carta para Smeralda. Ela caminhou lentamente até a porta e deu uma última olhada em seu escritório.

– Adeus – ela disse para a sala vazia. – Estou deixando você em boas mãos.

Brystal fechou as portas do escritório atrás dela e saiu. Ela atravessou o terreno da academia, passou pela barreira de sebe e esperou pela Irmandade do outro lado. Logo depois que ela chegou, todos os 333 membros do clã apareceram à distância. Os homens foram liderados pelo Alto Comandante e se aproximaram cautelosamente de Brystal com suas armas levantadas.

De repente, Horêncio correu por entre as árvores em cima de seu cavalo de três cabeças. O cavaleiro saltou para o chão e puxou a espada, colocando-se entre Brystal e o clã.

– Está tudo bem, Horêncio – disse ela. – Você não precisa mais me proteger.

O cavaleiro estava terrivelmente confuso. Ele olhou para frente e para trás entre Brystal e a Irmandade, mas não sabia o que fazer. Brystal passou por Horêncio e caminhou em direção ao clã, mas não deixou que o cavaleiro a seguisse.

– Eu não estou aqui para lutar com vocês... estou aqui para me render – disse Brystal à Irmandade. – Mas isso não significa que vocês ganharam. Pelo contrário, minha rendição só garante a queda do seu clã. A comunidade mágica é muito mais forte do que seu Rei da Honra pensa que é. Ela se unirá e não precisará de mim para derrotá-los.

Mesmo que o Rei da Honra tivesse garantido sua rendição, a Irmandade ficou surpresa com a facilidade com que Brystal estava desistindo. Eles aplaudiram e deram um rugido vitorioso que ecoou pela floresta ao redor deles.

– Vejam, meus irmãos, eu disse para vocês terem fé no Rei da Honra – disse o Alto Comandante. – A Fada Madrinha está se rendendo de *bom grado*, assim como ele prometeu... ela nem precisou do *incentivo extra* que ele deu a nós.

– Que incentivo extra? – Brystal perguntou.

O Alto Comandante jogou um livro aos pés de Brystal. Ela olhou para baixo e viu a cópia que Sete tinha de *As aventuras de Quitut Pequeno*. Os olhos dela imediatamente se encheram de lágrimas ao pensar em Sete como refém. Brystal deveria saber que o Rei da Honra teria um plano B caso ela não se rendesse.

– O que vocês fizeram com ele? – Brystal perguntou.

– Venha conosco e você descobrirá – disse o Alto Comandante.

Mais uma vez, Brystal fechou os olhos e se imaginou flutuando pelo espaço pacífico do nada. Ela ansiava pela paz que imaginava, e Brystal estava convencida de que só havia uma maneira de chegar até ela.

– Podem me levar – disse Brystal. – Eu não me importo mais com o que acontece comigo... estou cansada de lutar... estou cansada de *sentir*... Eu só quero que tudo acabe...

Capítulo Quinze

A Besta das Sombras

— Brystal, fiz um chá para nós – disse Smeralda. – Espero que você esteja com fome, porque eu trouxe alguns lanches também. Não consegui encontrar onde a Sra. Vee guarda os bons queijos, mas estes devem servir.

Smeralda levou uma bandeja de chá, queijos, torradas e frutas para o escritório. Já estava na metade da sala antes de perceber que Brystal não estava lá. Smeralda colocou a bandeja sobre a mesa e ficou surpresa ao descobrir que Brystal havia deixado a varinha dela e um bilhete para trás. Curiosa, Smeralda abriu o bilhete, mas antes que pudesse retirar a carta do envelope, as portas se abriram e a distraíram.

Áureo, Tangerin e Horizona cambalearam para dentro, cobertos da cabeça aos pés de purê de batatas. As mãos e os braços estavam envoltos em bandagens de todas as queimaduras e todos os cortes que foram infligidos enquanto cozinhavam. As fadas se jogaram no sofá de vidro e descansaram seus corpos doloridos. Smeralda enfiou o bilhete de Brystal no bolso para ler mais tarde.

– Como foi o jantar? – ela perguntou.

– Os chefs viraram mais purê do que as batatas, mas acho que estamos pegando o jeito – disse Áureo. – Foi a primeira vez que eu não causei um incêndio... sabe, enquanto *cozinhava*.

– Tenho certeza de que vocês estão sendo duros demais consigo mesmos – disse Smeralda.

– Ah, não, somos *terríveis* – disse Tangerin. – Quando a Sra. Vee cozinha, é como assistir a um maestro conduzindo uma sinfonia... todos os utensílios de cozinha flutuam perfeitamente ao redor dela e criam uma refeição em perfeita harmonia. Quando cozinhamos, é como assistir a um terremoto dentro de um furacão.

– Acho que os utensílios estão começando a nos odiar – disse Horizona. – Eu não sabia que *potes* podiam ser passivo-agressivos, mas hoje um deles não queria nem ficar com água dentro de si

– Horizona, você estava usando um coador! – disse Tangerin.

– Ah – ela disse. – Estou feliz que não foi pessoal.

– Onde está Brystal? – Áureo perguntou. – Queremos saber sobre o encontro dela com o príncipe.

– Eu estava me perguntando a mesma coisa – disse Smeralda. – Ela não deve ter ido muito longe... deixou a varinha dela aqui na mesa.

– Espero que ela volte logo – disse Tangerin. – Estou tão cansada que a única coisa que poderia me energizar é uma boa e velha fofoca real.

– *Estou* tão cansado que estou vendo manchas – disse Áureo.

– *Estou* tão cansada que estou vendo cisnes – disse Horizona.

As fadas lhe deram um olhar peculiar.

– Cisnes? – perguntou Tangerin.

Horizona assentiu.

– Sim. *Sete* deles – disse ela. – E eles estão com uma garota também. E ela está voando pelo ar em uma vassoura. E ela tem um grande saco de alguma coisa. Uau, essa alucinação é muito específica. Acho que a fumaça da cozinha está começando a me afetar.

– Devo estar delirando junto com você, porque *também* estou vendo cisnes! – disse Áureo.

Todos se viraram para a janela e perceberam que não era uma alucinação. Vindo pelo céu direto para a academia, estava um bando de cisnes e uma jovem em uma vassoura. As aves estavam amarradas ao cabo de vassoura como balões, e a garota carregava uma bolsa volumosa com ela. Elas voaram cada vez mais perto do castelo sem sinal de parar. As fadas mergulharam atrás do sofá quando a procissão atravessou a janela e cobriu o escritório com cacos de vidro. A vassoura partiu-se ao meio e sete abóboras saíram do saco e rolaram em todas as direções. Os viajantes deram cambalhotas pelo chão e caíram em uma pilha.

– *Aaaaaaai!* – Lucy gemeu. – Droga, eu poderia jurar que aquela janela estava aberta!

Ela tirou todo o vidro de seu corpo, soltou os cisnes das amarras e rapidamente recolheu todas as lanternas de abóbora de volta na bolsa. As fadas imediatamente reconheceram aquela voz, mas não podiam acreditar quão diferente ela parecia.

– *Lucy?* – Smeralda ofegou. – É você mesma?

– Você está incrível! – disse Áureo.

– O que aconteceu? – perguntou Tangerin.

– Sim, sim, sim... eu sou basicamente uma modelo agora – disse ela. – Onde está Brystal?

– Nós não sabemos – disse Smeralda.

– Porcaria! Não posso esperar por ela! Vou precisar que *vocês* façam isso!

Lucy correu para as estantes e vasculhou febrilmente os títulos. As fadas estavam confusas – se a nova aparência de Lucy já não era preocupante o suficiente, o comportamento frenético dela deixava todos nervosos.

– Espere, *o que* você quer que façamos? – Horizona perguntou.

– Aaaaaah, apenas um pequeno favor – Lucy disse com uma risada nervosa. – Pense nisso como uma atividade divertida em grupo! Uma ótima maneira de nos unirmos e deixarmos o passado...

– Diga logo, Lucy! – disse Tangerin.

– *Eu preciso que vocês me ajudem a me livrar de uma maldição!*

– O quê? – exclamou Áureo.

– Quem foi amaldiçoado? – perguntou Smeralda.

– Eu! – disse Lucy. – Mas não tenho tempo para explicar todos os detalhes!

– Então é melhor você arrumar tempo! – disse Tangerin. – Você não pode desaparecer por uma semana e depois entrar aqui com cisnes, um saco de abóboras e um novo rosto e nos pedir para ajudá-la a se livrar de uma maldição *sem* explicação!

– Sim! Mesmo para você, isso é *excêntrico* demais – disse Horizona.

Lucy resmungou novamente e pausou sua busca para contar tudo.

– Certo, certo, certo – ela disse. – Ouçam bem, porque vou contar da forma mais resumida possível: quatro dias atrás, Brystal e eu brigamos muito, então fui para a Escola de Bruxaria Corvista por alguns dias para irritá-la. *Sim, eu sei que foi um movimento radical; por favor, segurem seus comentários até eu terminar!* Enquanto eu estava na Corvista, descobri que a Mestra Mara estava trabalhando em um plano secreto para matar Brystal e destruir a humanidade! *Todo mundo tem um hobby!* Eu não ouvi todos os detalhes, mas parte do plano dela envolvia lançar uma *maldição* em alguém. Aparentemente, a Mestra Mara vem tentando há semanas realizar a maldição, mas ainda não tinha conseguido. Naturalmente, eu queria detê-la, então decidi ficar na Corvista até saber mais sobre esse plano. Para me tornar uma estudante na Corvista, tive que passar em quatro exames de admissão; azarações, feitiços, poções e maldições.

Tangerin ficou horrorizada.

– Você fez *bruxaria*?! – ela perguntou.

– Lucy, como você pôde? – Horizona repreendeu.

– Esqueça o abracadabra e *prestem atenção*! – Lucy gritou. – Depois de terminar os exames, tive que participar de um Rito de Iniciação. Todas as minhas colegas de quarto haviam completado a cerimônia antes de mim, então não achei que fosse grande coisa. Mas *agora* eu sei que nunca foi um Rito de Iniciação: era uma fachada para a Mestra Mara amaldiçoar as pessoas! Ela não começou uma escola de bruxaria para ajudar as pessoas; ela abriu a Corvista para encontrar alguém para amaldiçoar para seu plano! E eu fui a primeira pessoa com quem ela fez isso! *Aí está tudo explicado! Felizes agora?*

Depois que terminou de explicar, Lucy voltou para os livros e continuou procurando nas prateleiras. As fadas ficaram boquiabertas com o relato dela e não sabiam quais comentários fazer ou quais perguntas fazer primeiro.

– Isto é loucura! – disse Áureo.

– Que tipo de maldição a Mestra Mara colocou em você? – perguntou Smeralda.

– É isso que estou tentando descobrir – disse Lucy. – E seja o que for, temos que nos livrar disso antes que coloque Brystal e a humanidade em perigo!

– Mas você não *parece* amaldiçoada – disse Horizona.

– Não, você nunca esteve melhor – disse Tangerin. – Sem ofensa.

– Isso é porque meu colar esconde todos os vestígios de bruxaria – disse ela. – A Mestra Mara me deu depois do Rito de Iniciação. Ela me disse para manter o colar por alguns dias para que o encantamento se estabelecesse. *Mas isso era outra grande mentira!* A Mestra Mara não queria que eu visse como a maldição estava me afetando! Graças aos céus meu sexto sentido para problemas me alertou! Se vocês acham que estou diferente agora, esperem até me ver sem o colar!

Lucy ficou frustrada enquanto examinava as prateleiras.

– Tem que estar aqui em algum lugar! – ela disse. – Eu me lembro de ver esse livro na primeira vez que estive neste escritório! Eu estava olhando as coisas de Madame Tempora enquanto ela falava com meus pais. Tinha um título tão estranho que imediatamente chamou minha atenção... *Ah, aqui está*!

Lucy puxou um livro velho da estante e mostrou o título para seus amigos:

ENTÃO, VOCÊ FOI AMALDIÇOADO?
UM GUIA PARA VÍTIMAS DE MAGIA DAS TREVAS E COMO SOLUCIONAR
De Bordoado Seguro

Lucy colocou o livro na mesa de chá e os outros se reuniram ao redor dela. Ela folheou vigorosamente as páginas, e centenas de descrições perturbadoras e esboços horríveis passaram diante dos olhos deles.

– Deve haver mil maldições diferentes aqui! – disse Áureo.

– Como você vai saber qual é a sua? – Horizona perguntou.

– Conheço os efeitos colaterais e as condições em que foi feita – disse Lucy. – Fiquem atentos a qualquer coisa sobre lua, música, poção ou inchaço excessivo.

– Inchaço excessivo? – perguntou Tangerin.

– *Pare de me fazer perguntas e leia!*

Enquanto ela vasculhava o livro, as fadas leram por cima do ombro e apontaram maldições com as semelhanças que Lucy descreveu.

– Poderia ser um Véu do Pesadelo? – perguntou Smeralda. – Diz aqui: "Um Véu do Pesadelo é uma maldição que aumenta e prolonga os pesadelos de alguém. Enquanto a vítima dorme, cada segundo parece um dia, e o que quer que aconteça com o corpo dela no sonho acontece com seu corpo na vida real. A maldição é realizada sob uma lua crescente e requer um travesseiro feito de penas de corvo albino".

– Não, o Rito de Iniciação aconteceu sob uma lua cheia.

– Que tal uma Doença Infinita? – perguntou Tangerin. – "Uma Doença Infinita é uma maldição que deixa alguém doente por décadas. A pessoa atrai germes e vírus de quilômetros de distância, e eles infectam qualquer um que chegue a menos de cem metros dela." Diz que a maldição exige que a vítima beba uma poção verde que foi tossida por novecentos idosos.

– Não, a poção que ela me deu era roxa.

– Você acha que é a Umidade Sem Fim? – Horizona perguntou. – Aqui diz que "Uma Umidade Sem Fim faz com que as roupas de baixo de alguém fiquem constantemente molhadas, fazendo com que elas fiquem irritadas e enrugadas por toda a eternidade". Fala que "A pessoa deixa uma poça em cada superfície em que se senta e um mau cheiro a segue aonde quer que vá. A maldição é executada em um dia nublado enquanto a música infantil 'Chuva, chuva, vá embora' é tocada em um saxofone". Ah, eu amo essa música!

– Não... e não vejo como *isso* ajudaria no plano da Mestra Mara.

– E quanto a uma Besta das Sombras? – Áureo apontou. – "Uma Besta das Sombras é uma entidade que aumenta os poderes de uma bruxa ou feiticeiro para um encantamento, geralmente muito sombrio. A Besta das Sombras cresce dentro de um hospedeiro como um parasita, e quanto mais tempo fica dentro dele, mais poderosa se torna. Para criar uma Besta das Sombras, uma bruxa ou feiticeiro deve presentear o hospedeiro com uma poção feita do sangue de cem animais diferentes. Ele deve beber diretamente sob a lua cheia enquanto a percussão de um batimento cardíaco é tocada. Uma Besta das Sombras leva vinte horas para atingir sua forma completa, e se não for removida antes disso, o hospedeiro morrerá."

– É isso! – Lucy arfou. – Essa é definitivamente a maldição que ela me colocou!

– A que horas você bebeu a poção? – perguntou Smeralda.

– Não tenho certeza de qual era a hora exata... acho que foi por volta da meia-noite.

– Então você tem apenas alguns minutos antes que ela te mate! – disse Tangerin. – Faltam cinco minutos para as oito horas!

– Áureo, o livro diz como se livrar de uma Besta das Sombras? – Lucy perguntou.

– Estou procurando, estou procurando... – disse Áureo. – Sim, encontrei! Diz aqui: "Expulsar uma Besta das Sombras não é tão complicado quanto produzir uma"... Bem, sorte nossa. "Mas vem com suas próprias dificuldades"... Esquece, falei cedo demais. "Primeiro, o hospedeiro deve ser colocado em um Círculo de Pureza", que é um círculo de sal, sálvia branca, cristais e velas. "Segundo, o hospedeiro deve estar cercado por um grupo de entes queridos. Os entes queridos devem dar as mãos e cantar: *Besta desapareça, besta, caia fora! Besta, se afaste, besta, vá embora!* até que a entidade emerja do corpo." Isso é tudo que tem!

– Eu vou fazer os cristais! – disse Smeralda.

– Vou fazer as velas! – disse Tangerin.

– Vou correr para a cozinha e pegar o sal e a sálvia! – disse Horizona.

As fadas se separaram para completar as tarefas. Smeralda correu para a bandeja de lanches sobre a mesa e transformou as frutas e os queijos em cristais. As abelhas de Tangerin voaram dos cabelos dela e usaram seu mel para criar uma dúzia de velas de cera de abelha. Áureo e Lucy empurraram os móveis de vidro para o lado da sala e abriram um espaço vazio no centro do escritório. Horizona correu para a cozinha e voltou com os braços cheios de sálvia e temperos.

– Todo mundo pronto? – Lucy perguntou aos outros.

– Eu estou com os cristais! – disse Smeralda.

– Eu estou com as velas! – disse Tangerin.

– E eu tenho sálvia branca e sal! – disse Horizona. – Também trouxe pimenta e alecrim, só por precaução!

Lucy ficou no centro da sala enquanto os outros faziam um círculo ao redor dela com os suprimentos. Uma vez que o círculo estava completo e todas as velas acesas, as fadas deram as mãos, mas Tangerin hesitou em participar.

– Vamos, Tangerin! – disse Horizona. – Lucy precisa de entes queridos para expulsar a maldição!

– Não tenho certeza se me qualifico – disse Tangerin. – *Querido* é uma palavra muito forte.

– *Ah, cale a boca e encontre algum motivo para querer bem!* – gritou Lucy. – *Só temos um minuto!*

Tangerin revirou os olhos e relutantemente se juntou a eles.

– Ok, vou remover meu colar e expor a maldição – disse Lucy. – O que vocês estão prestes a ver é muito perturbador, mas aconteça o que acontecer, continuem repetindo o canto até que a Besta das Sombras se vá!

Lucy respirou fundo e lentamente removeu o colar. Assim que o acessório estava sobre a cabeça dela, o cabelo de Lucy se transformou em penas brancas, a aparência dela se desfez em suas características habituais e seu corpo cresceu sem parar. A capa preta começou a esticar e sua meia-calça listrada começou a rasgar quando Lucy inflou como um balão enorme.

As fadas ficaram chocadas quando Lucy inchou diante de seus olhos. Elas podiam ouvir algo rosnando dentro dela e, ocasionalmente, o rosto de uma criatura feroz saía da pele dela e rosnava para eles.

Lucy nunca parava de crescer e as fadas temiam que ela pudesse explodir. Depois de alguns segundos, Lucy estava grande demais para ficar de pé e caiu para trás. Ela saltou para o teto alto e depois ricocheteou nas paredes, derrubando livros e poções das prateleiras enquanto ela passava. Os cisnes correram para se salvar enquanto Lucy saltava ao redor deles. As fadas a perseguiram e a rolaram de volta para o Círculo de Pureza, mas era difícil mantê-la no lugar.

– Vamos começar o canto em *três* – disse Smeralda. – Preparados? *Um... dois...*

– Esperem! – Lucy exclamou, e a sala ficou em silêncio mortal. – Eu estive pensando, talvez o que estamos fazendo esteja errado? Talvez devêssemos deixar a Besta das Sombras dentro de mim?

– *O quê?* – perguntou Tangerin.

– Você está brincando, certo? – Horizona perguntou.

– Não, estou falando sério – Lucy confessou. – Quero dizer, o mundo está cheio de pessoas que apenas *sonharam* em ter a Besta das Sombras, e aqui estou eu tentando me livrar da minha. E se eu me arrepender dessa decisão mais tarde? E se esta for minha última chance de ter uma Besta das Sombras?

As fadas não podiam acreditar no que estavam ouvindo.

– Acho que ela bateu a cabeça enquanto estava quicando – disse Áureo aos outros.

– Lucy, se não nos livrarmos da Besta das Sombras, ela vai te matar! – disse Smeralda.

– Mas quem disse que minha vida é mais importante? – Lucy perguntou. – E se o universo tiver planos maiores para a Besta das Sombras do que para mim? A culpa é minha por ir para a Escola de Bruxaria Corvista. Eu sabia que era perigoso, sabia que algo poderia acontecer comigo, mas fui mesmo assim. Por que a Besta das Sombras deveria ser punida pelos meus erros?

– Lucy, você está sendo ridícula! – disse Tangerin. – Você não deve jogar toda a sua vida fora só porque cometeu *um* erro!

– Eu concordo – disse Horizona. – Além disso, você não está pronta para criar uma Besta das Sombras! Você mal consegue cuidar de si mesma!

Lucy tentou sair do Círculo de Pureza, mas seus amigos não a deixaram.

– Não, me deixem ir! – ela disse. – Esta é a minha vida e eu tomei minha decisão! Eu vou ficar com a Besta das Sombras e sofrer as consequências!

As fadas ficaram chocadas com sua abrupta mudança de ideia. Elas se entreolharam com olhos arregalados e perplexos, mas ninguém conseguia explicar o que estava acontecendo. Áureo tinha a sensação de que os sentimentos de Lucy não eram genuínos. Ele recuperou a cópia de *Então, você foi amaldiçoado?* e releu a seção sobre a Besta das Sombras.

– Escutem isso! – ele disse. – "Nunca confie em nada que um hospedeiro diga enquanto carrega uma Besta das Sombras. A entidade prega peças na mente de seu hospedeiro, fazendo-o acreditar que quer morrer por ela, para que a Besta das Sombras cresça até seu tamanho máximo." Essa é a Besta das Sombras falando, não Lucy!

– Então vamos tirar isso dela antes que ela desista de vez! – gritou Tangerin.

– Trinta segundos até as oito horas! – Horizona berrou.

– Rápido! Comecem o canto! – Smeralda instruiu.

As fadas deram as mãos e recitaram o canto em uníssono.

– *Besta, desapareça, besta, caia fora! Besta, se afaste, besta, vá embora!*

Pela primeira vez desde que ela removeu o colar, o corpo de Lucy parou de se expandir. A Besta das Sombras começou a uivar dentro dela, como se estivesse tentando abafar o som do canto. As fadas levantaram suas vozes para que o canto não fosse silenciado.

– *Besta, desapareça, besta, caia fora! Besta, se afaste, besta, vá embora!*

O corpo de Lucy começou a se contorcer e tremer, como se a Besta das Sombras estivesse tentando encontrar um lugar para se esconder dentro dela. Faltavam apenas dez segundos para as oito horas, então as fadas repetiram o canto o mais alto e rápido que puderam.

– *BESTA, DESAPAREÇA, BESTA, CAIA FORA! BESTA, SE AFASTE, BESTA, VÁ EMBORA!*

De repente, um vapor escuro saiu da boca de Lucy. A explosão foi tão poderosa que derrubou todas as fadas no chão. Quando a Besta das Sombras foi expulsa, o corpo de Lucy se esvaziou e ela encolheu para seu tamanho original. A Besta das Sombras girou pelo escritório como uma nuvem negra, assumindo as formas de diferentes animais tenebrosos enquanto se movia. Quebrou os móveis de vidro como um urso, aterrorizou os cisnes como um lobo e pisoteou as estantes como um leão. A Besta das Sombras saltou das paredes como um sapo e depois deslizou pela janela quebrada como uma águia. As fadas correram atrás dela, mas, quando chegaram à janela, a Besta das Sombras já não estava mais ao alcance. Voou pelo céu e desapareceu no horizonte leste.

– Lucy, você está bem? – Áureo perguntou enquanto a ajudava a se levantar.

– Minha boca tem gosto de cachorro molhado... mas vou viver – disse ela.

– Ai, meu Deus! A Besta das Sombras transformou seu cabelo em penas! – Horizona chorou.

Lucy fingiu que estava surpresa.

– Não pode ser! – ela disse. – Isso é com certeza o que aconteceu!

– Temos que alcançar a Besta das Sombras! – disse Smeralda.

– Para onde vai? – perguntou Tangerin.

– Deve estar voltando para a Mestra Mara! – disse Lucy. – Vamos! Temos que chegar à Corvista antes que a bruxa use a Besta das Sombras!

Capítulo Dezesseis

A revelação da Honra

A Irmandade da Honra levou Brystal embora da Terra das Fadas e seguiram para o Reino do Sul. Eles viajaram por horas e o clã manteve suas armas apontadas para ela o tempo todo. Brystal não tinha ideia para onde a estavam levando ou o que planejavam fazer com ela, mas não se importava. Ela não fez nenhuma pergunta, não sabia quanto tempo havia passado e nem ergueu os olhos enquanto eles se moviam. Aonde quer que fossem, o que quer que fizessem, Brystal sabia que tudo acabaria em breve.

Brystal presumiu que a Irmandade a estava levando de volta para Via das Colinas. Ela imaginou que uma prisão teatral estava esperando por ela na praça da cidade e que Máximo usaria o evento para condenar publicamente a "assassina" de seu pai e pregar sobre a "natureza perigosa" da comunidade mágica. Brystal sabia que não teria chance de se defender – provavelmente seria executada sem julgamento.

Apenas esperava que sua rendição pacífica fizesse o Reino do Sul pensar duas vezes sobre as mentiras que Máximo estava espalhando.

Quando a noite se transformou em madrugada, Brystal percebeu que sua suposição estava errada. O cheiro de sal encheu o ar e, em vez das estradas de paralelepípedos de Via das Colinas, *areia* apareceu sob seus pés. Ela ergueu os olhos pela primeira vez desde que deixaram a Terra das Fadas e viu o Mar do Sul adiante; *a Irmandade a estava levando de volta para a fortaleza*!

Brystal não entendeu o raciocínio por trás da decisão. Se o objetivo de Máximo era fazer de Brystal uma inimiga pública, por que o clã a levaria a um lugar tão secreto? Como os beneficiaria mantê-la escondida?

O clã caminhou com Brystal pela ponte levadiça até o pátio espaçoso no centro da fortaleza. Quando chegaram, o Rei da Honra estava esperando por eles na plataforma, e ele segurava uma besta carregada. O Alto Comandante curvou-se diante do Rei da Honra, e o resto da Irmandade copiou o movimento.

– Ela se rendeu voluntariamente, meu senhor, assim como você prometeu – disse o Alto Comandante.

– *Nós nunca deveríamos ter questionado o senhor!* – um membro do clã declarou.

– *Perdoe-nos por duvidar do senhor!* – disse outro.

– *O senhor tem nossa lealdade eterna!*

– *Viva o Rei da Honra! Viva o Rei da Honra! Viva o Rei da Honra!* – o clã ovacionou.

Enquanto a Irmandade derramava gratidão sobre o Rei da Honra, Brystal percebeu que ele não estava sozinho na plataforma. Cinco pessoas estavam deitadas em uma pilha atrás do Rei da Honra, e cada uma delas era branca como a neve e dura como pedra. Brystal reconheceu os rostos pálidos – eram os filhos de Máximo, Triunffo, Conquisto, Victorio, Meta e Fascínio. Ela impulsivamente correu para ajudá-los e nenhum dos membros do clã tentou detê-la. Brystal subiu na plataforma e se ajoelhou ao lado dos príncipes, mas, infelizmente, não havia nada que ela pudesse fazer – *todos os cinco príncipes estavam mortos*!

Assim como o avô deles, não havia nenhum sinal óbvio do que os havia matado, mas o pulso direito de cada príncipe estava coberto de impressões digitais cinzentas.

– *Seu monstro!* – Brystal gritou. – *Como você pôde matar seus próprios filhos?*

– Você não entendeu nada – disse o Rei da Honra. – Olhe mais de perto.

Confusa, Brystal voltou-se para os príncipes e descobriu que um *sexto* corpo estava embaixo deles. Ela instantaneamente se sentiu mal do estômago, e suas mãos começaram a tremer. Ela sabia a quem pertencia o corpo sem olhar, mas ainda assim, Brystal precisava vê-lo por si mesma. Ela cuidadosamente rolou o Príncipe Triunffo para o lado para expor o sexto rosto abaixo. Mas quando a identidade dele foi revelada, Brystal sufocou de horror porque não era quem ela estava esperando – o sexto corpo não era Sete, afinal.

Era *Máximo*!

Brystal estava em choque e se afastou dos corpos. Ela olhou de um lado ao outro entre o Rei da Honra e o corpo de Máximo, mas não entendeu o que estava acontecendo. Se Máximo não era o Rei da Honra, então quem era?

– Quem é você?! – Brystal gritou. – O que você fez com Sete?!

O Rei da Honra riu da reação dela. Ele lentamente tirou a máscara e respondeu suas duas perguntas de uma vez.

– *Sete?* – ela ofegou.

A descoberta foi tão terrível que a mente de Brystal a rejeitou a princípio. Levou alguns momentos para ela perceber que seus olhos não a estavam enganando, mas, ainda assim, a realidade era difícil de aceitar.

– Para a pessoa mais poderosa do mundo, você com certeza é ingênua – disse Sete.

– O que você está fazendo? – ela perguntou. – Por que *você* está vestido como o Rei da Honra?

Sete sorriu e soltou uma risada condescendente.

– Ah, querida, você está realmente em negação completa, não é? – ele zombou. – Eu não acho que poderia ser mais óbvio... eu *sou* o Rei da Honra.

– Não... – Brystal disse, e balançou a cabeça em descrença. – Isso não faz sentido... Você me protegeu da Irmandade no casamento do meu irmão... Entramos sorrateiramente na fortaleza para espionar o encontro deles... Tentamos salvar seu avô... Tentamos *impedir* a Irmandade!

Como Brystal listou todas as razões pelas quais era impossível para Sete ser o Rei da Honra, lentamente ela percebeu quão *possível* era a verdade.

Sete a protegeu no casamento para ganhar sua confiança... Ele a convidou para o castelo porque sabia que eles acabariam seguindo um membro do clã até a fortaleza... Ele propositalmente se afastou dela durante a reunião para poder se dirigir ao clã como o Rei da Honra... Ele expôs apenas o suficiente de seu plano para que eles corressem de volta ao castelo para salvar o rei... Ele a levou diretamente aos aposentos do rei para incriminá-la pelo assassinato do avô... E, o tempo todo, Sete tinha convencido Brystal de que Máximo era o Rei da Honra para que ela nunca suspeitasse *dele*.

Brystal estava tão sobrecarregada que quase desmaiou. A fortaleza parecia estar girando ao redor dela, e ela caiu de joelhos e começou a hiperventilar.

– Era *você* o tempo todo... – ela arfou. – Tudo o que você disse foi mentira... Tudo o que você fez foi enganoso... Você me fez confiar em você... Você me fez *gostar* de você!

– Se *As aventuras de Quitut Pequeno* é a chave para o seu coração, então sugiro obter uma fechadura melhor – Sete zombou. – Achei que seria difícil enganar a *grande Fada Madrinha*, mas vocês adolescentes são todas iguais. Bastou um pequeno sorriso, um pouco de interesse, um pouco de atenção, e eu tinha você na palma da minha mão.

– Mas *por quê?* – ela perguntou. – O que poderia valer a pena mentir e matar sua própria família?!

– Você está fazendo parecer tão *pessoal* – disse Sete. – Aceite isso, Brystal, eu só queria o que todo mundo quer: *poder*. E não cai no nosso colo tão facilmente como caiu no seu. Eu era o sétimo na linha de sucessão ao trono… para me tornar rei, eu tinha que ser *criativo*.

– Você não pode ter feito isso por conta própria – disse Brystal. – O rei e os príncipes não morreram naturalmente! Alguém estava ajudando você… alguém com *magia*!

A Irmandade caiu na gargalhada, como se a ideia fosse absurda. A acusação fez um sorriso insidioso crescer no rosto de Sete. Ele se aproximou de Brystal e sussurrou em seu ouvido.

– Muito bem, você *finalmente* acertou alguma coisa – disse ele. – Você não vai acreditar no que temos guardado a seguir. Infelizmente, eu não acho que você vai viver para ver isso.

Sete estalou os dedos e uma rede feita de pedra de sangue foi lançada sobre Brystal. A rede era tão pesada que a prendeu na plataforma, e ela mal conseguia respirar ou se mover embaixo dela. A pedra de sangue queimou sua pele, e quanto mais tempo ela ficava presa, mais e mais fraca ela se tornava. Brystal sabia que esse momento aconteceria – ela sabia que se render custaria sua vida –, mas ela se rendeu por causa das falsas pretensões de Sete. Ele estava planejando algo que transcendia a Irmandade da Honra, e não saber a extensão de seu plano deu a Brystal a vontade de permanecer viva e o desejo de lutar contra ele. Infelizmente, a pedra de sangue drenou tanto de sua energia que precisou de toda a força que lhe restava apenas para permanecer consciente. Tudo o que ela podia fazer era observar o que acontecia a seguir.

A Irmandade aplaudiu e ovacionou enquanto Brystal tentava resistir por baixo da rede. Enquanto eles estavam distraídos, Sete redirecionou sua atenção para o fundo do pátio e gesticulou para que alguém se aproximasse.

– Está na hora! – ele convocou.

– Hora do que, meu senhor? – perguntou o Alto Comandante.

– Com licença, Alto Comandante, mas eu não estava falando com nenhum de vocês – disse Sete.

A Irmandade ficou quieta. Antes que eles tivessem a chance de interrogá-lo ainda mais, uma fumaça preta soprou dos fundos do pátio. Os membros do clã se separaram enquanto a Mestra Mara entrava e se dirigia à plataforma. A bruxa foi seguida pela Besta das Sombras, que assumiu a forma de uma pantera, depois um jacaré e, finalmente, uma anaconda enquanto rastejava atrás dela.

– Que local deliciosamente desolado – disse a bruxa enquanto olhava ao redor da fortaleza. – Eu diria que precisa do toque de uma mulher, mas acredite em mim, você não quer *o meu*.

A Irmandade não podia acreditar em seus olhos – uma mulher nunca tinha posto os pés na fortaleza antes, muito menos uma *bruxa*! O clã ficou indignado e levantou suas armas. A Mestra Mara achou graça na reação deles e gargalhou enquanto subia na plataforma para ficar ao lado de Sete. A Besta das Sombras sentou-se ao lado dela como um cachorro obediente.

– *Meu senhor, uma bruxa se infiltrou na fortaleza!* – exclamou o Alto Comandante.

– Sim, Alto Comandante, eu sei – disse Sete. – Eu a convidei.

A Irmandade ficou atordoada e explodiu em protesto.

– *Como você ousa!*

– *O tipo dela não é bem-vindo aqui!*

– *Você está insultando a Filosofia da Honra!*

Sete levantou a mão para silenciar o clã furioso.

– Senhores, o que estou prestes a dizer vai sacudir vocês até seus frágeis núcleos, mas tentem manter a mente aberta – disse ele. – A busca pelo poder de um homem é inútil a menos que ele olhe para o *verdadeiro poder*. O poder comum pode ser retirado, pode ser enganado e pode ser superado, mas *o verdadeiro poder* não pode ser derrotado. Ninguém pode alcançar o verdadeiro poder se for limitado pelo preconceito, míope pelo orgulho ou atrelado a uma *única* filosofia. Ele deve ser flexível, deve jogar com os dois lados da moeda o tempo todo e deve usar *todos* os recursos disponíveis se quiser se tornar *imparável*.

– *Isso é uma abominação!*
– *Precisamos matar a bruxa de uma vez!*
– *Este é um lugar sagrado!*
– Ah, acredite em mim, estou bem ciente de suas origens sagradas – disse ele. – Mas algum de vocês sabe *por que* é um espaço tão sagrado?

Um silêncio se instaurou na fortaleza.

– Há muito tempo, os fundadores usavam esta fortaleza muito mais do que um quartel-general. Dentro das paredes ao nosso redor, e no fundo do solo abaixo de nós, jaziam os restos mortais dos primeiros novecentos e noventa e nove membros da Irmandade da Honra. Esta fortaleza não é apenas o berço de uma filosofia... *é uma cripta*. E o que poderia tornar um homem mais *imparável* do que comandar um *exército de mortos*? Afinal, você não pode matar um soldado se ele já estiver morto.

A Irmandade olhou para o Rei da Honra como se ele tivesse enlouquecido. Sete acenou com a cabeça para a Mestra Mara, que acenou de volta – *era agora ou nunca*.

A bruxa girou os braços no ar e a Besta das Sombras se transformou em um enorme ciclone. A tempestade girou ao redor do pátio, e os aterrorizados membros do clã correram e mergulharam para fora de seu caminho. O vento era tão forte que a Irmandade largou as armas para segurar as respectivas máscaras com ambas as mãos. A Besta das Sombras se dividiu em 999 animais ferozes. As criaturas se espalharam por diferentes partes da fortaleza, desapareceram nas paredes e afundaram no chão. Uma vez que os animais foram embora, o pátio ficou em silêncio mortal. Os exaustos membros do clã ajudaram uns aos outros a se levantar e esperaram ansiosamente que algo acontecesse.

O encantamento foi um exercício exaustivo para a Mestra Mara. A bruxa curvou-se e colocou a mão no peito enquanto recuperava o fôlego. Os olhos de Sete percorreram a fortaleza e ele pareceu terrivelmente impaciente.

– E então? – ele perguntou. – Funcionou?

A Mestra Mara virou-se para ele com um sorriso confiante.

– Perfeitamente – disse ela.

A fortaleza começou a ruir como se tivesse sido atingida por um terremoto. Os membros do clã se moveram para o centro do pátio para evitar a estrutura trêmula. De repente, centenas e centenas de mãos em decomposição emergiram da terra e dispararam das paredes de pedra. A Irmandade assistiu aterrorizada enquanto 999 cadáveres saíam com garras de seus locais de descanso. Os mortos cercaram os assustados membros do clã e pegaram as armas que eles largaram. Os cadáveres viraram-se para o Rei da Honra e o saudaram. Era um pelotão de soldados esqueléticos.

Sete e a Mestra Mara estavam eufóricos ao ver os mortos voltarem à vida. Brystal nunca tinha visto nada tão horrível na vida dela, mas estava tão esgotada da pedra de sangue que mal conseguia manter os olhos abertos.

– *Que loucura é esta?* – gritou o Alto Comandante.

– Cavalheiros, assim como vocês, seus avós distantes fizeram um juramento de dedicar suas vidas, e o que vier depois disso, a servir à Filosofia da Honra – disse Sete. – Pela primeira vez, essa *devoção eterna* está sendo invocada. Permitam-me apresentá-los à legião mais poderosa que este mundo já viu: este é o *Exército da Honra Eterna*!

Enquanto a Irmandade observava o exército, era óbvio que seus ancestrais não eram mais os mesmos homens que já foram. Os cadáveres foram despojados de toda personalidade e humanidade e voltaram à vida como nada além de guerreiros frios e sem alma.

– Meu senhor, esses homens nunca o servirão! – declarou o Alto Comandante. – O juramento deles era proteger e preservar a Filosofia da Honra... e o senhor os desafiou ao trazê-los de volta com bruxaria!

– Você está enganado, Alto Comandante – disse Sete. – De fato, eles se dedicaram à Filosofia da Honra... mas desde que a Irmandade *me* definiu como o Rei da Honra, a Filosofia da Honra é *o que eu digo que é*. E acredito que é hora de algumas *modificações*.

– Eu... eu... eu não entendo – disse o Alto Comandante.

A Mestra Mara jogou a cabeça para trás e gargalhou para ele.

– Velho bobo – disse ela. – Você não entende? Ele nunca se importou com sua Filosofia da Honra. Ele nunca teve a intenção de restaurar a ordem natural ou iniciar uma guerra com a comunidade mágica. Ele simplesmente disse o que vocês queriam ouvir para que pudéssemos tirar vantagem de sua Irmandade. E agora que temos um exército imbatível, vamos responsabilizar a humanidade por todos os...

FSST!

De repente, a Mestra Mara sentiu algo atingir o peito dela. Ela olhou para baixo e viu que uma flecha de pedra de sangue estava cravada diretamente em seu coração.

– Na verdade, Mestra Mara, já que estamos falando de desonestidade, tenho algo para desabafar – disse Sete enquanto baixava sua besta. – Eu também nunca me importei em responsabilizar a humanidade... eu enganei você tanto quanto os enganei.

A bruxa caiu de joelhos e sangue preto escorreu pelo corpo dela.

– *Você... você... você me traiu!* – ela ofegou.

– Não, eu usei seu *ódio* contra você – ele disse com um sorriso malicioso. – Acontece que, quando você alimenta o ódio de alguém, você pode obrigar essa pessoa a fazer o que você quiser.

A Mestra Mara passou seus momentos finais em estado de choque. Os olhos dela rolaram para dentro da cabeça, ela desabou na plataforma, e então a bruxa permaneceu inanimada. Como um fogo moribundo, seu corpo começou a fumegar, e lentamente desapareceu de vista.

Assim que a bruxa se foi, Sete caminhou até a beira da plataforma para se dirigir a todo o pátio.

— Em poucas horas, o mundo vai acordar com as *notícias mais terríveis* — disse ele. — Eles saberão que, após o assassinato do Rei Campeon XIV, a amada Fada Madrinha entrou em fúria, matando o Príncipe Máximo e seus cinco filhos. O mundo ficará horrorizado ao ouvir que a Fada Madrinha também fez parceria com uma bruxa chamada Mestra Mara, e juntas elas elaboraram um plano para levantar um exército dos mortos e massacrar toda a humanidade. Mas então o mundo vai suspirar de alívio quando descobrir que eu, o corajoso Príncipe Gallante, derrotei as mulheres más e assumi o comando do exército.

"Eu marcharei para Via das Colinas, reivindicarei o trono e, graças aos meus novos soldados invencíveis, serei o soberano mais poderoso que o mundo já conheceu. Meu exército expandirá as fronteiras do meu reino até que cada centímetro deste planeta esteja sob meu controle. Vamos transformar este mundo em um glorioso *Império da Honra*, e vamos destruir qualquer coisa ou qualquer um que esteja em nosso caminho.

"Senhores, é hora de vocês ampliarem seus horizontes. Esqueçam o Reino do Sul e a comunidade mágica... o novo objetivo desta Irmandade é *dominar o mundo* e destruir *todas as espécies* que nos ameaçam! Vocês podem se juntar ao meu exército e continuar a me servir como seu Rei da Honra, *ou* podem ficar aqui e encher os túmulos de seus ancestrais. A escolha é de vocês."

O Exército da Honra Eterna deu um passo intimidante em direção à Irmandade com suas armas levantadas. Os homens do clã, assustados, olharam para o Alto Comandante em busca de orientação, mas só havia uma forma de saírem vivos dessa situação. O Alto Comandante relutantemente curvou-se ao Rei da Honra, e o resto do clã o seguiu.

— Continuamos seus humildes servos, meu senhor — disse o Alto Comandante.

Sete bateu palmas.

– Cavalheiros, *irmãos*, vocês tomaram a decisão certa – disse ele. – Bem-vindos ao Império da Honra.

Enquanto Sete dava seu ultimato à Irmandade, a visão de Brystal começou a desaparecer. Ela ficou sem forças e não podia mais lutar contra a pedra de sangue. Os olhos dela se fecharam, a mente ficou em branco e o coração parou de bater. O último fio de vida foi lentamente drenado de seu corpo e Brystal foi transportada para o grande desconhecido...

Capítulo Dezessete

Rostos familiares

As bruxas e os linces da Corvista estavam desfrutando de uma noite relaxante no cemitério. Malhadia, Belha e Pi usavam óculos escuros e descansavam em três tumbas enquanto apreciavam o luar. Brotinho estava mergulhando os pés em um pote de fertilizante e suspirava agradavelmente para si mesma enquanto seu corpo absorvia os nutrientes. Os linces estavam reunidos em volta das bruxas e se espreguiçavam lentamente, se coçavam e se limpavam.

– Estou tão feliz que a Mestra Mara nos deu a noite de folga – Brotinho disse. – Faz séculos desde que tivemos um Dia de Automalcuidado.

– Por que é chamado de Dia de Automalcuidado? – Pi perguntou.

– P-p-porque é tão bom que chega a ser terrível – disse Belha.

– Eu adoro banhos de lua – disse Malhadia. – Alguém pode me passar o protetor lunar?

Belha entregou a ela um frasco de loção azul e Malhadia esfregou na pele dela.

– Existe um motivo para tomar banhos de lua? – Pi perguntou. – Quero dizer, isso realmente muda alguma coisa?

– Dá às bruxas um belo brilho de alabastro – disse Belha.

– Cuidado para não ter uma queimadura de lua – Brotinho aconselhou. – A última vez que ganhei uma, brilhei no escuro por três semanas.

Pi rapidamente pegou o frasco de protetor lunar e aplicou outra camada na pele.

De repente, a noite tranquila foi interrompida por um *estrondo* à distância. As bruxas sentaram-se nos túmulos e olharam para o horizonte. Correndo em direção à mansão na velocidade da luz estavam quatro unicórnios com chifres prateados e jubas magentas. Os majestosos corcéis puxavam uma carruagem dourada atrás deles e galoparam cada vez mais rápido enquanto se aproximavam da cerca de ferro da Corvista. Os unicórnios colidiram com os chifres no portão, e ele se escancarou, quebrando as correntes que o mantinham trancado. Ladrilha e Concreta foram derrubadas do topo da cerca e atingiram o chão com dois estampidos.

Quando a carruagem dourada entrou na propriedade, as gárgulas se levantaram de um salto e atacaram os intrusos. Smeralda se inclinou para fora da janela da carruagem e, com um estalo, Ladrilha e Concreta se transformaram em estátuas de esmeralda e ficaram imóveis. Depois que as gárgulas foram paradas, uma dúzia de árvores saiu da terra e perseguiu a carruagem invasora. Áureo saltou para fora do veículo, e as chamas em sua cabeça e ombros subiram vários metros. Um olhar para o menino de fogo, e as árvores recuaram.

Malhadia, Belha, Brotinho e Pi ficaram intrigadas com a entrada dramática. Os unicórnios estacionaram a carruagem dourada na frente das bruxas, e Lucy, Smeralda, Tangerin e Horizona saíram correndo do veículo. Áureo correu para se juntar a elas. O primeiro olhar das fadas para a mansão sombria lhes deu arrepios e eles se amontoaram juntos.

– Então *esta* é a Escola de Bruxaria Corvista – disse Tangerin.

– É como um pesadelo lúcido – disse Horizona.

– Obrigada! – Malhadia disse com um sorriso apreciativo.

– Lucy, o que as fadas estão fazendo aqui? – Pi perguntou. – Eu pensei que você tinha saído para encontrar um novo lar para seus cisnes.

– Sim, sim, sim, eles estão vivendo em um lugar dos sonhos – disse ela. – *Onde está a Mestra Mara?*

O senso de urgência de Lucy preocupou as bruxas.

– Nós n-n-não sabemos – disse Belha. – E-e-ela saiu esta noite.

– Por quê? Onde está o incêndio? – Brotinho perguntou. – Sabe, *além* do garoto que está literalmente pegando fogo atrás de você.

Lucy resmungou; ela não teve tempo de preparar o terreno para dar a notícia.

– Meninas, o que estou prestes a dizer vai ser difícil de ouvir – disse ela. – Vocês vão se sentir magoadas, traídas, e isso vai virar o mundo de vocês de cabeça para baixo!

– Mal posso esperar! – disse Malhadia.

– A Mestra Mara não abriu a Corvista para ensinar bruxaria... ela estava usando essa fachada para encontrar um hospedeiro para uma maldição horrível! – Lucy declarou. – Ela e o Chifrudo estão conspirando secretamente para matar a Fada Madrinha e buscar vingança contra a humanidade! Ela usou o Rito de Iniciação para me amaldiçoar com algo chamado Besta das Sombras... é uma entidade que aumenta as habilidades de uma bruxa para um único encantamento! Uma Besta das Sombras cresce dentro de um hospedeiro como um parasita, e se as fadas não tivessem me ajudado a removê-la, a maldição teria me matado!

– O-o quê?! – disse Belha.

– Você não pode estar falando sério! – disse Brotinho.

– A Mestra Mara *nunca* machucaria uma aluna! – disse Malhadia. – Amaldiçoar uma por cem anos? *Com certeza!* Mas machucar uma? *Nunca!*

– Pela primeira vez, Lucy não está exagerando! – disse Smeralda.

– Nós testemunhamos tudo! – disse Áureo.

– E eu posso provar! – disse Lucy. – Obviamente, a Mestra Mara não me transformou em um lince, mas se formos ao escritório dela, aposto que encontraríamos um contador de maldições com meu rosto nele!

Sem perder outro segundo, Lucy correu em direção à mansão, e as bruxas e fadas a seguiram para dentro. Ela subiu correndo a grande escadaria e levou todos para o corredor alto no sétimo andar e meio. Lucy afastou a poltrona escamosa do canto e a colocou sob a porta do escritório da Mestra Mara. Ela usou a cadeira para subir na porta, mas quando ela se virou, as bruxas estavam com muito medo de se juntar a ela.

– Vamos! – disse Lucy. – O que vocês estão esperando?

– Nós não vamos entrar aí – disse Belha.

– E se a Mestra Mara voltar e nos pegar? – Brotinho perguntou.

– Não quero ser transformada em lince – disse Malhadia. – *Ainda* não.

Lucy resmungou.

– Ok, tudo bem... eu vou entrar sozinha – disse ela. – Todo mundo espere aqui.

Ela entrou no escritório por conta própria e foi direto para o armário de abóboras. Lucy procurou nas prateleiras e não demorou muito para encontrar uma abóbora com sua expressão desafiadora olhando para ela. Ela rapidamente removeu a abóbora da prateleira para mostrar aos demais, mas quando Lucy saiu do armário, algo peculiar chamou sua atenção.

Lucy passou por um par de abóboras com os rostos de um casal elegante. O homem tinha um cachimbo de madeira na boca, costeletas de carneiro felpudas que cobriam a maior parte do rosto dele e um monóculo foi colocado sobre o olho esquerdo. O cabelo da mulher estava penteado em dois coques que pareciam chifres, um colar de pérolas estava enrolado no pescoço e ela tinha olhos curiosos. Lucy tinha certeza de que havia reconhecido o casal, mas não conseguia se lembrar de quando ou onde, mas definitivamente tinha visto os olhos únicos da mulher pessoalmente.

De repente, o som de uma tábua de assoalho rangendo veio de dentro do escritório. Lucy espiou cautelosamente para fora do armário e ficou aliviada ao ver que era apenas o mordomo invisível. Ele estava acompanhado pela Velha Billie, que olhou para Lucy da parede atrás do criado. Enquanto Lucy olhava para os olhos curiosos da ilustração, lentamente percebeu *por que* ela reconheceu o casal no armário.

– Espere um segundo – disse ela. – As pessoas naquelas abóboras... são *vocês*, não são?

A Velha Billie assentiu e o monóculo invisível do mordomo balançou para cima e para baixo no espaço acima de seu colarinho. Lucy olhou para as abóboras iluminadas e notou que um pingente com a letra *C* estava preso ao colar de pérolas da mulher e que o cachimbo de madeira do homem *também* tinha a letra *C* gravada nele. Lucy percebeu que a letra era importante para o casal e franziu a testa enquanto tentava pensar no motivo.

– Santo mistério! – ela exclamou. – Vocês são *Lorde e Lady Corvista*! Esta casa não foi uma doação generosa como a Mestra Mara disse que era... ela amaldiçoou e roubou vocês!

Mais uma vez, a cabra e o mordomo invisível assentiram.

– Então foi por *isso* que a Velha Billie me trouxe a este escritório – Lucy disse para si mesma. – Ela queria que eu soubesse que a Mestra Mara a amaldiçoou e roubou a casa dela. E na noite em que me perdi, pensei que a própria mansão estava me pregando peças, mas o *mordomo* estava abrindo e fechando todas aquelas portas! Só não o vi, porque ele é invisível! Ele me guiou propositadamente para o corredor para que eu ouvisse a conversa da Mestra Mara e do Chifrudo! *Isso também significa que ele estava* nu *enquanto fazia isso, mas vou deixar essa preocupação para outra hora.*

Lucy pensou que já tinha entendido tudo, mas com base na linguagem corporal sombria do casal, ela percebeu que havia mais na história. O olhar da Velha Billie passou por Lucy, e o mordomo ergueu a abotoadura, ambos gesticulando para algo atrás dela. Lucy se virou e, bem no fundo do armário, viu uma abóbora que havia sido colocada em uma prateleira individual – era a abóbora que ela havia descoberto durante sua primeira visita ao escritório. Lucy teve dificuldade em reconhecer a escultura no início, mas desta vez, ela a estava olhando com novos olhos, e de repente ela percebeu.

– Oh, meu Deus! – ela ofegou. – É *Brystal*!

Lucy agarrou a abóbora de Brystal e correu de volta para o corredor.

– Vocês não vão acreditar no que acabei de encontrar! – ela anunciou.

Lucy deu a abóbora para Tangerin e Horizona. As meninas inspecionaram a escultura e, em seguida, lançaram-lhe um olhar de reprovação.

– Boa tentativa, Lucy, mas as bruxas não vão cair nessa – disse Tangerin.

– Sim, esta abóbora é *bonita* demais para ser você – disse Horizona.

– Não... essa não é minha. A minha é *essa*! – disse Lucy.

Ela jogou a outra abóbora para Malhadia e Brotinho. A semelhança de Lucy era inconfundível e prova de que a Mestra Mara a amaldiçoara. As bruxas gemeram como se seu time favorito tivesse perdido um jogo.

– Parece que Lucy está dizendo a verdade – disse Malhadia. – Verifique a banca de apostas. Quem tinha apostado em "matar Fada Madrinha e se vingar da humanidade"?

Brotinho puxou um pedaço de papel enrolado de seu cabelo espesso e leu.

– Vamos ver, eu tinha apostado em "assolar o mundo com morcegos explodindo", Malhadia apostou em "encher todos os rios com sangue e tripas", e Belha colocou "matar um diplomata e buscar vingança contra a humanidade" – disse ela. – A de Belha foi a mais próxima... ela ganhou de novo!

– Ah, que saco! – Malhadia praguejou. – Como ela ganha tudo?

– Eu na-n-nasci com sorte – gabou-se Belha. – Vocês conhecem as r-r-regras. Passem a g-g-grana, bruxas!

Malhadia e Brotinho deram, a contragosto, algumas moedas de ouro a Belha. As fadas não podiam acreditar que as bruxas tinham feito disso um jogo.

– Espere, vocês *sabiam* que Mestra Mara estava tramando alguma coisa? – perguntou Smeralda.

– E vocês *apostaram* nisso? – Áureo perguntou.

Malhadia deu de ombros.

– Nós sabíamos que ela não abriu a Corvista pela bondade de seu coração – ela disse. – As bruxas nunca ajudam ninguém além de si mesmas.

Lucy colocou dois dedos na boca e assobiou alto para chamar a atenção de todos.

– Vocês estão perdendo a parte importante! – ela exclamou. – Olhem para a outra abóbora! Reconhecem a escultura? A Mestra Mara não apenas me amaldiçoou, *ela amaldiçoou Brystal também*! Encontrei aquela abóbora três dias atrás, mas não percebi que era ela!

– Mas *como* ela a amaldiçoou? – Horizona perguntou. – Brystal não parece diferente.

– Maldições nem sempre afetam a aparência de alguém – disse Lucy. – Às vezes elas podem perturbar a saúde de uma pessoa, ou sua resistência, ou seu...

– *Humor*? – perguntou Tangerin.

As fadas reviraram os olhos com a observação dela.

– O quê? – Tangerin perguntou defensivamente. – Eu não estou tentando ser crítica, mas Brystal está de mau humor há semanas.

Todos ficaram em silêncio enquanto pensavam no que Tangerin havia dito. O comportamento recente de Brystal tinha sido extremamente diferente do comum – eles sabiam que *algo* tinha que estar causando suas recentes mudanças de humor, mas eles nunca imaginariam que uma *maldição* poderia ser a culpada.

– Na verdade, acho que Tangerin tem um bom argumento – disse Áureo. – Se a Mestra Mara quisesse matar Brystal, ela iria querer que ela estivesse o mais vulnerável possível quando ela fizesse isso. Talvez ela pensasse que amaldiçoar Brystal *mentalmente* seria mais eficaz do que amaldiçoá-la *fisicamente*?

– Então é por *isso* que ela estava tão infeliz – disse Pi. – Pouco antes de eu deixar a academia, Brystal me disse que estava se sentindo muito negativa, mas não conseguia explicar de onde estava vindo.

– Bem, agora sabemos – disse Lucy. – Brystal sempre foi muito boa em esconder os sentimentos dela. Lembra do ano passado? Brystal sabia sobre a Rainha da Neve *semanas* antes de nós, e estávamos completamente alheios. Ela reprimiu todo o seu medo e ansiedade para nos poupar de ficarmos tão preocupados quanto ela. O fato de termos *notado* o comportamento de Brystal só mostra como ela devia estar sofrendo! E tenho certeza de que toda essa coisa dos Trezentos e Trinta e Três só pioraram!

O comentário acionou a memória de Smeralda e ela de repente arfou.

– O que há de errado, Sme? – Áureo perguntou.

– No início desta noite Brystal me pediu para assumir a academia se algo acontecesse com ela – disse Smeralda. – Eu pensei que ela estava apenas cansada... eu disse a ela que iríamos conversar mais depois que tivesse tempo para descansar... mas agora eu acho que ela pode estar *planejando* algo! Quando voltei ao escritório, ela havia deixado a varinha e um bilhete para trás, mas ainda não tive a chance de lê-lo!

– Você está com ele aí? – Horizona perguntou.

Smeralda tirou o bilhete do bolso e leu em voz alta:

Querida Smeralda,
 Quando você ler isso, já terei me entregado aos Trezentos e Trinta e Três, e você será a nova Fada Madrinha. Isso pode parecer uma decisão drástica, mas eu prometo a você, é a nossa melhor chance de derrotá-los.

– Não! – disse Horizona.
– Ela não pode ter feito isso! – disse Áureo.

– Por que ela *se renderia* a eles?! – disse Tangerin.
– Porque a mente dela não está funcionando como deveria! – disse Lucy. – O que mais diz, Sme?

Antes de sair, é importante que eu passe a você todas as informações que aprendi sobre os Trezentos e Trinta e Três para que você esteja preparada.

Os Trezentos e Trinta e Três chamam a si mesmos de Irmandade da Honra e consistem exatamente em trezentos e trinta e três membros do clã. Os papéis são passados do pai para o filho mais velho em trezentas e trinta e três famílias no Reino do Sul. Cada membro do clã dedica toda a sua existência – a vida e o que vier depois – a defender algo conhecido como a Filosofia da Honra. Eles acreditam que o mundo só pode funcionar adequadamente se a humanidade estiver no controle das espécies e se os homens estiverem no controle da humanidade. Ao longo dos séculos, a Irmandade aplicou com sucesso sua filosofia opressiva às leis do Reino do Sul e eliminou qualquer grupo que estivesse em seu caminho.

A Irmandade opera a partir de uma fortaleza na costa do Mar do Sul. Suas armas são feitas de um material chamado pedra de sangue, mas ninguém sabe de onde veio o material ou por que ele é antimágico. O clã está atualmente sendo comandado por um homem que eles chamam de Rei da Honra, e ele usa um traje feito inteiramente de pedra de sangue com uma máscara em forma de crânio de carneiro também feita desse material.

– Que coincidência – disse Brotinho. – Isso soa exatamente como a roupa que o Chifrudo usa. Você acha que eles compram nas mesmas lojas?

Lucy revirou os olhos.

– Isso *não* pode ser coincidência! – ela disse. – Obviamente, o Chifrudo *é* o Rei da Honra!

– Mas isso não faz o menor sentido – disse Pi. – Isso significaria que a Mestra Mara está trabalhando com a Irmandade da Honra!

– Na verdade, faz todo o sentido – disse Lucy. – Quando eu estava no mundo artístico, costumávamos ter uma frase: "O inimigo do meu inimigo é o único substituto seguro". Isso significa que as pessoas podem superar suas diferenças e trabalhar juntas, desde que compartilhem um interesse comum. E neste caso, *matar Brystal* é o interesse comum entre eles!

– Belha, o que você acha? – Malhadia perguntou. – Você sempre está certa sobre tudo.

– Aposto que ele está e-e-esfaqueando todo mundo pelas costas em uma busca bárbara por p-p-poder para preencher um v-v-vazio profundo causado por uma infância solitária e sem amor – disse Belha.

Os olhos das fadas se arregalaram.

– Bem, caso encerrado – disse Lucy. – Continue lendo, Sme.

Não deixe o Rei da Honra te enganar, ele é na verdade o filho do Rei Campeon XIV, Máximo, disfarçado. Máximo recentemente me incriminou pelo assassinato de seu pai para manchar meu nome e colocar as pessoas contra a comunidade mágica. No entanto, quanto mais cedo eu me desassociar das fadas, menos dano ele pode causar, então decidi me render de bom grado e espero salvar o que resta da reputação das fadas.

Uma vez que eu me for, a Irmandade planeja fazer uma guerra contra a comunidade mágica. Neste momento, o clã está convencido de que fadas e bruxas serão mais fracas sem mim, mas sei que minha ausência só as tornará mais fortes. Eu cometi tantos erros recentemente, eu sei que elas ficarão melhor sem mim... você vai liderar a comunidade mágica de maneiras que eu nunca consegui.

Peço desculpas por quão abrupta foi minha partida e espero que você possa me perdoar um dia. Devo reiterar, esta é a única maneira pela qual a comunidade mágica pode vencer a guerra contra a Irmandade da Honra.

Por favor, cuide-se e
mantenha todos seguros,
Brystal

P.S.: Enquanto você segue a Irmandade da Honra, é importante ficar de olho no globo no escritório. A Rainha da Neve está presa em uma caverna nas profundezas das Montanhas do Norte. Enquanto as luzes *do norte estiverem brilhando no céu, a Rainha da Neve permanece prisioneira, mas se as luzes desaparecerem de vista, significa que ela escapou.*

Eu gostaria de ter mais tempo para explicar, mas se você precisar de conselhos ou orientação, encontre a caverna nas montanhas. Parte de Madame Tempora ainda existe dentro da Rainha da Neve e ela pode ajudá-la.

A carta inteira foi chocante, mas a última linha de Brystal sobre Madame Tempora foi a mais chocante de todas. As fadas esperavam que Brystal dissesse que estava brincando na próxima passagem, mas não havia mais nada para Smeralda ler.

– Ela não está falando sério – disse Horizona. – É ela?

– Claro que não – disse Tangerin.

– Esta é a maldição falando... isso a fez delirar – disse Áureo.

– Exatamente... ela não sabe o que está dizendo – disse Smeralda. – Mesmo que parte de Madame Tempora *estivesse* viva, por que ela existiria dentro *da Rainha da Neve*?

Lucy se encolheu e soltou um suspiro profundo, já se arrependendo do que estava prestes a dizer.

– Porque Madame Tempora *é* a Rainha da Neve – ela confessou.

As fadas olharam para Lucy como se ela tivesse dito algo terrivelmente ofensivo.

– Que vergonha, Lucy! – disse Horizona.

– Por que você diria uma coisa tão desagradável? – perguntou Tangerin.

– Madame Tempora nos deu tudo o que temos! – disse Áureo. – Como você pode ser tão desrespeitosa?

– Estou lhes dizendo a verdade... eu a vi com meus próprios olhos – disse Lucy. – Madame Tempora achava que a única maneira de conseguirmos a aprovação da humanidade era dando à humanidade um problema que só nós poderíamos resolver. Ela se transformou em um monstro para que pudéssemos ser heróis e ganhar o carinho do mundo. É por isso que fui à Corvista por alguns dias... fiquei furiosa com Brystal por ter omitido esse segredo de mim.

– Então por que você não foi honesta *conosco*? – disse Smeralda. – Por que você correu para a Corvista em vez de *nos* contar a verdade?

Lucy levou um momento para pensar sobre isso, e a resposta a surpreendeu.

– Acho que pelas mesmas razões que Brystal escondeu de mim – disse ela. – Quando descobri a verdade, fiquei arrasada. Parecia que tudo que Madame Tempora me ensinou era mentira, e isso me fez questionar minha relação com a magia. Eu não queria que vocês passassem por tudo isso, então pensei que estava fazendo a coisa certa guardando isso para mim. *Sinto muito*.

As fadas ficaram com o olhar perdido e silenciosamente balançaram a cabeça. Elas não queriam acreditar em uma palavra, mas sabiam que Lucy estava dizendo a verdade. Lágrimas vieram aos olhos de todas quando foram bombardeadas com desgosto, raiva e um sentimento de traição ao mesmo tempo.

– Eu sei exatamente como vocês estão se sentindo, mas não cometam o mesmo erro que eu – disse Lucy. – Em vez de culpar Madame Tempora, eu ataquei Brystal... eu não entendia em que situação impossível ela foi colocada! Viver com um segredo tão grande deve ter sido uma tortura, mas ela sacrificou sua própria paz de espírito para proteger a nossa. Mesmo quando uma maldição a estava deixando infeliz, Brystal nunca parou de nos colocar em primeiro lugar! E agora *ela* está com problemas e precisa da *nossa* ajuda! Então, vamos ficar remoendo isso ou vamos salvá-la?

A mensagem de Lucy foi mais profunda do que ela mesma esperava, e as fadas não sabiam como responder. Elas se entreolharam em busca de segurança, mas no fundo, todas estavam pensando a mesma coisa: Brystal *nunca* as abandonaria em sua hora de necessidade e elas não iam perdê-la sem lutar.

– Claro que vamos salvá-la – disse Tangerin. – Você realmente acha que nós simplesmente a deixaríamos morrer?

– O que nós somos? *Bruxas?* – disse Horizona. – Ah, desculpem! Esqueci onde estava.

– Aceito o elogio! – Malhadia disse com uma piscadela.

– Mas como sabemos que Brystal ainda está viva? – perguntou Smeralda. – A Corvista tem um Mapa da Magia que podemos verificar antes de sairmos?

Lucy levantou a abóbora de Brystal e espiou dentro dela.

– Nós não precisamos de um Mapa da Magia – ela disse. – A vela que ilumina a abóbora dela está desaparecendo, mas está acesa! Isso significa que a maldição ainda está ativa nela, então ela deve estar viva!

Smeralda suspirou e acariciou a abóbora como se fosse a verdadeira Brystal.

– Aguente firme, garota – ela disse. – A ajuda está a caminho.

– Temos que agir rápido – disse Áureo. – Brystal se rendeu horas atrás. Ela poderia estar em qualquer lugar agora!

– Aposto que a Irmandade a levou para um covil secreto dentro de um vulcão! – disse Malhadia.

– Aposto que eles a colocaram em um balão de ar quente mil quilômetros acima da terra! – disse Brotinho.

– Aposto que eles a levaram para a fortaleza deles à beira-mar – disse Belha.

– Nesse caso, definitivamente vamos para a fortaleza – Lucy disse aos outros.

– Eu vou com vocês! – Pi anunciou. – Brystal tentou me avisar sobre a Mestra Mara, mas eu não dei ouvidos. Se eu não a compensar de alguma forma, nunca vou me perdoar.

Lucy estava grata pelo apoio, mas as fadas precisavam de muito mais do que Pi para ter uma chance contra a Irmandade. Ela se virou para Malhadia, Belha e Brotinho com olhos grandes e suplicantes.

– A Irmandade é realmente perigosa – ela disse. – Eles têm centenas de pessoas a mais que nós, e têm armas antimágicas. Eu sei que as bruxas devem pensar apenas em si mesmas, mas se vocês puderem encontrar em seus corações sombrios uma vontade em nos ajudar, nós realmente agradeceríamos.

As bruxas coçaram o queixo enquanto consideravam seu pedido.

– *Quão* perigoso será? – Malhadia perguntou.

– Extremamente – disse Lucy.

– Haverá violência? – Brotinho perguntou.

– Definitivamente.

– E v-v-vítimas? – Belha perguntou.

– Provavelmente.

As bruxas sorriram para Lucy e gargalharam com entusiasmo.

– Não digam mais nada – disse Malhadia. – Vocês nos ganharam no *perigosa*.

Capítulo Dezoito

Um acordo com a Morte

Brystal abriu os olhos...
Foi como acordar de um sono profundo, mas não um sono que ela tinha experimentado antes... Ela não estava cansada ou tonta, mas surpreendentemente descansada e alerta... o corpo dela não estava rígido ou dolorido, mas extraordinariamente relaxado e ágil... Ela não se sentia ansiosa ou sombria, mas inesperadamente calma e serena... A temperatura não estava muito quente ou muito fria, apenas confortável...

Tudo estava tão perfeito... Era uma boa mudança...

Estranhamente, quando Brystal acordou, ela já estava de pé. Encontrava-se no meio de um campo cinza com uma superfície perfeitamente lisa. Ela estava de frente para uma magnífica árvore branca que estava talhada com o nome *Brystal*. Um relógio de prata estava embutido no centro de seu tronco, e os ponteiros pararam de girar às 3h33. Brystal ouviu o tique-taque e, quando olhou para cima, viu milhares de relógios de bolso pendurados nos galhos em brilhantes correntes de prata.

O campo se estendia por quilômetros ao redor dela e abrigava dezenas de outras árvores brancas, mas nenhuma delas tinha tantos relógios de bolso quanto a árvore com o nome de Brystal. Na verdade, a maioria dos galhos das outras árvores estava nua.

Enquanto Brystal olhava através da terra, ela notou um sol brilhante pairando sobre o horizonte à sua direita e uma enorme lua cheia pairando sobre o horizonte do outro lado. Entre eles estava o céu mais espetacular que ela já tinha visto. Havia centenas de planetas em órbita, milhares de galáxias em espiral e milhões de estrelas cintilantes. Tudo era tão vívido, o universo inteiro parecia ao alcance, e cada um dos corpos celestes emitia um som hipnótico – Brystal podia *ouvir* as estrelas tanto quanto podia vê-las. Brystal não sabia que *existiam cores tão deslumbrantes e sons tão relaxantes*, e ela não conseguia pensar em palavras para descrever toda a beleza acima dela.

Vagou pelo campo, explorando o lugar peculiar. Algo parecia estranhamente familiar sobre a terra estranha, como se *parte* dela sempre tivesse estado lá. Ela não estava preocupada ou assustada enquanto andava porque, por razões desconhecidas para ela, Brystal sabia que estava perfeitamente segura.

Todas as árvores estavam em diferentes alturas e cada uma delas estava gravada com um nome diferente. Seus troncos também estavam embutidos com relógios de prata, mas ao contrário do relógio na árvore de Brystal, os outros estavam trabalhando e girando em velocidades únicas. Alguns dos nomes ela reconheceu, como *Lucy*, *Barrie*, *Smeralda*, *Áureo* e *Celeste*, mas havia entalhes que ela não reconheceu, como *Jon*, *Loyde*, *Alex*, *Cantto* e *Esmia*. Curiosamente, os nomes misteriosos pertenciam a árvores menores que não haviam sido plantadas, e os relógios estavam congelados às 12h, como se o tempo ainda não tivesse começado.

Enquanto ela continuava pelo campo, Brystal avistou alguém se movendo nas proximidades. Ela caminhou em direção ao estranho e viu que era a Mestra Mara. A bruxa andava de um lado para o outro agressivamente e seu rosto estava tenso de preocupação. Ela estava absorta em pensamentos e não ergueu a vista quando Brystal se aproximou. Após os eventos na fortaleza, Brystal tinha um milhão de preocupações próprias, mas a pergunta mais importante escapou de seus lábios.

– Estamos mortas? – Brystal perguntou.

– *Ainda* não – disse a bruxa.

A Mestra Mara não parava de andar e mantinha os olhos no chão.

– Então o que estamos fazendo aqui? O que é este lugar?

– Estamos *esperando*, obviamente – disse ela. – Este é o espaço *entre* a vida e o outro lado.

A Mestra Mara gesticulou em direção ao sol e à lua e, de repente, Brystal percebeu que eles não eram o que ela havia pensado originalmente. O que ela confundiu com uma lua cheia era na verdade o *mundo*, e o que ela confundiu com o sol era na verdade uma luz brilhante reluzindo em algum lugar *além do universo*. Brystal não estava em um campo ligado a um planeta, mas em uma faixa de terra que flutuava livremente pelo cosmos.

– O que são essas árvores? – ela perguntou. – Por que há nomes e relógios nelas?

A bruxa gemeu como se tivesse assuntos mais urgentes para pensar.

– Cada árvore representa uma pessoa que você encontrou ou uma pessoa que você *encontrará* se sobreviver – explicou a Mestra Mara. – Os relógios representam o tempo que cada pessoa ficou na Terra. Eles giram em velocidades diferentes porque, bem, *o tempo é relativo*. Algumas pessoas precisam de décadas para viver uma vida plena, enquanto outras podem alcançar uma em poucos minutos.

– Ainda assim, parece injusto que algumas pessoas tenham mais tempo do que outras – disse Brystal.

– Tudo parece injusto quando você mede com as ferramentas erradas – disse a Mestra Mara. – A vida não deve ser medida pelo tempo, pela sorte ou pelo privilégio. A vida deve ser medida pelo *propósito*. Cada pessoa nasce com um propósito... quer escolham acreditar ou não. Alguns são feitos para aprender lições, alguns são feitos para ensinar essas lições, enquanto outros são simplesmente para observar. Naturalmente, muitas pessoas se ressentem da vida quando seu propósito não é *fácil* ou quando não corresponde às suas *esperanças e sonhos*, mas ninguém sai do mundo sem completar exatamente o que deveria fazer. Essa é a regra da vida.

– E os relógios? – ela perguntou. – Por que há tantos na minha árvore?

– Os relógios representam as vidas que você *salvou* – disse a bruxa. – Às vezes, em algum lugar, essas pessoas se perdiam... suas árvores não tinham *raízes*, por assim dizer. Mas por causa de algo que você disse ou fez, eles encontraram forças para *continuar*. Mesmo que seu relógio tenha parado, sua árvore nunca vai parar de crescer por causa das vidas que você tocou.

Brystal olhou para a árvore dela e ficou surpresa que cada um dos relógios simbolizava uma pessoa com um coração batendo. Ela sabia que as pessoas gostavam dela, mas Brystal não sabia que ela era tão importante para tantas pessoas. Isso a deixou envergonhada de se render à Irmandade e desistir de sua vida com tanta vontade.

A Mestra Mara foi surpreendentemente perspicaz sobre o espaço entre a vida e a morte, e Brystal ficou curiosa para saber *por que* ela tinha tanto conhecimento. Mas antes que ela pudesse perguntar mais, a bruxa se perdeu nos próprios pensamentos e começou a murmurar para si mesma.

– Eu fui tão idiota! – a Mestra Mara rugiu. – Sete nunca se importou com nada além de *poder*! Eu deveria ter sabido! Eu deveria ter previsto! Mas eu estava tão distraída pela vingança que voei direto para a armadilha dele como uma mariposa para uma chama!

Brystal suspirou com decepção.

– Eu sou parcialmente culpada – disse ela. – De alguma forma, ele sabia exatamente o que dizer, exatamente quando eu precisava ouvir, e eu me apaixonei por cada palavra.

– Sim, mas *você* foi amaldiçoada – disse a bruxa. – Não havia desculpa para *minha* estupidez.

Brystal piscou duas vezes, ela estava certa de que ela tinha ouvido mal.

– Como é? – ela perguntou. – Como assim eu fui *amaldiçoada*?

Pela primeira vez, a Mestra Mara parou de andar e olhou Brystal diretamente nos olhos.

– Você não notou nenhuma *mudança* ultimamente? – a bruxa perguntou. – Seus pensamentos e sentimentos passaram a ser inexplicavelmente negativos? Você começou a se distanciar das pessoas que ama? Todos os seus problemas pareciam impossíveis de resolver? Sua autoconfiança foi substituída por autoódio e autoescrutínio? Você se convenceu de que não passa de um fracasso e que o mundo estaria melhor sem você?

Brystal não podia acreditar no que estava ouvindo. Ela nunca se sentiu mais exposta em toda a sua vida e lentamente se afastou da bruxa.

– Como... Como... *Como você sabe*? – ela ofegou.

– Porque *fui eu* quem virou sua mente contra você – confessou a Mestra Mara.

– Mas... Mas... *Mas por quê*?

– Se você soubesse que estávamos planejando nos vingar da humanidade, você teria nos parado! Tivemos que torná-la o mais fraca e vulnerável possível para que pudéssemos ter sucesso.

– Você está louca? Era a primeira vez que bruxas e fadas estão seguras e são respeitadas pela humanidade em seiscentos anos! Por que você colocaria isso em risco?

A Mestra Mara zombou dela e continuou andando.

– É complicado... você não viveu o suficiente para entender – disse a bruxa.

– E de quem é a culpa?! – exclamou Brystal. – Graças a você, estou presa em algum lugar entre a vida e a morte! O mínimo que você pode fazer é se explicar!

A Mestra Mara tentou ir embora, mas Brystal a seguiu. A bruxa revirou os olhos e soltou um suspiro relutante.

– Tudo bem – ela gemeu. – Você conhece a história da Filha da Morte?

O nome não soou estranho, e Brystal se lembrou de ter lido um livro que a mencionava.

– É uma lenda, não é? – ela perguntou. – A Morte enviou sua filha à Terra, esperando que a separação a ajudasse a entender a dor humana. Infelizmente para ela, a filha encontrou uma maneira de ficar na Terra e viver para sempre. As duas nunca se reuniram e a Morte entrou em um estado de luto eterno.

A Mestra Mara olhava para o mundo com o coração pesado.

– Você pode me culpar? – ela disse. – Quem não gostaria de viver para sempre se pudesse? Há música e comida e clima e amor e risos... eu fiquei viciada na vida desde o momento em que cheguei. A maioria das crianças gosta de desafiar seus pais quando são jovens, e o que poderia ser mais desafiador para a Morte do que uma filha que adorava viver?

Brystal supôs que a bruxa estava brincando e riu dos comentários. A Mestra Mara virou-se para ela com uma expressão muito séria – *ela não estava brincando*.

– Você está falando sério – disse Brystal, com os olhos arregalados. – Acho que faz sentido. Quem mais poderia matar pessoas apenas com o toque? E quem mais saberia tanto sobre *este* lugar?

A Mestra Mara assentiu.

– Este lugar mudou com o tempo – disse ela. – Todos os relógios costumavam se mover na mesma velocidade. Antes da minha mãe me enviar ao mundo, cada alma tinha cem anos de vida. Mas quando ela me perdeu, decidiu mudar as regras da morte. Em vez de monitorar o tempo das pessoas, minha mãe começou a coletar almas depois que seu *propósito* fosse concluído. Como *meu* propósito era fazer a Morte sofrer, e já que esse propósito foi cumprido, ela pensou que as novas regras nos uniriam. No entanto, quando minha mãe me criou, ela não percebeu que eu tinha herdado tantos de seus traços. A morte é *atemporal* e seu propósito é *eterno*... ela é a única coisa que existe que não pode ser morta. E não importa quantas vezes ela tentasse tirar minha vida, eu não poderia morrer.

– Espere um segundo – disse Brystal. – Ouvi um boato de que a pedra de sangue veio da Morte, mas não é um boato, é? Ela criou para *você*!

– A pedra da morte, as doenças, os desastres, violências, fome, peste... *qualquer coisa* que possa acabar com uma vida foi inventada para mim – disse a Mestra Mara. – Parece um relacionamento tão medonho, mas na verdade é bastante encantador quando você pensa sobre isso. Muitos pais fazem coisas drásticas para estar perto de seus filhos.

– Estou confusa – disse Brystal. – O que ser a Filha da Morte tem a ver com buscar vingança contra a humanidade?

– Estou aqui há muito tempo, e a parte mais difícil de viver para sempre é perder as pessoas que amo – disse a Mestra Mara. – Mas quando essas pessoas foram *tiradas* de mim em vão, e essa selvageria ficou impune, a dor *nunca* passou. Por milhares de anos eu vi a humanidade massacrar bruxas e fadas sem consequências, perdendo amigo após amigo e amante após amante. Quando você legalizou a magia, você garantiu paz e aceitação para a comunidade mágica, mas isso não apagou os crimes cometidos contra nós. Então, quando Sete me deu a chance de vingar as pessoas que perdi, tive que aceitar.

"Sete me disse que seus pais foram mortos por uma multidão enfurecida e, como resultado, ele desenvolveu um ódio pela humanidade igual ao meu. Ele disse que queria criar um Exército da Honra Eterno e finalmente responsabilizar a humanidade. Mas primeiro, ele precisava de uma bruxa que estivesse disposta a fazer parceria com ele e, como uma tola, eu acreditei que suas intenções eram genuínas. Abri a Escola de Bruxaria Corvista para produzir uma Besta das Sombras poderosa o suficiente para ressuscitar os homens do clã dos mortos.

Então eu amaldiçoei sua mente para sentir sofrimento constante, mas com uma exceção muito importante... a maldição foi temporariamente suspensa sempre que você estava na presença de Sete. Sabíamos que você interpretaria as pausas como carinho por ele, que sem dúvida se afeiçoaria a ele e nunca suspeitaria que a estivesse enganando."

Se Brystal estivesse na Terra, a revelação a teria feito mal do estômago. Ela estava furiosa com a Mestra Mara por infligir uma maldição tão cruel e manipuladora nela, mas de muitas maneiras, Brystal estava extremamente aliviada. Seus pensamentos, sentimentos e mau julgamento recentes não foram *culpa dela* – saber que tudo era devido a uma *maldição* fez a vergonha de Brystal desaparecer e sua autoconfiança retornar.

– Se você não pode morrer, então por que está aqui? – Brystal perguntou. – Por que você não está de volta à Terra tentando detê-lo?

– Porque eu *não posso* impedi-lo – disse a Mestra Mara. – Sete foi honesto sobre uma coisa: ele e eu somos igualmente odiosos. E você não combate o fogo adicionando mais fogo. Para derrotar o Exército da Honra Eterna, o mundo precisará de alguém para uni-los como nunca antes. Eles terão que convencer a humanidade, as fadas, as bruxas e as criaturas falantes a trabalharem juntas. E há apenas *uma pessoa* que eu conheço que é capaz disso.

– Eu? – Brystal perguntou. – Mas e se eu não sobreviver?

– É por isso que estou aqui – disse a bruxa. – Eu tenho que garantir que você não passe deste lugar. E estou disposta a negociar o que for preciso.

Antes que Brystal tivesse a chance de fazer outra pergunta, o campo cinza foi subitamente engolido por um enorme eclipse. A Mestra Mara olhou a escuridão com suspense.

– Ela está aqui – disse a bruxa.

– Quem?

– Minha *mãe*.

O eclipse começou a retroceder e a sombra se transformou em uma única sombra no campo. A sombra se ergueu do chão, ganhando dimensão e textura à medida que crescia, e se transformou em uma mulher de três metros de altura. O rosto e corpo dela estavam completamente escondidos sob um manto preto feito da própria escuridão. A primeira visão de Brystal da Morte deveria ter sido assustadora, mas ela não sentiu um pingo de medo enquanto olhava para ela. Pelo contrário, foi como ver o navio de volta para casa depois de uma viagem muito, muito longa.

– Olá, mãe – disse a Mestra Mara com um sorriso caloroso. – É bom ver você novamente.

Mesmo que ela não dissesse uma palavra ou movesse um músculo, Brystal podia sentir milhares de anos de tensão entre as duas. A Morte ignorou a saudação da filha e caminhou em direção a Brystal em um passo determinado. A bruxa se colocou entre elas, encarando a mãe.

– Ela não deveria estar aqui – disse a Mestra Mara. – Seu propósito está apenas começando.

A Morte agiu como se não pudesse ouvir a filha e continuou se aproximando.

– Você precisa dela viva tanto quanto o mundo precisa – disse a bruxa. – A morte é uma parte essencial da vida... é o que faz as pessoas gostarem de viver... mas você esquece que a *vida* é uma parte essencial de *você*. Se você não a mandar de volta à Terra, o Exército da Honra Eterna destruirá tantas vidas que você se tornará irrelevante.

A Morte não se preocupou e seguiu em frente.

– Eu cometi um erro – disse a Mestra Mara. – Alguém usou minhas emoções para me tocar como um violino, e eu dei a ele tudo o que queria. Mas se a memória não me falha, *você* cometeu um erro muito semelhante uma vez. Alguém cegou *você* de desejo e enganou *você* para que você desse algo de que você se arrepende muito... algo que ainda *persegue* você até hoje. Talvez se você enviar Brystal de volta à Terra, ela possa consertar *dois* erros?

Brystal não tinha ideia do que a Mestra Mara estava falando. *Que tipo de erro a Morte havia cometido?* No entanto, ela poderia dizer que a bruxa estava chamando a atenção da mãe, porque seu ritmo começou a diminuir. Quando a Morte estava a poucos metros de Brystal, a Mestra Mara respirou fundo e ofereceu à mãe algo que ela sabia que a Morte não recusaria.

– Se você a mandar de volta, eu vou tomar o seu lugar – disse ela.

A Morte parou de repente. Ela e sua filha se entreolharam em silêncio, como se estivessem se comunicando telepaticamente. Depois de alguns momentos, a Mestra Mara assentiu, como se tivessem chegado a um acordo.

– Muito bem – disse a bruxa.

– O que está acontecendo? – Brystal sussurrou.

– Ela nos fez uma contraproposta – disse a Mestra Mara. – Se eu tomar o lugar dela, minha mãe vai mandá-la de volta à Terra com uma condição: você deve consertar o maior arrependimento dela.

– Que *tipo* de arrependimento? – ela perguntou.

– Há muitos séculos, minha mãe foi enganada por uma mulher – disse a Mestra Mara. – A mulher alegou que poderia me matar com um encantamento de um antigo livro de feitiços. O encantamento era tão antigo quanto a Terra, e a Morte havia esquecido que tal coisa existia. Em troca de sua ajuda, a mulher pediu *imortalidade*. A essa altura, minha mãe estava tão desesperada para me ter de volta que aceitou a proposta dela sem fazer perguntas. Infelizmente, no momento em que ela concedeu a imortalidade à mulher, ela desapareceu sem deixar vestígios e nunca cumpriu sua parte no trato. Essa mulher, essa *imortal*, ainda vaga pela Terra, zombando de tudo que a vida e a morte representam. Se você concordar em encontrar e exterminar a Imortal, minha mãe a enviará de volta à Terra.

– Mas como eu mato a Imortal? – Brystal perguntou.

– Com o mesmo encantamento que ela pretendia para mim – disse a Mestra Mara. – Minha mãe lhe dará *um ano* para localizar e matar a Imortal. Mas se você não tiver concluído a tarefa até então, o contrato expirará e sua vida terminará.

Brystal ficou quieta enquanto considerava a oferta da Morte. Era um grande compromisso, mas que escolha ela tinha? Ela teria dado qualquer coisa por outra chance de parar Sete e o Exército da Honra Eterna.

– Este encantamento... se for poderoso o suficiente para matar a Imortal, poderia destruir também o Exército da Honra Eterna? – Brystal perguntou.

A Mestra Mara virou-se para a mãe e a Morte assentiu lentamente.

– Tudo bem, então – disse Brystal. – Eu aceito.

– Então está resolvido – disse a Mestra Mara. – Parabéns, Srta. Perene, você acabou de fazer um acordo com a Morte.

De repente, Brystal se distraiu com o som de tique-taque. Era mais alto do que todos os relógios do campo juntos. Quando Brystal olhou para o barulho, viu que o relógio na árvore dela havia *reiniciado*. Assim que ela colocou os olhos sobre ele, Brystal foi inesperadamente impelida para trás. Ela se levantou do chão e voou pelo ar quando uma força invisível a puxou de volta para a Terra. Brystal agarrou um galho de árvore enquanto subia, desesperada para fazer mais uma pergunta antes de voltar à vida.

– *Espere!* – ela gritou. – *E a maldição? Como faço para quebrá-la?*

– Só há uma maneira de quebrar uma maldição da mente – disse a Mestra Mara.

– *Como?!*

– Com a própria mente.

Brystal segurou o galho com todas as suas forças, esperando que a bruxa lhe desse mais informações, mas isso foi tudo que a Mestra Mara disse. A Filha da Morte agarrou o braço da mãe e descansou a cabeça no ombro dela. Ela a levou até o horizonte, e as duas desapareceram na luz brilhante do outro lado... *finalmente reunidas*.

O galho escorregou das mãos de Brystal... Ela voou para longe do campo e voou pelo universo... Todos os planetas e galáxias coloridos giraram ao redor dela... Brystal começou a perder a consciência enquanto era puxada cada vez mais rápido de volta à Terra... E todas as estrelas desapareceram de vista...

Capítulo Dezenove

A própria mente

Brystal abriu os olhos...
Foi como acordar do pior sono de sua vida... Ela estava tão exausta que podia sentir em seus ossos... A cabeça dela estava latejando e todos os músculos do corpo doíam... O ar do oceano estava congelando, mas ela estava muito fraca para tremer...

Brystal acordou com o som de botas marchando e armaduras retinindo. Quando os olhos se ajustaram, ela notou que havia quatro paredes de terra ao redor dela. Brystal olhou ao redor e descobriu que estava deitada no fundo de uma cova profunda. Ela podia ver as torres da fortaleza se estendendo no céu acima dela e percebeu que ainda estava em algum lugar no pátio. Ela ouviu os membros do clã, vivos e não, se movendo perto da superfície, seguindo as ordens do Rei da Honra.

– Certifiquem-se de limpar o arsenal... não deixe um único pedaço de pedra de sangue para trás – Sete ordenou. – Depois desta noite não haverá necessidade de retornarmos a este lugar miserável novamente. E sejam rápido, quero chegar a Via das Colinas ao nascer do sol!

Brystal não sabia *como* ou *por que* ela ainda estava viva. A última coisa de que se lembrava era de sua morte lenta na plataforma. Enquanto ela ponderava sobre o mistério, ela ouviu o som de tique-taque vindo de algum lugar dentro do túmulo. Brystal encontrou um relógio de bolso prateado que nunca tinha visto antes preso na cintura do seu terninho. O nome dela estava gravado no verso e, curiosamente, em vez de doze *horas*, o relógio estava contando doze *meses*.

O relógio de bolso acionou a memória de Brystal e de repente ela se lembrou de seu tempo no campo cinza. Ela pode ter pensado que era apenas um sonho, mas o relógio era a prova de que realmente aconteceu. Brystal tinha *feito um acordo com a Morte*, e o relógio era um lembrete de sua barganha. Ela tinha exatamente um ano para encontrar e matar a Imortal com um antigo encantamento, e se o tempo permitisse, ela poderia usar o mesmo encantamento para destruir o Exército da Honra Eterna. No entanto, nada disso aconteceria se Brystal não sobrevivesse à fortaleza primeiro.

Ela inspecionou as paredes de terra e não sabia como sairia do túmulo sem sua varinha. Brystal estava com tanta dor que mal conseguia se sentar, muito menos ficar em pé.

Nem se incomode...

Você nunca vai escapar...

As paredes são altas demais para escalar...

Você vai morrer aqui embaixo...

Você *merece* morrer aqui embaixo.

Por um momento, Brystal considerou que os pensamentos depreciativos estavam certos. Ela estava tão ansiosa para voltar à vida, mas assim que ela estava de volta à *sua* vida, o acordo com a Morte parecia inútil. A maldição da Mestra Mara a deixou tão emocional e fisicamente esgotada que não tinha energia ou força de vontade para continuar.

É isso...

Não há razão para continuar...

Não há razão para continuar lutando...

Não há mais nada pelo que viver...

Então nem tente.

Enquanto ela estava sentada em seu túmulo, ferida e com o coração partido, o tique-taque do relógio lembrou Brystal do espaço entre a vida e a morte. Visualizou as estrelas e planetas no céu, a superfície lisa do campo cinza e as belas árvores brancas. Brystal se lembrou de todos os relógios de bolso pendurados nos galhos da sua árvore e como cada um deles representava uma pessoa viva e respirando. Pensou em todas as almas que salvou, em todas as vidas que ajudou e em todas as pessoas que incentivou. Isso a fez pensar em todos os amigos e familiares que a inspiraram ao longo dos anos, todo o amor e risos que compartilharam, e como ela daria qualquer coisa só para ver seus rostos sorridentes uma última vez...

E, de repente, como encontrar um bote salva-vidas no meio de uma tempestade no mar, Brystal encontrou o impulso para superar seu desespero.

Apesar do que a maldição a fez pensar e sentir, valia a pena lutar pelo mundo... Valia a pena lutar por *ela*... Havia pessoas que se *importavam* com ela... Havia pessoas que estavam *torcendo* por ela... Mesmo que ela falhasse e morresse no processo, ela devia isso a *eles* para que continuassem em movimento... Ela devia isso a seus amigos e familiares para que continuassem tentando... Ela devia isso a *si mesma* para que continuasse seguindo em frente...

Então Brystal continuou tiquetaqueando.

Ela ignorou tudo o que a mente e o corpo dela estavam dizendo e gradualmente se levantou. Ela caminhou lentamente para frente, concentrando-se em um passo de cada vez, e se moveu em direção à beira do túmulo. Brystal estendeu as mãos machucadas, pegou dois punhados de terra e começou a subir. Foi difícil, foi doloroso e exigiu uma força que ela não sabia que tinha, mas Brystal ainda assim fez isso.

Você está perdendo seu tempo...

Você nunca vai sair viva...

Volte a dormir e volte para o campo cinza...

Deixe a Morte te levar para o outro lado...

Você já perdeu.

Pela primeira vez, Brystal respondeu às vozes na cabeça dela.

Você está errado...

Não importa quanto tempo demore...

Não importa se eu falhar ou morrer no processo...

Eles só vão ganhar se eu parar de tentar...

E eu nunca vou desistir...

Nunca!

Como se sua resposta tivesse pegado a maldição desprevenida, os pensamentos negativos ficaram em silêncio, e eles levaram um momento para retornar.

É hora de encarar os fatos...

A cova é muito profunda e você é muito fraca...

O exército é muito grande e você é muito pequena...

Você nunca os derrotará...

É impossível.

Estou encarando os fatos...

Se eu fosse muito fraca, não estaria aqui...

Se eu fosse muito pequena, não teria chegado tão longe...

O exército pode ser grande, e eles podem ser fortes...

Eles podem ter ressuscitado dos mortos...

Mas eu também...

Já realizei o impossível...

E ainda não terminei!

Cada vez que Brystal respondia aos pensamentos, eles demoravam cada vez mais para retornar. Ela estava quase na metade da parede de terra – apenas mais alguns metros e a superfície estaria ao seu alcance.

Todo mundo odeia você...

O mundo pensa que você é uma assassina...

Ninguém nunca mais vai confiar em você...

Você não pode parar o Exército da Honra Eterna sozinha...

Mas é exatamente isso que você é...

Odiada e sozinha...

Odiada e sozinha.

Brystal colocou as duas mãos na superfície. Ela grunhiu e cerrou os dentes enquanto reunia todas as suas forças restantes para um último impulso para cima.

Você está errado...

Mesmo que o mundo perca a confiança em mim...

Mesmo que percamos a aceitação da humanidade...

Eu nunca estarei sozinha...

Eu tenho uma família que me ama...

Tenho amigos que se importam comigo...

E eles estarão sempre lá quando eu mais precisar deles!

BUM!

Assim que a cabeça de Brystal emergiu da superfície, a parede sul do pátio explodiu. A explosão cobriu a fortaleza de escombros e derrubou a Irmandade. Quando a poeira baixou, Brystal viu Lucy parada no meio do estrago. Ela estava acompanhada pelo Conselho das Fadas e pelas bruxas da Corvista.

Brystal ficou tão feliz em ver seus amigos que escorregou da superfície e deslizou de volta para o fundo da cova, mas aterrissou com um enorme sorriso no rosto. Ver os amigos vindo ao seu socorro validou tudo o que ela disse a seus pensamentos perturbadores, e a negatividade recuou tão profundamente dentro dela que a clareza de Brystal, seu otimismo e confiança finalmente retornaram. A maldição não tinha sido quebrada, ela sabia que era apenas uma questão de tempo antes que os pensamentos perturbadores voltassem, mas Brystal finalmente aprendeu a lutar contra isso, não com magia, mas *com a própria mente*.

Quando as fadas e bruxas entraram no pátio, ficaram chocadas ao ver o Exército da Honra Eterna entre os membros do clã – a Irmandade era quatro vezes maior do que elas esperavam.

– Bem, *isso* é propaganda enganosa – disse Smeralda.

– É apenas minha imaginação, ou a maioria daqueles homens parecem *mortos*? – Áureo perguntou.

– Eles com certeza estão – disse Malhadia com um sorriso largo. – E nem é meu aniversário!

A Irmandade apontou todas as suas espadas, lanças e bestas para os recém-chegados e esperou pelas ordens do Rei da Honra. Sete subiu na plataforma para ver melhor os intrusos e uivou de tanto rir.

– Isso é para ser uma emboscada? – ele zombou.

– Pode apostar que é! – Lucy declarou.

– Vocês deveriam estudar *matemática* em suas escolas – Sete zombou. – Há apenas nove de vocês e bem mais de mil de nós.

Os membros vivos do clã riram da observação do líder. Lucy fez uma careta para ele e colocou as mãos nos quadris.

– Desculpe, eu não consigo te ouvir por causa dessa *roupa barulhenta irritante* – ela disse.

– Arqueiros, preparem-se para atirar – Sete disse a seus homens. – Isso vai ser divertido.

– Sabe, para um figurino tão chamativo, você com certeza é muito sem sal – disse Lucy. – Você não é o único com reforço, amigo!

Lucy assobiou na praia escura atrás dela, e a fortaleza começou a vibrar quando algo muito grande se aproximou. De repente, todos os linces da Mansão Corvista correram para o pátio. A Irmandade não estava preparada para tal ataque, e eles não tiveram tempo de levantar as armas antes de serem mordidos, arranhados ou derrubados no chão pelos enormes felinos.

Enquanto os linces arranhavam e atacavam os membros do clã, Lucy puxou as fadas e bruxas para uma rápida reunião de grupo.

– Então, estamos com um pouco de desvantagem numérica aqui – disse Lucy.

– Um *pouco*? – Horizona perguntou.

– Nós não podemos vencer esses caras sozinhos! – disse Tangerin.

– Nós não temos que vencê-los... nós apenas temos que salvar Brystal! – disse Lucy. – Vocês ajudam os linces a distrair a Irmandade enquanto eu procuro por ela! Assim que eu a encontrar, vamos sair daqui!

As fadas assentiram e seguiram os linces para a batalha. As bruxas arrancaram seus colares de ouro para que as verdadeiras aparências as ajudassem na luta.

Belha zumbiu no ar e picou a Irmandade com seu ferrão gigante. Todos os arqueiros dispararam suas bestas contra ela, mas a bruxa voou tão erraticamente que as flechas passaram zunindo por ela, sem nenhuma a atingir. Áureo ziguezagueou pelo pátio e incendiou as vestes dos membros do clã, fazendo os homens correrem em pânico em direção ao oceano. Horizona atingiu a Irmandade com gêiseres aquosos que eclodiram das mãos dela, e deixou o chão tão lamacento que os homens do clã escorregaram e se desequilibraram antes que pudessem chegar perto dela.

Brotinho tirou os sapatos e afundou os dedos dos pés na terra. Seus pés cresceram pelo pátio como grandes raízes de árvores e fizeram tropeçar os membros do clã enquanto corriam. Uma vez que os homens se levantaram, os dedos de Brotinho envolveram os corpos deles como videiras e os mantiveram contidos. Tangerin enviou seu enxame pelo pátio, e os zangões arrancaram as armas das mãos da Irmandade. Os insetos também banhavam os membros do clã com mel, grudando as botas e pés ossudos deles no chão.

As armas de pedra de sangue da Irmandade passavam diretamente por qualquer magia que as fadas e bruxas produzissem, mas os *soldados em si* não. Uma vez que Smeralda descobriu isso, ela fez grandes blocos de esmeralda aparecerem por todo o pátio. Os membros do clã colidiram com os blocos de cabeça e ficaram inconscientes. Pi apontou o traseiro para a Irmandade e borrifou neles um odor tão repugnante que queimou os olhos dos homens e os fez vomitar.

Malhadia arrancou um fio de cabelo da cabeça de um dos membros do clã morto e rapidamente costurou o folículo em uma boneca de malha. Depois de murmurar um pequeno encantamento, Malhadia moveu os braços e as pernas da boneca, e o membro do clã imitou o movimento contra sua vontade. A bruxa brincava com a boneca como se fosse um brinquedo de ação, forçando o membro do clã a lutar contra membros da própria Irmandade. Malhadia ficou emocionada que o encantamento estava finalmente funcionando e pulou de alegria.

– Eeeee *é* por isso que eles me chamam de Malhadia! – ela aplaudiu vitoriosa.

Enquanto os linces e os amigos lutavam contra os membros vivos e mortos do clã, Lucy passava no meio da batalha em busca de Brystal. Sua sensação para problemas a guiou pelo pátio como um radar, e a cada passo que dava, sabia que estava se aproximando cada vez mais da amiga. Apenas quando Lucy estava certa de que Brystal estava bem debaixo de seu nariz, ela de repente tropeçou em uma cova aberta e caiu bem ao lado dela.

– Lucy! – Brystal exclamou alegremente.

– Ah! Graças aos céus! – Lucy gritou. – Eu estava com medo de chegarmos tarde demais!

As meninas deram um abraço apertado.

– É tão maravilhoso... *O que aconteceu com seu cabelo?* – Brystal perguntou.

Lucy abanou a mão como se não fosse importante.

– Eu amaldiçoei um monte de bailarinas que me humilhavam pelo meu corpo, mas vou contar tudo para você mais tarde – ela disse. – Sinto muito por ficar com raiva de você na caverna! Eu sei que você estava apenas tentando me proteger e eu nunca deveria ter agido como uma idiota! Eu sou uma amiga horrível e espero que você me perdoe!

– Sinto muito, também – disse Brystal. – Eu também não tenho agido como uma boa amiga.

– Não foi sua culpa! Você foi amaldiçoada!

– Sim, mas eu finalmente descobri como... Espere, como *você* sabe que eu fui amaldiçoada?

– Porque um mordomo invisível e uma cabra me levaram a uma abóbora na casa de uma bruxa! *Uau, isso parece loucura quando dito em voz alta.* Mas o importante é que você está viva e somos amigas de novo! Existe alguma coisa que eu possa fazer para compensar meu comportamento horrível?

– Na verdade, há *algo* – disse Brystal.

– Diga! Eu farei qualquer coisa! – disse Lucy.

– Você pode me ajudar a sair desta sepultura.

Enquanto a batalha se desenrolava acima deles, Sete observou seu Exército da Honra Eterna da segurança do altar e ficou empolgado com o que viu. Enquanto os membros do clã vivos caíam como moscas, não importava o que as bruxas, fadas ou linces fizessem com os membros do clã falecidos, os mortos sempre se levantavam e continuavam lutando. Eles eram resistentes aos vapores de Pi, não se incomodavam com as chamas de Áureo e, se o pé ficasse preso no mel de Tangerin, simplesmente deixavam o pé para trás e continuavam.

As bruxas e fadas estavam ficando cansadas e não durariam muito mais. Sete estava convencido de que ele e a Irmandade estariam comemorando sua primeira vitória mais cedo do que o esperado – *até* que viu algo que fez seu sangue ferver.

Do outro lado do pátio, Lucy emergiu da cova aberta e ajudou Brystal a subir à superfície. Mesmo que Sete tivesse testemunhado mil membros do clã ressuscitarem dos mortos antes, ver Brystal voltar à vida o horrorizou, e encheu o Rei da Honra com uma fúria incomensurável.

– NÃO! – Sete explodiu. – Isso é impossível! Eu a vi morrer com meus próprios olhos! Eu senti a carne fria do corpo dela com minhas próprias mãos!

Lucy e Brystal correram pelo pátio, esquivando-se por pouco das espadas, lanças e flechas que vinham em seu caminho.

– Eu a encontrei! – Lucy disse aos outros. – Vamos sair daqui!

As fadas e bruxas ficaram emocionadas ao ver que Brystal havia sobrevivido, e da forma que conseguiam, elas contiveram os homens do clã e se dirigiram para o buraco gigante na parede sul.

– ARQUEIROS! – Sete gritou. – PAREM IMEDIATAMENTE O QUE ESTÃO FAZENDO E APONTEM SUAS ARMAS PARA A FADA MADRINHA! NÃO DEIXEM QUE ELA ESCAPE!

A Irmandade imediatamente se virou para Brystal e apontou suas bestas para ela. As fadas, as bruxas e os linces formavam um círculo protetor ao redor dela, mas havia centenas e centenas de flechas apontadas diretamente para eles, e não sabiam como poderiam detê-las.

– Lucy, por favor, me diga que você tem um plano C! – disse Brystal.

– Desculpe, pensei que os linces seriam suficientes! – Lucy admitiu.

– NADA VAI SALVAR VOCÊ DESTA VEZ! – Sete gritou. – VAMOS ESMAGAR VOCÊ COMO O VERME QUE VOCÊ É!

– Bem, agora ele está apenas flertando conosco – disse Malhadia.

– ARQUEIROS! FOGO EM TRÊS! – Sete ordenou. – UM...

As fadas e bruxas procuraram uma fuga, mas estavam completamente encurraladas.

– DOIS...

Sem nada para fazer e para onde ir, elas seguraram as mãos uma do outra, fecharam os olhos e se prepararam para o fim. Só um milagre poderia salvá-las agora.

– *TRÊS!*

Seus corpos ficaram tensos, esperando que dezenas de flechas perfurassem sua pele de uma vez. No entanto, o momento nunca chegou.

– EU DISSE TRÊS, SEUS IDIOTAS! – Sete rugiu.

As fadas e bruxas abriram os olhos e viram que a Irmandade não estava mais focada nelas. Milhares e milhares de utensílios de cozinha voaram pelo pátio e começaram a atacar os membros do clã como um bando de pássaros raivosos. Facas afiadas cortaram as bestas e todas as flechas ao meio, potes e panelas arrancaram as espadas e lanças das mãos deles, e rolos de massa bateram nos pés, derrubando os homens.

– Quem está f-f-fazendo isso? – Belha perguntou.

– Não é uma de nós! – disse Brotinho.

As fadas sabiam que só podia ser uma pessoa. Todos se viraram para a parede sul quando uma figura familiar atravessou o dano e se juntou à luta.

– SRA. VEE! – as fadas disseram juntas.

– Ei, crianças! – a Sra. Vee disse. – A Irmandade está ali... Querem uma ajuda para derrotá-la? Dar um *pá nela*? HA-HA!

A governanta borbulhante girou os braços como um maestro conduzindo uma orquestra enquanto atacava a Irmandade com seus suprimentos de cozinha. Ela bateu nos rostos deles com colheres de pau, bateu nas cabeças deles com assadeiras e cutucou os olhos com espetos e garfos. A Sra. Vee desencadeou um ataque tão poderoso e implacável que as fadas quase sentiram pena dos membros do clã.

– Levantem-se e lutem! – Sete gritou com seu exército. – ELA É APENAS UMA COZINHEIRA!

A Sra. Vee ficou terrivelmente ofendida.

– Apenas uma cozinheira?! – ela perguntou. – *Apenas uma cozinheira?!*

A governanta apontou para o Rei da Honra, e ele foi derrubado no chão por um avental esvoaçante.

– Eu vi algumas maçãs podres ao longo da minha vida, mas *aquele cara* é uma macieira inteira podre! HA-HA! – Ela riu.

– Sra. Vee, o que fez você sair do seu quarto? – perguntou Tangerin.

– Parece bobo, mas acordei esta manhã e estava cansada de ter medo – disse a governanta. – Eu sabia que a única coisa que me faria sentir melhor era se eu *fizesse* algo sobre o meu medo. Quando percebi que todos vocês estavam desaparecidos da academia, tive a sensação de que poderiam estar em apuros. Então encontrei suas estrelas no Mapa da Magia e corri para cá o mais rápido que pude.

– Sra. Vee, por isso a senhora nunca queima sua comida! – Lucy declarou. – Sua pontualidade é impecável!

– Bem, não fiquem aí parados como talos de aspargos! – disse a governanta. – Vamos rolar como frutas cítricas em um balcão inclinado! HA-HA!

Enquanto os membros do clã lutavam contra os utensílios, as fadas, as bruxas e os linces escapavam da fortaleza. Eles correram pela praia até onde os unicórnios e a carruagem dourada os esperavam. Sem a Sra. Vee para conduzir os utensílios, os suprimentos de cozinha começaram a cair do ar, liberando a Irmandade do combate. Sete e os homens do clã correram atrás das fadas e bruxas, mas eles estavam muito atrás para alcançá-las.

– *ISSO NÃO ACABOU, BRYSTAL!* – Sete gritou. – VOCÊ PODE TER ESCAPADO DESTA BATALHA, MAS NÃO VAI ESCAPAR

DA GUERRA! VAMOS REPARAR NOSSAS ARMAS E FICAR AINDA MAIS FORTES DO QUE ANTES! MEU EXÉRCITO VAI DOMINAR ESTE MUNDO E DESTRUIR TUDO E TODOS QUE VOCÊ AMA! ESCREVA O QUE ESTOU DIZENDO, *NÓS VENCEREMOS* E NÃO HÁ NADA QUE VOCÊ POSSA FAZER PARA NOS PARAR!

Antes de Brystal se juntar a seus amigos dentro da carruagem, ela se voltou para a fortaleza e deu uma última olhada em Sete. Ela tinha todo o direito de *odiar* o príncipe, ela tinha todos os motivos para *execrá-lo*, mas enquanto observava os olhos dele se arregalarem de raiva e a boca espumar de fúria, tudo o que Brystal sentiu foi *pena* do Rei da Honra.

– Pessoas como você nunca vão ganhar – disse ela. – O *ódio* é seu próprio castigo.

· · ★ · ·

A carruagem dourada correu de volta para a Terra das Fadas com todas as fadas em segurança a bordo. As bruxas voaram ao lado da carruagem em suas vassouras, e os linces seguiram a pé. Quando chegaram à fronteira e atravessaram a barreira de sebe, o sol começou a nascer. Todas as fadas e criaturas mágicas ainda dormiam profundamente, e os terrenos da academia estavam estranhamente silenciosos em comparação com a fortaleza.

Enquanto as fadas desciam da carruagem e as bruxas desmontavam de suas vassouras, todos estavam visivelmente abalados com a batalha. Brystal, por outro lado, aproveitou a recém-descoberta clareza e imediatamente planejou seu próximo passo.

– Temos muito trabalho pela frente – disse ela aos outros. – Primeiro de tudo: Smeralda, quero que você cerque o território com um muro de esmeralda e, Áureo, quero que você cerque o muro dela com um muro de fogo. As armas da Irmandade podem penetrar em nossa magia, mas não vou deixá-las tocar nosso território. Tangerin, preciso que você mande unicórnios para a casa Perene e resgate minha família imediatamente... eles não estarão seguros no Reino do Sul. Horizona, eu quero que você escreva para o Rei Branco, para a Rainha Endústria e para o Rei Guerrear e diga a eles que o Príncipe Gallante matou o Rei Campeon XIV e tem planos de dominar o mundo com um exército de soldados mortos. Não use meias-palavras, eles precisam entender e se preparar rapidamente. E Lucy?

Lucy ficou chocada ao ouvir Brystal dizer seu nome.

– Você quer que *eu* faça alguma coisa? – ela perguntou.

– Com certeza. Considere-se de volta ao Conselho das Fadas – disse Brystal. – O Reino do Sul foi informado de que *eu matei* o Rei Campeon XIV e que *eu ressuscitei* o Exército da Honra Eterna. Eu quero que você crie um panfleto que diga a verdade... use todas as suas habilidades no mundo artístico para torná-lo o mais atraente, cativante e *divertido* possível. Ele precisa atrair a atenção de todos! Quando terminar, quero que você e as bruxas façam o maior número possível de cópias e as joguem sobre Via das Colinas... não pare até que todas as ruas estejam cobertas.

– Sim, senhora! – Lucy disse com uma saudação.

Brystal estava praticamente *alegre* enquanto dava as instruções. As fadas olharam para ela como se fosse uma pessoa diferente.

– O que há de errado? – ela perguntou.

– Nada... quer dizer, o que estava errado não está mais – disse Smeralda. – Você está agindo *normal* novo.

– É bom ter você de volta – disse Áureo.

– É bom *estar* de volta – disse Brystal.

Mesmo que elas tivessem um plano sólido, nenhuma das fadas ou bruxas entrou em ação. Tudo em que conseguiam pensar era na batalha da qual haviam escapado por pouco. Elas olharam para a fronteira com olhos temerosos, sabendo que cruzariam o caminho da Irmandade mais cedo ou mais tarde.

– Estou realmente com medo – disse Horizona. – Está tudo bem admitir isso?

– Eu também – disse Tangerin. – Nós nunca enfrentamos algo assim antes.

– Eu não vou mentir para vocês – Brystal disse a eles. – Estamos em um momento bastante assustador e sem precedentes. O mundo não é tão seguro quanto costumava ser, e pode parecer que perdemos alguma coisa, mas às vezes é preciso *perder* para aprender as lições mais importantes. E se há uma coisa que aprendi com tudo isso, é que ninguém nunca está tão *sozinho* ou *impotente* quanto se sente. Sempre podemos encontrar alguém ou algo para nos ajudar se estivermos dispostos a mudar nossa perspectiva.

"A Irmandade pode parecer imbatível, e eles podem parecer assustadores, mas a maior arma deles não são seus soldados ou a pedra de sangue... a maior arma deles é o *medo*. Eles querem que acreditemos que são impossíveis de vencer, querem que pensemos que não somos fortes o suficiente para enfrentá-los, mas desde que não confundamos nossos medos com os fatos, podemos *e* vamos *vencer*. A verdade é que *também* temos uma arma secreta, e é mais poderosa do que a Irmandade jamais será. Mas primeiro, tive que perdê-la para perceber quão valiosa é."

– E qual seria essa arma? – Lucy perguntou.

Brystal sorriu para seus amigos.

– *Esperança* – disse ela. – E eu não sei vocês, mas estou cansada de deixar as pessoas usarem minhas emoções para me controlar. Então, de agora em diante, vamos anular qualquer sofrimento que eles tentem nos causar. Vamos combater a tristeza com o riso, vamos combater a solidão com a amizade, vamos combater a raiva com gratidão e vamos combater o medo com esperança. Porque enquanto continuarmos lutando e enquanto mantivermos nossa esperança viva, *a Irmandade não terá chance.*

Agradecimentos

Gostaria de agradecer a Rob Weisbach, Derek Kroeger, Alla Plotkin, Rachel Karten e Heather Manzutto por fazerem parte da minha equipe.

Todos na Little, Brown Books for Young Readers, especialmente Alvina Ling, Megan Tingley, Ruqayyah Daud, Nikki Garcia, Siena Koncsol, Stefanie Hoffman, Shawn Foster, Danielle Cantarella, Jackie Engel, Emilie Polster, Marisa Russell, Janelle DeLuise, Hannah Koerner, Jen Graham, Sasha Illingworth, Angelie Yap, Virginia Lawther e Chandra Wohleber. Um agradecimento especial a Jerry Maybrook por me ajudar com o audiolivro.

E, claro, a todos os meus amigos, familiares e leitores que não têm medo de ser um pouco bruxos de vez em quando.

Vire a página para
CONTEÚDO BÔNUS
EXCLUSIVO

Prólogo Alternativo

Tempo de mudança

O mundo estava mudando – e *esse* era o eufemismo do século. Era óbvio para qualquer um com olhos e ouvidos que uma nova era estava chegando, mas ninguém achou a mudança de maré mais difícil de nadar do que os Juízes do Reino do Sul. Eles já foram o grupo mais poderoso e temido de toda a nação, mas passaram a ser homens recolhidos dentro do tribunal de Via das Colinas, olhando pelas janelas para uma sociedade que não controlavam mais e um mundo que mal reconheciam.

– Você vê aquela monstruosidade sentada ali? – um Juiz perguntou a outro. – A mulher no banco está *lendo*! *Em público*!

– É terrível! – o outro respondeu. – Ela não tem vergonha?

– E olhe ali! Um estudante está *pulando corda* com as alunas! Você já viu tal blasfêmia em sua vida?

– Estamos vivendo em tempos sombrios, meu amigo, tempos muito sombrios mesmo!

– Eu já disse uma vez e vou dizer de novo, o rei foi um tolo por mudar as leis! *A liberdade* é a última coisa que nosso povo precisa. Sem estrutura e disciplina, o Reino do Sul desmoronará diante de nossos olhos. Escreva o que estou dizendo, este é o começo do fim!

Ao contrário da crença popular entre os Juízes, a criação de um reino mais receptivo, compassivo e inclusivo *não* levou à destruição da civilização. Na verdade, as recentes emendas do Rei Campeon à lei apenas tornaram seu país mais forte.

Permitir que as mulheres lessem e estudassem *não* fez com que a população implodisse como os Juízes haviam previsto. Em vez disso, colocou mais perspectiva nas discussões em escolas e universidades, fazendo com que estudantes de todos os gêneros pensassem fora da caixa.

Abolir a frequência obrigatória à igreja *não* enviou todos os homens, mulheres e crianças para o caminho do pecado, como os Juízes haviam advertido. Em vez disso, com mais espaço nas catedrais, os monges puderam passar um tempo de qualidade com os frequentadores da igreja e fortalecer a fé das pessoas que realmente queriam estar lá.

No entanto, nada poderia ter preparado o mundo para o impacto que a legalização da magia teve na sociedade. Após séculos de discriminação e injustiça, a emenda foi o início de uma época emocionante e próspera – e não apenas para a comunidade mágica. Na verdade, havia tantos benefícios surpreendentes em descriminalizar a magia, que mesmo os mais orgulhosos Juízes não podiam negar.

Doenças e enfermidades estavam em declínio graças às poções e elixires que agora estavam disponíveis ao público. Boticários de propriedade e operados por fadas abriam em todas as esquinas de todas as grandes cidades, e os clientes esperavam horas na fila para comprar seus remédios encantados.

A economia estava crescendo graças à popularidade dos produtos domésticos enfeitiçados. Todo homem queria uma carruagem autônoma, toda mulher queria uma vassoura autovarredora e toda criança queria um balanço que balançava sozinho.

A agricultura prosperou como nunca antes graças às magias e aos encantos que protegiam as plantações de geadas e pragas. Uma população crescente de grifos também desempenhou um papel importante na reconstrução de uma variedade de ecossistemas. Agora que as criaturas mágicas tinham livre trânsito no céu – e porque eram notoriamente desajeitados ao comer –, os restos dispersos de suas presas começaram a fertilizar até os cantos mais secos da terra. Logo rebanhos de veados, famílias de esquilos e bandos de pássaros começaram a migrar para florestas e montanhas que não abrigavam vida há décadas.

Claro, o renascimento foi todo devido à bravura de sete jovens fadas conhecidas carinhosamente em todos os reinos como o Conselho das Fadas. As fadas conquistaram o respeito e a gratidão do mundo depois de salvar o planeta da infame Rainha da Neve. Após a vitória, o Conselho das Fadas convenceu os líderes mundiais a abolir as leis contra a magia e, pela primeira vez em um milênio, a comunidade mágica pôde viver abertamente sem medo de perseguição.

Naturalmente, a conquista histórica nunca teria acontecido sem a líder excepcional do Conselho das Fadas, Brystal Perene (ou "o Demônio Brilhante", como os Juízes do Reino do Sul a chamavam). A notícia de sua heroica batalha com a Rainha da Neve se espalhou como fogo e transformou Brystal em um ícone. Praticamente da noite para o dia, Brystal se tornou um símbolo de coragem, seu nome se tornou um termo de perseverança e ela passou a ser admirada por milhões de pessoas ao redor do mundo. Soberanos buscavam o conselho dela, jovens imitavam seus penteados e vestimentas, e pais penduravam retratos dela em suas casas para lembrar os próprios filhos de que tudo era possível se eles trabalhassem duro o suficiente.

Sim, o mundo estava mudando – e Brystal Perene e o Conselho das Fadas eram a prova de que estava mudando para melhor. No entanto, assim como um elástico, quando o mundo se estende em uma direção, ele pode se romper na outra. E infelizmente para a comunidade mágica, a legalização da magia reviveu muito mais do que a economia mundial...

★

Ilustrações de aberturas de capítulos não utilizadas

Com notas de
Chris Colfer

Esta foi a ilustração original do capítulo 2. Um dos principais pontos da trama de *Um conto de bruxaria...* é Brystal dando o primeiro passo para superar sua depressão. Esta imagem mostra Brystal fazendo beicinho na praia no capítulo 2, mas colocá-la logo antes da ilustração no capítulo 3 (em que Brystal está olhando tristemente para um espelho) parecia muito deprimente. Achei que a ilustração do capítulo 3 era mais poderosa, então mantivemos essa e mudamos o cabeçalho do capítulo 2.

Originalmente, cada uma das lições que Lucy tem na Escola de Bruxaria Corvista (azarações, feitiços, poções e maldições) tinha seu próprio capítulo. Depois de estruturar todo o livro, achei que fazia mais sentido combinar esses capítulos. Esta é uma ilustração do cemitério na Corvista que estaria no capítulo sobre azarações.

Esta ilustração da Mestra Mara era para um capítulo que fazia parte do meu primeiro planejamento intitulado "A Mestra da Morte". Nele, a Mestra Mara deixa a Corvista e viaja para uma vila próxima para ajudar a "aliviar o sofrimento de uma mulher doente". Lucy vai junto, esperando que a bruxa cure a mulher, mas quando elas chegam, a Mestra Mara faz o oposto e mata a mulher com seu toque. A bruxa justifica as ações dizendo a Lucy que "às vezes a morte é a parte mais misericordiosa da vida". Era um capítulo assustador que daria aos leitores um pouco mais de visão de mundo da Mestra Mara. Embora eu realmente tenha gostado, no meio da escrita percebi que o capítulo era *muito sombrio* para um livro juvenil. No entanto, se houver uma adaptação cinematográfica de *Um conto de bruxaria...*, tentarei incluir essa cena.

No começo da escrita de *Um conto de bruxaria...*, os 333 não eram tão secretos quanto acabaram sendo. Eu pensei que seria muito mais assustador se eu os tornasse tão secretos que nem mesmo eles saberiam quem eram seus companheiros de clã. Esta imagem foi originalmente algo que Brystal testemunhou nos primeiros capítulos, mas como ela não tinha conhecimento prévio dos 333, ela não sabia quem eram esses homens ou o que estavam fazendo.

Rascunhos da capa
por Chris Colfer

Esses são rascunhos que desenhei no meu iPad para mostrar à Little, Brown como eu queria que a capa fosse. Para *Um conto de magia...*, a capa vazada no centro ficou melhor do que eu imaginava, então eu queria torná-la ainda mais especial para *Um conto de bruxaria...* No livro, os leitores descobrem que as bruxas da Escola de Bruxaria Corvista têm duas aparências: seu verdadeiro eu e aquele alterado pelos colares mágicos que elas usam. Achei que seria legal provocar a transformação das bruxas mostrando suas diferentes aparências nas capas externa e interna. A capa originalmente mostrava a cena do Rito de Iniciação, mas, depois de muito pensar, decidi que mostrar a Escola Corvista era mais interessante. Também fez uma boa contraposição com a Academia de Magia na capa de *Um conto de magia...*